안룡만
시선집

안룡만 시인.

「나는 당의 품에서 자랐다」 친필 원고와 안룡만.

『나의 따발총』(1951년) 표지.

『새날의 찬가』(1964년) 표지.

# 안룡만
# 시선집

이인영 엮음

현대문학

〈한국문학의 재발견-작고문인선집〉을 펴내며

한국현대문학은 지난 백여 년 동안 상당한 문학적 축적을 이루었다. 한국의 근대사는 새로운 문학의 씨가 싹을 틔워 성장하고 좋은 결실을 맺기에는 너무나 가혹한 난세였지만, 한국현대문학은 많은 꽃을 피웠고 괄목할 만한 결실을 축적했다. 뿐만 아니라 스스로의 힘으로 시대정신과 문화의 중심에 서서 한편으로 시대의 어둠에 항거했고 또 한편으로는 시대의 아픔을 위무해 왔다.

이제 한국현대문학사는 한눈으로 대중할 수 없는 당당하고 커다란 흐름이 되었다. 백여 년의 세월은 그것을 뒤돌아보는 것조차 점점 어렵게 만들며, 엄청난 양적인 팽창은 보존과 기억의 영역 밖으로 넘쳐나고 있다. 그리하여 문학사의 주류를 형성하는 일부 시인·작가들의 작품을 제외한 나머지 많은 문학적 유산은 자칫 일실의 위험에 처해 있는 것처럼 보인다.

물론 문학사적 선택의 폭은 세월이 흐르면서 점점 좁아질 수밖에 없고, 보편적 의의를 지니지 못한 작품들은 망각의 뒤편으로 사라지는 것이 순리다. 그러나 아주 없어져서는 안 된다. 그것들은 그것들 나름대로 소중한 문학적 유물이다. 그것들은 미래의 새로운 문학의 씨앗을 품고 있을 수도 있고, 새로운 창조의 촉매 기능을 숨기고 있을 수도 있다. 단지 유의미한 과거라는 차원에서 그것들은 잘 정리되고 보존되어야 한다. 월북 작가들의 작품도 마찬가지다. 기존 문학사에서 상대적으로 소외된 작가들을 주목하다 보니 자연히 월북 작가들이 다수 포함되었다. 그러나 월북 작가들의 월북 후 작품들은 그것을 산출한 특수한 시대적 상황의 고려 위에서 분별 있게 이해되어야 할 것이다.

　이러한 당위적 인식이 2006년 한국문화예술위원회의 문학소위원회에서 정식으로 논의되었다. 그 결과 한국의 문화예술의 바탕을 공고히 하기 위한 공적 작업의 일환으로, 문학사의 변두리에 방치되어 있다시피 한 한국문학의 유산들을 체계적으로 정리, 보존하기로 결정되었다. 그리고 작업의 과정에서 새로운 의미나 새로운 자료가 재발견될 가능성도 예측되었다. 그러나 방대한 문학적 유산을 정리하고 보존하는 것은 시간과 경비와 품이 많이 드는 어려운 일이다. 최초로 이 선집을 구상하고 기획하고 실천에 옮겼던 한국문화예술위원회의 위원들과 담당자들, 그리고 문학적 안목과 학문적 성실성을 갖고 참여해 준 연구자들, 또 문학출판의 권위와 경륜을 바탕으로 출판을 맡아준 현대문학사가 있었기에 이 어려운 일이 가능하게 되었다. 이런 사업을 해낼 수 있을 만큼 우리의 문화적 역량이 성장했다는 뿌듯함도 느낀다.

　〈한국문학의 재발견-작고문인선집〉은 한국현대문학의 내일을 위해서 한국현대문학의 어제를 잘 보관해 둘 수 있는 공간으로서 마련된 것이다. 문인이나 문학연구자들뿐만 아니라 더 많은 사람들이 이 공간에서 시대를 달리하며 새로운 의미와 가치를 발견하기를 기대해 본다.

2013년 3월
출판위원 김인환, 이숭원, 강진호, 김동식

이 책은 식민지 시기에, 당시에는 보기 드문 이국에서의 체험을 기반으로 노동 현실과 생활 서정을 형상화해 냈으며, 해방 이후에는 북한에서 활발한 시작 활동을 전개하였던 안룡만의 작품을 모은 선집이다.

안룡만은 "실로 한 개의 경이요 동시에 의외의 수확"이라는 박팔양의 극찬을 받으며 1935년 문단의 총아로 등장하였으나 소수의 작품만을 발표한 채 해방 후 북에 남아 남한문학사에서 사라진 전형적인 재북 시인이다. 안룡만이 해방 전 발표한 작품은 현재까지 확인된 바에 의하면 동시 4편과 동화 1편 그리고 시 5편에 지나지 않지만, 이후 북한에서는 북조선문학예술총동맹 평안북도위원회 위원장을 역임하는 등 적극적으로 활동하면서 모두 4권의 시집을 남겼다. 특히 한국전쟁기에 창작된 그의 「나의 따발총」은 북한문학사에서 최고의 전쟁문학으로 추앙되고 있으며, 1960년대 초반 발표한 「낙원산수도」는 북한 체제문학의 최고봉으로 칭송받고 있다. 또한 소련과의 친선이 강조될 시기에는 소련에 대표적인 북한 시인으로 그의 작품이 번역 소개되기도 하였다.

그럼에도 불구하고 이제까지 안룡만에 대한 학계의 관심은 미미한 수준에 머물러 있었다. 이는 해방 전 활동상이 적고 분단 이후 북한에서 본격적인 작품 활동을 펼친 시인의 특성에서 비롯된 것이지만, 연구자들의 관심이 덜한 이유는 보다 현실적인 데 있다. 안룡만뿐만 아니라 월북 및 재북 작가의 경우 아직까지도 대부분의 관련 자료들이 특수 자료로 묶여 있어 일반인들이 쉽게 접근하기 어려우며, 여러 가지 이유로 인해 남한에 입수되어 있는 자료조차 매우 한정적이어서 북한 문학에 대한 관심 자체가 왕성해지기 어려운 실정이기 때문이다. 게다가 당의 공식적인 지배 이데올로기를 교조적으로 재생산해 내는 것을 일차적 목표로 삼고 있는 북한 문학의 특성 또한 다양한 지적 자극을 제공하거나 연구 의욕을 불러일으키는 데 한계가 없지 않다. 하지만 한국근현대문학사의 연속성을 확보하고 통일문학사를 대비한다는 측면에서 볼 때, 해방 이후 자의건 타의건 간에 북에서 활동한 작가 및 작품들에 대한 지속적인 발굴과 연구는 더 이상 늦추어질 수 없는 형편이다. 그런 점에서 이번에『안룡만 시선집』을 발간하기로 한 작고문인선집 출간위원회의 결정은 북한 문학에 대한 관심을 환기하면서 이에 대한 연구를 촉진할 수 있는 중요한 시발점이 되리라고 생각한다.

이 책의 발간 과정에서 편자로서 부담이 적지 않았다. 월북 작가 및 재북 작가 해금 조치 이후 진행된 북한 작품에 대한 소개가 양적 질적 측면에서 미흡하기 짝이 없는 현재, 여태껏 시도된 적이 없는 개별 작가의 선집을 낸다는 것이 조심스러웠다. 작품 발굴 과정에서 확인한 바에 의하면, 북한 문학의 경우 동일한 제목의 작품이라 하더라도 발표 지면마다 개작되고 있거나, 심지어는 같은 시기, 같은 제하의 지면에서조차 미시적인 차이가 발견되는 경우가 드물지 않아 자칫하면 북한 문학 연구의 한계를 확정 짓는 결과를 초래할 수도 있다는 생각에 주저되기조차 했다. 하지만 한 시인의 시 세계, 특히 해방 전부터 활동해 온 작가의 시 세계를 통시적 공시적으로 조망해 내는 작업은 체제의 지배 논리가 문학 작품에 개입하고 있는 방식을 확인하는 계기가 됨은 물론이요, 그 안에서 미세하게나마 발현되는 시인의 개성이나 일관된 특성을 포착해 내는 기회가 될 것이며, 나아가 북한 문학의 특성—같은 시기, 같은 제하의 지면에서조차 발견되는 미시적 차이—에 어떻게 접근하여야 하는가라는 문제를 제기한다는 점에서도 의의가 있다고 본다.

이 책은 모두 6부로 구성되어 있다. 제1부에서는 안룡만의 해방 전 발표 작품들을, 제2부에서는 해방 후 개별 발표 작품들을 모았다. 제3부와 제4부, 제5부에서는 북한에서 출간한 시집의 작품들을 실었다. 마지막으로 제6부에서는 산문을 엮었다. 개별 발표작을 시집에 재수록한 경우에는 제3부, 제4부, 제5부에 넣었으며, 시차를 두고 개작한 작품의 경우에는 원래 발표작과의 비교 읽기가 필요하다고 간주될 때에만 작품 말미에 원래 작품 혹은 고친 작품을 실었다. 또 독자들이 쉽게 읽을 수 있도록 일부를 현대어로 수정하였다. 다만 북한에서 독특하게 사용하는 어휘나 관용적 표현은 그대로 두어 북한 문학만의 어감을 살리고자 하였다.

편자가 처음 안룡만에 대해 관심을 갖게 된 것은 석사학위 논문을 준비하던 무렵이었다. 이후 우연한 기회에 「나의 따발총」이 북한에서 전쟁 문학의 대표작으로 고평된다는 것을 알고 북한에서의 안룡만의 행적과 활동상을 추적하기 시작했다. 월북 및 재북 작가가 해금되었다고는 하나 북한 특수 자료에 대한 복사나 외부 반출은커녕, 일일 열람 가능 권수마저 제한하는 시절이어서 광화문에 위치한 북한자료원을 거의 매일 출근하다시피 하여 청구 기호를 뒤적이고 마이크로필름을 뒤져가며 필사를 하는 도리밖에 없었다. 하루 종일 필사를 해도 집에 돌아와 타이핑 정리를 해보면 시 대여섯 편이 고작이던 날도 있었다. 그런 노력이 이번 기회에 빛을 보게 되어 개인적으로 기쁘기 한량없다. 마지막까지도 안룡만의 첫 시집 『동지에의 헌사』를 직접 확인할 수 없었던 점에 대한 아쉬움은 크지만, 이는 시간의 힘을 좀 더 필요로 한다는 생각이다. 끝으로 게으른 편자의 더딘 작업에도 불구하고 이 책이 나오기까지 여러모로 도움을 주신 현대문학 편집부의 노력과 정성에 감사드린다.

2013년 3월
이인영

## * 일러두기

1. 이 책은 안룡만이 남긴 작품들 중 현재까지 발굴된 것들을 모아 간행한 것이다. 발표되었다고는 전해지나 실상을 확인하지 못한 작품 및 시집의 경우에는 작품 연보에 밝혀두었다.

2. 이 책은 6부로 구성되었다. 제1부에는 해방 이전 작품들을 발표 순서에 따라 엮었다. 제2부에서는 해방 이후 북한에서 발표하였으나 시집에 수록되지 않은 작품들을 발표순으로 모았다. 제3부와 제4부, 제5부에는 각각 북한에서 출간된 『나의 따발총』(1951년)과 『안룡만 시선집』(1956년), 『새날의 찬가』(1964년)를 실었다. 이들 시집에 수록되어 있지만 발표 시기가 해방 전인 경우에는 제1부에 포함시켰다. 마지막 제6부에는 산문을 엮었다.

3. 북한 문학에서는 정치적 변화에 따라 작품이 개작되는 예가 많다. 따라서 원래 작품과 고친 작품의 비교 읽기가 필요하다고 간주되는 경우에는 해당 작품 뒤에 원작품 혹은 개작품을 제시하였다.

4. 각각의 시집에 수록된 작품 외에 비교 고찰을 위해 함께 소개한 원래 작품 혹은 고친 작품, 그리고 제1부와 제2부, 제6부의 개별 발표작들은 모두 작품 말미에 그 출전을 밝혔다.

5. 본문은 현대 표준어 규정의 표기와 띄어쓰기에 따라 일부를 수정했다. 다만 시적 허용에 해당하거나 북한에서 관용적으로 굳어진 표현인 경우에는 원문의 표현을 따랐다.

6. 시에 쓰인 한자는 특별한 경우가 아니면 한글로 바꾸었다. 외국인 이름도 현대 외래어 표기법에 따라 일부를 고쳤다. 단어나 어구에 대한 상세한 이해가 필요한 경우에는 각주에서 풀이를 제공하였다.

7. 원문의 오자는 바로잡았다. 원본에 글자가 삭제된 경우는 ○로, 원본 손상으로 글자가 보이지 않는 경우는 ×로 표기하였다.

8. 대화나 인용은 " ", 생각이나 강조는 ' ', 시는 「 」, 단행본은 『 』, 신문·잡지 등 연속간행물은 《 》로 표시하였다.

# 차례

## 제3부 나의 따발총

## 제4부 안룡만 시선집

## 제5부 새날의 찬가

## 제6부 산문

## 해설_ 북의 시인 안룡만 • 495

제 1 부 강동의 품

# 제비를 보고

녹았다 또 얼은
얕은 눈을 사박사박 밟으며
햇놀 보아 지붕이
빨갛게 물들어진 십자거리를 빠져
오늘 밤―일곱 시!
모여 의논할 철의 집을 향한단다

잠깐 후―기다리는 애들께
말할 예정 세우노라 머리는 혼잡하다
×× 나빠복* 바지
프린트 ××는 두 손 꼭 쥐어지고
열 올라 능금같이 붉힌 볼
이른 첫봄의 저녁!
싼들한 바람 스치며 희롱하드라

이제껏 전선에 앉아
재재거리던 제비 한 마리
바람을 양쪽에 가르며
내 귀 옆을 래레게 지나친다
아아 삼월이라 남쪽에서

| * なっぱふく. 菜っ葉服. 공장 노동자 등이 입는 푸른 작업복을 뜻하는 일본어.

북국의 첫봄—찾아든 제비!
날개 포동거리며 사래치는 까만 몸뚱
보고 있다 문득 저 땅 봄 생각이 드구나

일본—모멩*옷과
조선—흰옷 섞어
쾌활한 얼굴 왔다 갔다 하구
기쁨에 넘치는 말소리
움직이는 공기에 가득 찬 본부—
피오닐** 회관에서
늬들과 팔씨름 겨누며
안 지겠다 땀 흘리든 즐거운 시절 생각난다야

깨여진 화로 끼고
찬 다다미방에서 속삭이며
검둥개처럼 눈 오는 거리에서
패를 짜 눈싸움하든 우리에게
따뜻한 햇볕
파란 신록 깔린 거리!
산타클로—스 영감보다 더 많은
기쁨의 선물 안어다 준 봄
봄 따라 옛 임자 찾아든

* もめん. 솜, 목면을 의미하는 일본어.
** Пионер. 공산 소년단을 의미한다. 'пионер'는 원래 개척자, 선구자를 뜻했으나, 러시아 혁명을 전
　후하여 공산 소년단의 명칭이 되었다. '피오넬', '피오네르', '뻬오네르', '뻬오넬' 역시 'Пионер'를 뜻
　한다.

적은 몸뚱 한 제비를 얼마나 사랑햇늬!

회관 — 나지막한
처마 밑에 집 짓든 우리의 제비
밤마다 모여 빙 둘러앉아
말의 꽃을 피우며
손 나들거리는 까만 머리
다정스럽게 나려보며
재재 비비 노래를 불러주었겠다
우에서 온 종이
제비 둥지에 가만히 넣고 했었지

빨간 제비—
이는 우리가 놀음 삼아 제준 이름
해마다 허물어지려는 회관 찾아든 제비!
우리와 놀며 뛰기 좋아했고
오월—어린이 명절 때
거리에서 물결치는 어깨 우 날고
레포*로 거리 갈 때
가등 비친 저녁 거리 따라왔었지

즐거웁게 한때 보낸
잊지 못할 회관—크는 늬들 떠나

* 지하투쟁을 하는 사람들이나 조직들 사이에 하는 비밀 통신 연락 또는 그러한 통신 내용을 담은 글쪽지.
  조직원 혹은 통신원의 의미로도 쓰인다.

아아 눈물 어린 눈알—
마주치며 톡 톡 매듭 아프도록
쳐 흔드는 악수를 남겨
바다 건너 온 것이 작년 봄 일이구나

여기 와 직장서 일곱 애 끌어
소년부—만든 지도
이무* 다섯 달 하구 보름날
한 마디 한 마디
재미있는 말에 귀를 기울인단다
오늘 저녁 모임은 동무 끌!

—10행 생략—

빙글빙글 웃는 늬들 얼굴이여!
비에 맞아 거칠어진 간판 붙인 회관이여?
아아 한데 엉켜 눈앞에 그릿거린다

머리 쳐드니
벌써 노을은 서산에 넘고
눈앞에 철의 집이 뵌다
난 기다리는 애들께
즐거운 그 땅—

| * '이미'의 평안도 방언.

봄의 일을 말해줄 테야

# 가버린 동무야*

지금은 쉬는 시간—
따뜻한 봄날의 대낮이란다
석 달 전 풀잎이 엉친 뫼 우를
네가 갈 때는 눈풍지가 불었겠다

난 흐르는 강물
돛대 달은 뱃머리 바라보며
햇볕을 마음껏 받으며
높은 콘크리—트 담벽에 지대고 있다
저편 공장 높은 굴뚝
푹푹 뽑는 연기가 무던히 희구나

막, 성이 나 죽겠다야
네가 가버릴 줄 꿈에도 몰랐단다
지금처럼 쉬는 시간
종시껏 넌 말 안 했지
네래 키워줬었든 난
네 말을 지키며 동무들과 사귄다
먼저 아이들을 사랑하구

---

* 「가버린 동무야」와 「휘파람」은 '이용만李龍灣'과 '안용민安龍民'의 이름으로 발표되었다. 하지만 안룡만
이 생존하고 있던 시기인 1960년 발간된 『현대조선문학선집 10』에서는 이 두 작품을 안룡만의 것으로 밝히
고 있다. 따라서 해방 전 '이용만' 및 '안용민'의 이름으로 발표된 작품들 역시 안룡만의 것으로 추정된다.

친해 두었다는 네 말을 지키려

무엇보담 한 애를 끌자
그래 난 영호와 친한단다
그 애는 벌써 알어져
같이 모여 책도 본단다
친한 애를 끌자니까 좋아하더라

너는 언제나 올 테냐
근심 말구 잘 있거라 응
이 공장은 내가 있으니 안심해라
난 죽어도 네 말을
끝까지 끝까지 지켜볼 테다

―《별나라》, 1934년 1월.

지금은 쉬는 시간
따뜻한 봄날의 대낮이란다
석 달 전 네가 갈 때
눈보라치던 뫼 우엔 풀잎이 돋았다.

흐르는 강물,
돛대 단 뱃머리 바라보며
나는 지금 햇볕을 마음껏 받으며
높은 콘크리트 담벽에 기대어 섰다
저편 공장 높은 굴뚝
푹푹 뽑는 연기가 무던히 희구나.

막 성이 나 죽겠다야
네가 가버릴 줄 꿈에도 몰랐단다
지금처럼 쉬는 시간
종시껏 넌 말 안 했지.

네가 키워준 나는
네 말을 지키며 동무들과 사귄다
진심으로 아이들을 사랑하며
친해 두라는 네 말을 지키어……

그래 난 영호와 친한다
그 애는 벌써 알아져
같이 모여 책도 본단다

친한 애를 끌자니까 좋아하더라.

너는 언제나 올 테냐
근심 말구 잘 있거라, 응
이 공장은 내가 있으니 안심해라
난 죽어도 네 말을
끝까지 끝까지 지켜볼 테야

—『현대조선문학선집 10』, 조선작가동맹출판사, 1960년.

## 저녁노을[*]

딸랑딸랑 방울 달고
저녁노을 넘느ㅡㄴ다
트럭에 실려 가는
형님 등에 불나ㅡ씨다

에야데야 참대검과
물총 들고 나와ㅡ라
인제 가면 못 오실라
○셔오려 나가ㅡ자

팔랑팔랑 소년무지
힘 있겔랑 저어ㅡ라
아저씨들 보내구두
나간두구 저어ㅡ라

ㅡ《신소년》, 1934년 2월.

| * 발표 당시 저자명은 '안용민'이다.

# 휘파람

저녁노을 넘었다
오늘 밤이 부○가 열리는 날
호이 호— 호—이
일곱 시가 다 되니 안팎에서
동무 부는 고요—한 휘파람
살랑살랑 바람 타구 울려온다

어제저녁 늦었다
댓세 맞고 애보기 벌 받은 나
호이 호이 휘—잇
아가 아가 너는야 어린 일꾼
샛별 눈알 댕그를 굴리구
몰래몰래 게 나가도 깜박여라

아버지는 아랫방
짚신 삼다 얘기에 홀려 있다
호이 호이 호—이
허수아비 앉히고 속여 놀 때
두 번 부는 고요—한 휘파람
살금살금 ○에 가려 도망친다

—《신소년》, 1934년 4월.

저녁노을 넘었다
오늘 밤은 부회가 열리는 날
호이―호―잇
일곱 시가 다 되니 밖에선
동무를 부르는 휘파람
살랑살랑 바람 타구 들려온다.

어제저녁에도 늦었다고
대통으로 매 맞고 애보기 벌 받은 나
호이 호이 휘―잇
아가 아가 너는야 어린 일꾼
샛별 눈알 댕그루 굴리구
몰래몰래 게 나가도 깜박여라.

아버지는 아랫방
짚신 삼다 여기에 홀려 있다
호이 호이 호―이
허수아비 앉히고 속여 놀 때
두 번 부는 고요한 휘파람
살금살금 부회에 가려 도망친다.

―『현대조선문학선집 10』, 조선작가동맹출판사, 1960년.

# 강동의 품
## ―생활의 강 아라가와여

가장, 매력 있는 지구였다. 강동은……
남갈南葛의 낮은 하늘을 옆에 끼고 아라가와[荒天]의 흐릿한 검푸른 물
살을 안은 지대다.
수천 각색 살림의 노래와 감정이
먼지와 연기에 싸여 바람에 스며드는 거리―이곳이 내 첫 어머니였다.

내가 사랑튼 지구―강동…… 아라가와의 물이여!
세 살 먹은 갓난애 적…… 살 곳을 찾아 북국의 고향을 등지고 현해
탄에 눈물을 흘리며 가족 따라 곳곳을 거쳐 닿은 곳이 너의 품이었다.
누더기 모멩옷 입고 끊임없이 사이렌이 하늘을 찢는 소란한 거리 빠
락*에서
맨발 벗고 놀 때 '석양의 노래'를 너는 노을의 빛으로 고요히 다듬어
주었다.

아빠, 엄마가 그 콘크리트 담 속에서 나옴을 기다리며
나는 아라가와의 깊은 물살을 바라보았다
너는 내, 어린 그때부터 황혼의 구슬픈 어려운 살림의 복잡한 물결의
노래를 들리어주었다.

내가 컸을 때 강가에 시들은 풀잎이 싹트고 낮게 배회하는 검은 연기

---

| * 임시로 간편하게 지은 집, 막사, 병영을 뜻하는 프랑스어 baraque.

틈에 따뜻한 볕이 쪼이는 봄—

나는 아라가와의 봄노래가 스며드는 금속의 젊은 직공으로 오야지—
그에게 키워 상임에까지 올랐다. 곤란한 몇 해를 겪어서.


강동…… 아라가와의 흐름이여!

네, 봄의 따뜻한 양광에 포만된 노래를 가득히 싣고 흐르는 푸른 얼
굴을 바라볼 때

몇 번—보지 못한 반도강산 그리고 고향의 북쪽 하늘가 멀리…… 얄
루〔鴨綠〕 강의 흐름을, 그리었는지

너는 안다. 너는 잔디 우에 누워 약조 마칠 때 설움의 마음으로 속삭
이든 고향의 이야기를 깨어지는 물거품에 담아 실어 갔다.


가장 매력 있는 지구였다 강동은…… 그리하야 지구를 전전키두 몇
번. 중부中部 성남城南 성서城西로—

성서의 사절을 아름답게 물들이는 무사시노〔武藏野〕* 벌판도 네 살림
의 물결! 어머님 품인 아라가와에는 비할 수 없었다.


아라가와여! 네 상류—물살에 단풍이 낙엽 지고 우리들의 지난날의
일을 추억의 품속에 되풀이하든 가을날!

나의 갈 곳은 고향—얄루 강반으로 결정되었다

내 일생의 기록의 페이지에서 사라지지 않을 그날! 나는 너를 버리었다

그리하야 수평선 아득한 현해의 해협을 건너

고향의 산천도 바라볼 틈 없이 베르트의 반주 속에 너의 그리움의 노

---

| * 일본 도쿄 도에 있는 도시명.

래—기쁨과 설움의 멜로디—를 부르노라

내, 아라가와여! 오늘은 어떤 동무가 가쁜 숨을 쉬이며 고요히 네 노
래에 귀를 기울일지
너는 언제나 근로자의 가슴에서 버림받지 않으리라. 네 어깨 위를 제
비가 날겠지…….

광막한 대륙의 한 모퉁이에 낀 반도에도 봄이 찾아왔다.
얄루강도 녹아 뗏목이 흘러나린다
강산에 뻗친 젖가슴 속에 꿈을 깨며 자라나는
처녀지의 기록을 따뜻한 품속에 안아주려고,
오! 강동이여! 나는 네 회상 속에 불길을 이루어간다.

—《조선중앙일보》, 1935년 1월 1일/《시원》, 1935년 2월.

가장 매력 있는 지구였다. 강동은……
공장 지대 낮은 하늘을 옆에 끼고
아라가와의 흐릿한 물살을 안은 지대다.
수천 각색 살림의 노래와 감정이
먼지와 연기에 싸인 바람에 스며드는 거리
이곳이 내 첫 어머니였다.

내가 사랑턴 지구
강동—아라가와의 물이여
세 살 먹은 갓난애 적 살 곳을 찾아
북국의 고향을 등지고 현해탄에 피눈물 흘리며
가족 따라 곳곳을 거쳐
마지막 닿은 곳이 너의 품이었다.

누더기 무명옷을 입고
끊임없이 사이렌이 하늘을 찢는
소란한 거리바닥에서 맨발 벗고 놀 때
조마구* 패들이 부르던 '석양의 노래'를
너는 노을의 빛으로 고요히 다듬어 주었다.

아빠 엄마가 공장의
콘크리트 담 속에서 나옴을 기다려
배고픈 창자를 쥐고

---

* 작은 주먹을 귀엽게 이르거나 얕잡아 이르는 '조막'의 북한어. '조무래기'를 가리키기도 한다.

아라가와의 깊은 물살을 바라보았다.
너는 내 어리던 그때부터
황혼의 구슬프고 쪼들리는 살림의
복잡한 물결의 노래를 들리어주었다.

내가 컸을 때
강가에 시들은 풀잎이 싹트고
낮게 배회하는 검은 연기 틈으로
따뜻한 볕이 쬐여 드는 봄—
강동혼을 지켜가려 휩쓰는 폭풍을 뚫고
흩어진 진영을 두 번 이어가는 일…….

나는 아라가와의 봄노래가 스며드는
금속 공장의 젊은 직공으로
'오야지'—그에게 키워 상임에까지 올랐다.
곤난*한 싸움의 몇 해를 겪어서.

강동…… 아라가와의 흐름이여
네 봄의 따뜻한 볕에 포만된 노래를
살림과 더불어 가득히 싣고 흐르는
검푸른 얼굴을 바라볼 때
몇 번—보지 못한 조국 땅,
그리고 고향의 북쪽 하늘가 저 멀리

| * '곤란'의 북한어.

얄루(압록)강의 흐름을 그리었는지.

너는 안다.
잔디밭 우에 누워 연락을 마칠 때
설음*과 사랑의 마음으로
동무에게 속삭이던 고향의 이야기를
깨어지는 물거품에 담아 실어 갔다.

가장 매력 있는 지구였다. 강동은—
평의회 그때부터 자라와
전선이 흩어진 오늘날까지
지구를 바꾸기두 몇 번 중부, 성남, 성서로……
성서 지구 사시철을 아름답게
물들이는 무사시노 벌판도
네 살림의 물결, 아라가와에는 비할 수 없었다.

아라가와여! 네 상류 물살 우에
단풍잎 낙엽 지고 우리들의 일을
추억의 품 안에 되풀이하던 가을날,
수풀 속에서 회의가 열리어
나의 부서는 고향—얄루 강반
내 일생의 기록의 페이지에서 사라지지 않을 그날,
나는 너를 버리었다.

| * '설움'의 북한어.

그리하여 수평선 아득한
현해의 해협을 건너
왕자 제지에 들어 베르트의 반주 속에
너의 그리움의 노래
기쁨과 설음의 멜로디를 부르노나.

내 아라가와여
오늘은 어떤 동무가
연락에 가쁜 숨을 돌리며
고요히 네 노래에 귀를 기울일지,
너는 언제나 근로자의 가슴에서 버림받지 않으리라
네 어깨 우를 오늘도 제비가 날겠지.

광막한 대륙의 한 모퉁이에 끼인
이 강산에도 봄이 찾아왔다.
압록강도 녹아 뗏목이 흘러내린다.
조선의 뻗친 젖가슴 속에 꿈을 깨며 자라나는
처녀지의 기록을 품 안에 안아 주려고—

오, 강동이여
나는 네 회상 속에 불길을 이루어 간다.

※ 강동은 동경의 가장 큰 공장 지구의 하나이고 아라가와는 그 옆을
　　흐르는 강이다.

※ 평의회는 일본노동조합운동 초창기 조직의 이름이고 오야지란 노동
자들이 당원을 가리켜 지도자로 존경하며 부른 애칭이다.

—『안룡만 시선집』, 조선작가동맹출판사, 1956년.[*]

　[*] 「강동의 품」을 비롯한 안룡만의 해방 전 발표작은 『1920~30 시인선집』(조선작가동맹출판사, 1955년)과 『현대조선문학선집 11』(조선작가동맹출판사, 1960년)에도 개작되어 실렸다. 이들은 『안룡만 시선집』에 수록된 작품의 개작 양상과 크게 다르지 않다고 판단되어 소개하지 않았다.

# 저녁의 지구地區

저녁의 지구는 소란하다
동쪽 평야의 어둠, 서산의 빨간 잔광이 반사된 강물……
기울어진 황혼이 엷어간다
저녁 짓는 소리에 섞여 여편네들의
여덟 시—기쁨의 사이렌을 기다리는 가슴의 즐거운 정열이 떠돈다.
나의 약한 신경은 날카롭게 시달리었다
이 골 저 골의 살림의 음향을 찾아 헤매었기로.
어떻게 나의 가슴의 핏줄은 뛰고 감정의 물결이 높은 것인가
여편네들의 웃음소리에도 융기된 젖가슴에도 어린애들 코 묻은 볼에
도 뜨거운 노래가 굴러 나온다.
겨울의 추운 햇발이 넘어감이 길어지며
북국의 봄—
전에는 별들이 총총한 밤하늘에 찢던 고동이 황혼의 나라에 안기운다
자연과 살림의 아름다운 조화!
나는 홀린다. 보드라운 입김에 싸인 어여쁜 이 거리여!
나는 왔다. 저녁 거리의 품이어!
나를 맞아다고……
네, 입김은 소생의 뜨거움 같다
녹아지는 대지, 속삭이는 바람, 백은색의 연기—싹트는 네 입은 희망
을 아뢰고
나는 네 품, 자연의 향기 속에 근로자들의 가슴을 생각한다.
새롭은 정열로 끓으는 감정을 너는 따뜻하게 키워가는 것이지.

여덟 시—사이렌!

……흐르는 파란 나빠복의 때

웃음, 농지거리. 그 바람에 실려 가는 생활의 노래 이들을 안은 저녁
의 거리, 사랑하는 품이어 나를 맞아다고—

생생한 감정을 읊으려는 내 가슴은

저녁 거리의 사랑에 터질 듯이 뜨겁고나

—《조선일보》, 1935년 1월 3일/《시원》, 1935년 2월.

저녁의 지구는 소란하다.
서산의 빨간 노을이 비친 강물……
기울어진 황혼이 엷어 간다.
저녁 짓는 소리에 섞여 아낙네들의
여덟 시—기쁨의 사이렌을 기다리는
가슴의 즐거운 정열이 떠돈다.
나의 신경은 날카롭게 시달리었다.
지구의 이곳저곳을
살림의 음향과 노래를 찾아 헤매었기로.
어떻게 나의 가슴의 핏줄은 뛰고
감정의 물결이 이리도 높은 것인가.


아낙네들의 밝은 웃음소리에도
건강하게 내밀은 젖가슴에도
어린아이들 코딱지 묻은 볼에서도
뜨거운 노래가 굴러 나온다.


겨울 햇발이 넘어감이 길어지며
북국의 봄—
전에는 별들이 총총한 밤하늘에 울리던
고동 소리가 황혼의 나래에 안기운다.
자연과 생활의 아름다운 조화……
나는 홀린다. 부드러운 입김에 싸인 지구의 거리여.
나는 왔다. 저녁 거리의 품이여
나를 맞이해다고……

네 입김은 소생하는 것의 뜨거움 같다.


녹아내리는 대지, 속삭이는 바람.
백은색의 공장 연기—
싹트는 풀잎은 희망을 아뢰고
나는 네 품, 자연의 향기 속에
근로자들의 가슴을 생각한다.
새 정열로 끓는 감정을 너는 키워가는 것이지.


여덟 시—사이렌,
흐르는 작업복의 때……
웃음으로 지껄이는 그 바람에 실리어 가는
아름다운 생활의 노래.


이 모든 것을 가슴에 안은
저녁 거리의 품이여, 나를 맞아다고.
생생한 정열을 읊으려는
젊은 시인의 가슴은
저녁 거리의 사랑에 터질 듯이 뜨겁구나.


—『안룡만 시선집』, 조선작가동맹출판사, 1956년.

# 봄의 커터*부

……봄의 서곡.

나는 커터를 돌린다—

오늘 밤 반班의 꽃 피어질

넘치는 기쁨의 전류 속에 스위치 누른 후

기계 소리의 곡조 따라 나의 즐거움에 찬 가슴은 뛰논다

따뜻한 바람과 잎이 싹트는 사월 달, 머루나무의 희망이 얼키운

어여쁜 자연의 빛깔은 내 가슴의 품에 안기었고나

나는 사랑치 않을 수 없다

어떻게 향기 높은 우리들의 생활인가

하얀 증기를 다북이 띄운

따스한 봄볕에 싸여 양기로운 직장 안 공기—

끊임없이 규율 있게 도는 피댓줄調帶**의 움직임……

여공들의 금속선의 노랫소리가 남공의 귀를 쩨는 작업 휘파람에 섞
인다

오, 이 집단의 끓는 정열의 호흡 안에 싹터가는

봉밀같이 달콤한 순이 도는 생명의 수액에 젖은 봄, 꽃을 키우려는
새롭은 것이어

시아게〔仕上〕***의 종이 일하는 내 사랑하는 순이, 황혼의 모임 생각에
상혈되어

---

\* cutter.
\*\* 벨트.
\*\*\* 仕上げ. 공장 등에서 어떤 일감을 마지막으로 손질하는 것을 가리키는 일본어.

흰 마에카케* 움직이는 속에 앵두꽃같이 함푹, 피었고

오늘 갈아입은 겹저고리 다홍빛에 요람의 독본을 지키는 보표譜表가 어리었고나

순아, 아무것도 모르고 캐득거리며 손을 놀리는 여공 동무들과

나노아라. 빛나 오르는 이 기쁨을…… 계집애들의 뜨거운 젖가슴도 맥, 치는 핏줄이 뛰지 않겠느냐

신춘新春이어, 너는 채엽복菜葉服 파란빛과 녹아드노나

물오르는 풀포기의 향내와 선율과도 같이 나의 노래는 임금林檎의 과즙으로 맑게 흐르고

새롭은 알지 못할 기쁨의 감정이 가슴에 끓고 있다

이 속에 봄철과 함께 커가는…… 아, 참말루 사랑치 않을 수 없는 것—얼마나 향기 높이 풍기는 것인가.

눈 나리는 지나간 겨울, 빨갛게 타오르는 화롯불 가에 모여

이야기하든 지구地區의 기념 속에 그것이 싹트고 오늘 저녁이

봄의 서곡으로

반의 꽃 피는 기쁨의 밤.

나는 즐거움이 힘 있게 파동하는 커터부 스위치를 뗀다


　　※ '커터'는 제지회사 초조실抄造室 안 종이 제조 과정에 쓰는 기계명
　　　이다.


—《조선중앙일보》, 1935년 1월 4일/《시건설》, 1937년 9월.

| ＊まえかけ. 앞치마를 뜻하는 일본어.

……봄의 서곡,
나는 커터를 돌린다—.

오늘 밤 분회 첫 모임을 가질
넘치는 기쁨으로 스위치 누른 후
기계 소리 곡조 따라
나의 즐거움에 찬 가슴은 뛰논다.

이른 봄의 따뜻한 바람과
잎이 싹트는 사월 달
미루나무의 희망이 얽히운
자연의 빛도 내 기쁨에 안기었구나.

나는 사랑치 않을 수 없다.
하얀 증기를 다북히 띄워
봄볕 스며드는 직장 안 공기—
피댓줄의 소란한 움직임……
이 속에서 여공들 노랫소리가
남공의 귀를 째는 휘파람에 섞인다.

사상부 순의 동그란 양 볼도
저녁 분회 모임 생각에 붉어라.
순아, 우리들이 키워 온 싸움의 불씨
첫출발인 오늘의 기쁨을
아무것도 모르고 종이 추는

여공 동무들과 어서 나누어야 할 게다.
그때 계집애들의 마음도
싸움의 불길로 뜨겁게 뛰지 않겠느냐.


눈 내리는 겨울 한철
집집을 옮기며 놈들의 눈을 숨겨 가며
불같은 이야기로 밝힌
그 많은 밤들을 이어 오늘 저녁이
불의 서곡으로
분회 첫 모임을 가지는 밤,
나는 커터부 스위치를 뗀다.

—『안룡만 시선집』, 조선작가동맹출판사, 1956년.

## 생활의 꽃포기

……초록빛 물 도는 봄은 강남 제비,
— 노란 주둥이에 물고 온 꽃 소식에 피었고.


속삭이는 그 노래 재재비비 우는 즐거운 은방울 굴르는
조춘의 토—ㄴ……
처마 끝에 앉은 백흑빛 가린 새의 꽃 보표에 젖어
추억이 얼키어지는 곡조가 마디마디 빛난다.


봄 제비여
너는 압강 지구를 넣어 가는 나빠복茶葉服에 매쉰유(기계유機械油) 묻은
동무들에게
장미도 아로새기던 내 요람,
무장야武藏野의 봄 품에 안기운 성서의 기록을 이야기시키려는 것이냐
이러한 달가운 순식간 후…… 또 어데로 빛나 오르는 대기 속에 날러
갔나. 남국의 즐거웁든 시절,
사라지고 다시 찾아오지 않는 꽃의 집—그곳 전령인 옥같이 가벼움
고 날래게.


인제 노을 비끼어 저녁 교체로 나와 이 집에 찾아올 뉘들에게
나는 들려주겠다. 젊은 날을 물들이든 그 집의 아름다운
삽화의 한 가닥 서정을……
내 사랑하는 다마짱*……—옥의 얼굴에

빨구려하게 피어 양 볼에 새기는 움물〔壓面〕이 단홍색 저고리보다도 곱고……,

해죽이 뽀개인 입술에 젖어
앵두알의 향내에 아롱지어 풍기든
열화로 불타는 일 속에 쌓인 웃음의—고이 간직하여 두었든 이야기를.


옥아, 네 요람은 북국의 마실**
그리운 초가집—
종다리 노래가 꽃바구니 낀 어린 기억 우에 맺히고 실개천 흐르는 담 안에 핀 복숭아꽃에 자랐다드니
그때는 분회의 레포로 생활의 설계를
젊은 날의 기쁨 우에 수놓았고
꽃의 집이란 이름인 다섯 동무가 있든 그의 취사 당번!
우리 두 사이의 파란 희망의 액즙에 젖어 순 드든 사랑의 싹 속에서 회상 속에 떠오르는 축복받은 그날도
너는 약조 마친 뒤 남은 교통비 십사 전을 안고 함박으로 피운 웃음의 얼굴로 돌아왔었겠다.


새벽일로 나갔다 맑은 이슬과 꽃망울의 향내를 상량爽凉히 안고 온 후곡后曲으로나
밤일의 전주前奏로의 황혼의 때……

---

\* たまちゃん. 'たま'는 구슬이나 보물 또는 옥, 'ちゃん'은 친밀감을 나타내는 일본어. 여기서는 '옥'을 친밀감 있게 부르는 말이다.
\*\* '마을'의 북한어.

내음새 피우며 네가 만든 밥맛이 이곳 생활을 어떻게도 윤기 돋우었
든가
　　(그날은 다마짱의 선물…… 찬밥에 된장 비벼 먹을 차례든 것이
아부라야끼〔油燒飯〕*였다.
　　노랫소리, 떠도는 웃음, 빠드득 타는 기름내―써는 캬베츠**……
　　찬밥덩이 끓는 아부라에 넣고 가스맨―틀*** 올릴 때 우리 입맛도
높아진다)


오! 거치른 살림의 입김 속에서 정열의 육첩방에 담뿍, 피었든
웃음의 꽃포기에 강남의
봄날의 것―.


참말로 곤란한 사업이었다.
잠도 편안히 못 자고 뜨거운 사랑의 입김 속에 사는 동무들 얼굴에
이향에서 헤매이는 청년들에게 안어다 준 웃음……
저녁노을 빨간 빛깔에 아름다웁게 파동하며
즐거움에 찬 호흡과 얽혀 물들이든 기쁨을 남겨 가져온 십사 전이 선
물로 주었었구나.
그러나 나의 들려주려는 서정은―
이보다 더 어여쁜 강남의 회억에 잠길 때마다 찾아오는 장미 마지막

---

* あぶらやき. 'あぶら'는 기름, 'やき'는 구운 것이나 구워진 정도를 가리키는 일본어. 여기서 아부라야끼
　는 볶음밥을 뜻한다.
** キャベツ. '양배추cabbage'의 일본어식 표기.
*** ガスマントル. 가스등의 점화구에 씌워 강한 빛을 내게 하는 종지 모양의 기구인 '가스맨틀gas mantle'
　의 일본어식 표기.

으로 들려주겠다.


신록의 오월,
빛나는 기념의 날을 아뢰는 서곡인
파란 그 계절에 열리는 앵두알의 새빨간 색채에 어리운
향내 같은 옥의 입술의 미소.
다마짱이 즐겨 입든 다홍 저고리보다도 곱게 피어오르든…….


—양 볼에 새기는 웃음 자욱,
기쁨에 넘치는 눈동자의 초록빛,
……젖가슴에 안은 봄 제비의 선율.


오오, 지나간 날의 역사 속에 적힌
하나의 로맨을……


그때는 삼월 달! 그날마다를 새롭은 계획 속에 보내든 봄밤에
아부라야끼 농담 속에 웃으며 먹고 회에 나갈 때 엷은 그 노래 곡조
따라 옥의 휘파람이 들려왔었다.


동무들아, 끝 맞은 이 자그만 노래의 여운을 굴리려
딴 제비 한 놈이 또 와서 지저귀노나.
무쇠의 부서를 다듬는 보드라운 자장가로 만들려든 그 노래를 축복
하며……
생활의 강반, 아리나레[鴨江]의 물살에 석양이 엷고—
또다시 다음날 강남의 꽃들을 한 아름 엮어 아름다운 꽃다발로 만

들자.

(장편서사시 중의 일절)

—《조광》, 1937년 10월.

강남제비 노란 주둥이에 굴리는
재재비비 즐거운 그 노래
추억이 얽히운 실마리 풀어 주네.

봄을 싣고 온 제비여
너는 압강 지구 불을 이어 가는
공장 작업복에 기름 묻은 동무들에게
지나간 젊은 날의 한때를 자라온
황포강*가, 강남의 이야기 시켜 주려는 것인가.

인제 저녁 교대로 나와
이 집으로 찾아올 동무들에게
나는 들리어주리라.
열화 같은 싸움의 불길 속에서도
청춘을 물들이던 한 가닥 서정을……

그것은 황포강 뱃고동 소리 울리는
우리들이 '강반의 집'이라고 부르던 아지트,
여기서 젊은 세 동무가 자취를 하던 때
언제나 찾아온 거리의 레포ㅡ
내 사랑하는 란이의 추억과 함께
회상 속에 떠오르는 강남 봄밤의 이야기다.

---

| * 黃浦江. 중국 장쑤 성 남동부를 흐르는 강. 상하이를 지나 양쯔 강으로 흘러든다.

란이는 북국의 마실
그리운 초가집―
가난한 살림에도 어린 날을
울안의 복숭아나무 연륜으로 자랐고
그때는 젊은 투사였던 오빠를 따라
국경의 큰 강을 건너
대륙에도 남방 여기 황포강가
연기 뿜는 방직 공장의 실 뽑는 여공이었다.

이국땅 장대한 공장 지대에
뿌리를 박은 조직의 레포로
저녁마다 '강반의 집'을 찾아들었고
때로는 아지트 저녁 끼니를 지어 줬거니
오늘도 회상 속에 즐거운 그 밤,
란이가 받아 온 삯전 몇 푼이
세 동무 얼굴에 기쁨을 안아다 주었다.

그날 저녁은
찬밥에 된장을 비벼 먹을 차례,
분회 모임을 알리려 왔던 란이
이 말을 듣고 한턱낸다고 사온
기름과 배추로 만든 볶음밥이 나왔더란다.
    (……검은 얼굴에 떠도는 웃음, 노랫소리, 빠드득 타는 기름내,
란이가 써는 캬베쯔……
    찬밥덩이 끓는 기름에 볶을 때,

서로 입맛도 다시여 보고―)

거치른 살림의 입김 속에서도
정열과 희망으로 가득 찼던 방 안에
피어난 웃음꽃이여
강남의 봄 저녁의 일이여

참말로 고난에 찬 사업이었다.
잠도 제대로 자 보지 못하고
하루에도 끼니를 잊어가며 돌아다니며
오직 동지의 사랑 속에 살던 동무들,
황포강 뱃고동 소리에도 향수를 저버리고
이방 땅에 그날마다를 싸우던 청년들에게
하루저녁, 삯전 몇 푼이 안아다 준
젊은 날의 웃음이여

그러나 내가 이야기하려는 것은
강남의 회상에 잠길 때마다
떠오르는 한 송이 장미―
사랑의 노래여라.
앵두알의 향내 같은
란의 입술의 가벼운 웃음과
기쁨에 넘치는 눈동자에
비치운 초록빛!
젖가슴에 안은 봄 제비의 선율……

오, 지나간 날의 싸움의 역사 속에서
젊은 날이 짜놓은 로맨이었다.
그때는 강남이라 내리며 녹은
남국의 눈이 황포강에 배꽃처럼 날리는 삼월 달,
볶은 밥을 웃음과 농지거리 속에 먹고
밤의 분회 모임으로 나갈 때
휘파람 부는 '인터내셔널' 곡조 따라
란의 노랫소리도 흘러 왔더니라.

오늘 내 고향 압강 지구에
싸움의 불길을 이어 가노니
내가 키워낸 새로운 불씨들인
지구의 동무여
다시 처마에 딴 제비 한 놈이
찾아와서 추억의 이야기 굴린다.

살림의 강반, 아리나레 물살에
벌써 저녁노을도 엷어져 가고—
또다시 다음날, 강남땅에 피어나던
생활의 꽃포기를 엮어 보자.

—『안룡만 시선집』, 조선작가동맹출판사, 1956년.*

---

* 북한에서 출간된 시집 및 시선집에서는 「생활의 꽃포기」의 창작 시기를 1938년으로 밝히고 있다. 하지만
이는 작가의 착각으로 보인다.

## 꽃 수놓던 요람

이른 봄도 강남의 벌판은
다사로이 초록으로 띠를 달고 웃는다
이 철 들어 처음의 피크닉!
오늘의 아름다운 자연의 품은 우리들의 입김에 젖어 흘러라.

생각하노니 지나간 눈 밤 화롯가에서
봄날의 짙어가는 빛깔과 높아가는 일을 그리었느니
오오 양광도 따뜻하다. 또한 맑은 공기!
포돗빛으로 젖어 수풀의 가지 사이사이로 빛의 화문花紋을 짜놓는
아래
젊은 날의 노래는 삼월에서 터지노나.

꾀꼬리인 양 이름 모를 새들은 반주를 하고
물오른 잔디는 보드라운 방석이 되어
시간 전에 와 소비의 동지가 싸준 과자 봉지 한 구석 터쳐 뺏어들 먹
으며
피우는 말의 꽃은 불을 안는가
봄의 노래는 불인가!

이때에 문득 눈에 띈 개나리꽃 한 포기여!
너는 집단의 정열이 피어진 것!
방긋이 웃는 뿌리 채 꺾어 코끝에 대고 아득한 저 끝 하늘가를 치어

보면

　향내는 과즙의 달콤한 물 내음새로 높아가며 회상의 실마리는 고향
으로 끄은다.


　삼 년 전의 봄 아아 벌써 제비에 흘러가 버린 그날
　동 넘어 볼록이 싹트는 잔디에서 그곳 동무 말 들으며
　살며시 치어보든 개나리여! 이 꽃에서 기록은 지어졌었다.
　노을이 빨갛게 타는 저녁은 오리강 두던*에
　벽돌 오층이 쨋쨋이 비최는 지구地區의 골목길 어떤 집에서 등잔불 아
래 꽃피우려는 이야기가 있었다.


　꽃은 피고 화변花瓣은 날르고
　살림의 입김에 무르녹는 거리에 꽃은 퍼져
　골목에 선 포플러여! 개굴**이며 돌담에도 사랑은 뜨거워 이끼[苔]를
덮었다.
　그리하여 단풍이 지지우리는 가을날도 시들 줄 몰라
　낙엽 지는 하반河畔에는 젊은 손들이 엮는 꽃으로 수놓아질 무렵―


　드디어 눈보라는 꽁꽁 얼음장으로 붙었다
　꽃순도 향내를 잃어……
　오오 사랑하는 요람 지나간 날의 빛나는 꿈의 화환은 반도 짜지 못했
건만
　눈 속에도 싹은 트리라! 내 고향 북국에도 유빙이 흘러 흘러

* '언덕'의 평안도 방언.
** '개울'의 강원도, 황해도 방언.

젊은 꽃들아 네들의 향물은 덮이운 얼음장을 깨치려 가슴의 입김으로 넘치게 흘러라.

시간은 정각 다 모였다
우리의 로이드안경*도 와 검은 얼굴에 웃음 띠고
―이 사람! 뭐? 로맨틱한 생각해
놀리는 말에 혀끝 차며 회상을 끊고 개나리꽃 캡에 꽃을 때
대공의 종다리도 서곡을 끊지니 꽃피우려 높아갈 강남의 계절은 조춘의 분수령을 넘었다.

―《시건설》, 1939년 10월.

* 테를 검은색의 굵은 셀룰로이드로 만든 안경. 로이드라는 희극 영화배우가 쓰고 영화에 등장한 데서부터 퍼진 말이다.

이른 봄도 강남의 벌판은
초록으로 띠를 달고 웃는다.
이 철 들어 처음의 피크닉
맑은 공기 포돗빛으로 젖는
숲 속에서 가질 때
젊은 날의 노래는 봄에서부터……

물오른 잔디는 방석이 되어
아직도 시간 전이라
한 동무가 사온 과자 봉지 터쳐
뺏어들 먹으며 주고받는
우리들의 이야기도 불을 안는가.
봄의 노래는 불인가.
이럴 때 문득 눈에 뜨인
개나리꽃 한 포기여
방긋이 웃는 뿌리 채 꺾어 코끝에 대고
아득히 먼 하늘가를 치어다보면
향내는 달콤한 물 내음새로 높아가며
회상의 실마리 고향으로 끄은다.

몇 해 전의 봄, 벌써
제비에 흘러가 버린 그날.
압록강 동뚝*을 넘어

| * '동둑'의 북한어. 크게 쌓은 둑을 의미한다.

싹트는 잔디밭에서 처음으로
키워낸 공장 동무의 이야기 들으며
살며시 치어다보던 개나리여

이 꽃에서 고향 지구의
싸움의 기록은 지어졌다.
노을이 빨갛게 타는 저녁은
오리강 둔덕에 벽돌 오층 공장이 길게 비친
지구의 골목길 어느 동무 집에서
등잔불 아래 꽃피우려는 이야기가 있었다.

젊은 청년들은 자꾸만 늘어갔거니
단풍이 붉어가는 가을
싸움의 불길이 타오르려는 무렵—
드디어 사나운 폭풍은 휘몰아쳐
눈보라에 얼음장으로 얼었다.
사랑하는 청년들이 피워가던
꽃 순도 향내를 잃어……

오, 사랑하는 요람
그날의 싸움의 기록은 도중에 끊겨
동무들은 빼앗기고 흩어졌건만
한길 눈 속에도 싹은 다시 트리라.

내 고향 북국의 오리 강반에도

봄이면 봄마다 유빙이 흘러 흘러
젊은 꽃들아, 늬들은 오늘도
두텁게 덮이운 얼음장을 깨치려
가슴의 뜨거운 입김으로 넘쳐흘러라.

시간은 정각,
동무들도 다 모였다.
상부의 로이드안경도 와서
—이 사람, 뭐
로맨틱한 생각을 하나……

농조 말에 혀끝을 차며 회상을 끊고
개나리꽃 한 송이 캡에 꽂을 때
하늘의 종다리도 서곡을 멈추니
꽃피우려 높아갈 강남의 계절은
봄의 분수령을 넘었다.

—『안룡만 시선집』, 조선작가동맹출판사, 1956년.

제2부 │ 수령의 미소

## 환송의 새벽
―인민회의 가는 평북 대표들께


기관차는 떠난다
밝아오는 이 새벽에
민주의 서울, 빛나는 하늘 저쪽을 향해
봄 제비 푸르른 오월 바람 속에 날고
신록이 초록빛으로 물드는 벌판을 달려……

젖빛 안개 햇살에 흩어져
차창에 나타나는 그대들의 얼굴
오늘따라 이 땅의 크낙한 희망에 더욱이 아름답다.
―그는 저 북방 평화의 붉은 별들이 지키는 곳
　크렘린에서 흘러온 조국의 새날을 약속한 전파
아, 자주독립을 하루 바삐 가져오려
온 인민의 마음을 한데 엮어 꽃테로 안고 떠나가는
영광된 싸움의 전사
우리의 자랑스런 대의원 동무들!

이 속에는 내 사랑하는 사람
새 계획의 예정 숫자들 넘치는데
선봉이 되어 밤과 낮을 이어온 생산의 전사들도 있고
구수―한 흙 내음새 흐르는
햇볕에 꺼슬린 농민의 얼굴도 있다.
또한 조용히 웃음 웃는 여자 동무

벌써 설레이는 감격의 마음은
지나간 이월 그날처럼
민족의 태양을 눈앞에 보고 이야기할 즐거움에 찼노니…

새 역사의 한 장을 펼치려
금수의 모란봉 그 아래 열릴 제2차 인민회의
이번이야말로 모스크바 대회를 이루러 가는 길
우리 손으로 뽑은 인민의 대표
그 속에서도 추려 꼽은 노동의 일꾼들
그들의 다정스런 웃음에서
나는 본다. 불타는 신념은 승리의 주춧돌을 닦아
민주와 독립의 새벽을 가져올 것을……
오오, 반동의 암운을 헤치고 헤쳐
찬란히 밝아올 조국의 새날

초록빛 신록의 아침
기관차도 자랑스러운 듯 불꽃 날리며
거침없이 달려간다. 오백 리 평양성까지
거기 대동강 푸른 물살을 차며
봄 제비마저 그대들을 축복하리니
건강하라 평북의 대의원 동무들이여

―《평북노동신문》, 1947년 5월 14일.

## 사랑하는 아내에게
### ―인민경제계획에 바치는 노래

밤도 이무 깊었는데
보채는 아이 젖 먹이며 조으는
사랑하는 아내여
나는 내일 모임의 보고를
빛나는 계획 숫자를 넘쳐 실행할 글을 꾸미면서
고요한 감격이 가슴에 설레어
그대의 흐트러진 머리카락을 쓸어 올려 본다

오늘 저녁도 그대는 어린아이 업고
가두세포*에 나아가 이야기에 꽃피웠다거니
시방 북조선의 산하를 통틀어 어느 한 치 땅도 남김없이
두메에서 마을에서 공장 거리에서
온 인민이 새나라 건설의 터전을 닦는 이 일을 가지고
불붙는 토의를 거듭하고 일에 옮겨 가고 있는 것이지
그러기 밤 늦추 돌아온 나에게 보내는 그대의 따뜻한 미소
사랑에 넘치는 눈동자는 새 희망에 가득 찼드니라

밝아오는 조국의 새 아침
기쁨이 봄볕에 잘 잘 녹아 흐르는 땅 위
푸르른 하늘을 고즈넉이 머리에 이고

---

* 도시나 노동자구에서 직장 당 조직에 포함되지 않은 당원들을 모두 포함시키기 위하여 가두에서 조직하
는 노동당의 말단 조직을 가리키는 북한어.

가난하나 즐거운 우리 집 살림을 꾸미는 것은
이것은 또한 얼마나 보람 있는 청춘이냐
아내여, 지나간 어두운 세월에
어린아이들 이끌고 흘러 다니면서
미움의 싹을 키워 왔더니 그도 옛말이구나

해방된 지 한 해에다 절반을 넘는 사이
눈부신 수많은 민주 창사의 기록
이와 함께 목재 공장 임시공이었든 나는
옳은 이치에 눈 뜨고 미래를 똑바로 내다볼 줄 알게 자랐다
오, 인제는 시당부市黨部 조그만 부서
인민의 초소에서 싸우고 있는 한 사람의 선봉부대다
일쑤 동지들과 회관에서 밤을 밝히는 날이면
그대는 어린아이 데불고 팸플릿을 뒤적이었고
아내여, 벌써 우리는 레―닌과 스탈린의 이름을
그리운 벗의 이름처럼 외우는구나

이렇게 말하면 그대는 웃으리라
그는 지나간 기억 속에 파묻혀진 이야기
―쌀값은 자꾸만 오르니 어찌 되우
―아이들 입힐 옷 한 감이 장거리서 얼마게유
그대, 오죽이나 괴로웠기 그런 말을 했을구
우리의 생활은 그날그날 괴롭고
어린아이에게 강낭밥*도 못 먹이는 끼니가 있건만두
이 고난은 승리를 가져오려는 진통의 크낙한 시련이다

앞날의 비쳐 드는 희망을 앞두고
오늘이란 현실의 세찬 격랑을 헤엄쳐 나가야느니
그대는 이무 잘 알고 있으며 지난날의 회상이구나

밤도 이슥이 깊어 새벽은 가까워
나는 아직도 보고를 꾸미며 내일을 그림 그려 본다
생산의 동맥에서 무수한 생산품이 인민의 이름으로 쏟아지리라
마을에서 수확의 가을, 오곡이 무르익어 높은 향내 흘러오리라
이 모―든 새 계획의 승리가 가져온 선물들이
이 시대의 한 구석을 좀먹는 시장의 기생충들을 물리치고
만백성이 골고루 행복을 누릴
새날은 삼천리에 여명처럼 밝아올 것이지
벌써 분등하는 생산의 입김은
결의도 높이 이날을 약속하잖느냐

사랑하는 아내여
그대는 보배롭게 눈뜬 오늘에의 자랑을 가지고
항시 내게 던지는 애정처럼 일에 충실하라
하루 두 끼 밥 짓고 아이들 옷 꿰매고
그러면서도 나머지 시간을
여성동맹 가두책임에 건국반 일에
또한 세포의 모임에 참가하는 책임을 다―해야 한다
끊임없는 싸움의 불로 건설의 날과 날을 이어가는

---

* '강냉이밥'의 북한어.

오로지 이것뿐이 빛나고 자랑에 찬 그대와 나의 길—

우리의 가난한 살림에 봉오리 열고
오월 모란처럼 꽃피어나는 기쁨은
인민의 선봉, 여러 동무들과 함께 조국에 바치는
영원히 변함없는 사랑의 맹서다
머지 않는 앞날—
우리 집 순이와 란이가 크는 날
아아, 그때 역사의 봄은 강산에 찾아
기쁨이 함박 같은 기쁨이 꿀물로 흐르리라

—《문화전선》, 1947년 8월.

# 그리운 레닌 초상
## ―10월 혁명 30주년을 맞아 회억함

여기는 모스크바 근교 고리끼촌
저무는 황혼 저녁 안개
보랏빛 짙어감도 잊고
나무 벤치에 앉아 마을 사람들과
이야기에 흥겨운 레―닌
그의 얼굴에 뜬 다정스런 미소
마음 착한 사람만이 지닌 다사하니 정드는 미소
그것은 1918년 초가을 어떤 저녁의 그림 한 폭―

오래인 혁명의 길
끊임없는 싸움의 날
있는 힘을 모오두 쏟아 놓았고
또한 기쁨에 넘치고 즐거움 샘솟는
시월의 찬란한 아침을 맞은 뒤에도
크렘린 한 방에서 새 사회 세워 나갈 일에 바빴길래
드디어 차돌같이 단단했던 몸을 상한 일리이츠는
때때로 좋아하는 산책의 발걸음을 초원에 옮겨
황금색 빛나는 수풀과
백화며 지평을 가리운 구릉
사랑하는 대지 로씨야*의 풍광을 눈 더듬었었다.

| * '러시아'의 북한어.

73

새벽녘 맑고 차단한 이슬이
햇살에 반짝이며 흩어지는 풀밭
어떤 자그만 수풀 옆 잔디를 깔고
북쪽은 겨울도 일러 마른 풀로 모닥불 피우며
고요히 고요히 책자를 뒤적이는 옆모습
턱을 가리우는 수염을 깊숙이
앞가슴에 파묻고 명상에 잠긴
그는 언제 보아도 용기와 열정과 희망에 가득 찬
그러면서 정다운 사람 레―닌의 또 한 폭 그림……

레―닌! 그는 크낙한 인류의 태양이면서도
레―닌! 그는 깊은 진리에 눈뜬 사람이면서도
항시 괴로워하는 인민들과 더불어
그날그날을 행복스리 살아갈
이야기를 주고받기 즐겼거니
짝달막한 키에 벗어진 이마하며
그 아래 빛나는 눈동자에 켜진
가난한 사람들에게 켜진 무한한 사랑의 등불
수수―한 옷차림과 찌그러진 넥타이
그것은 로씨야 초원 슬라브 촌락마다에
어디고 숱하게 있는 농부와 다름없는 모습이었다.

더욱이 우리를 감동시키는 것은
그가 한평생 어머님에게 바친 사랑의 마음
혁명사업의 귀중한 시간 속에서

한 주일에 한 번씩 정기우편처럼 보낸
사모와 애정에 가득 찬 어머님에의 편지
―어머니 그 사이도 편안하시죠……
아무렇지도 않으나 진주처럼 빛나는 말과
그 말 속에 스민 따뜻한 감정이여
제네바 표랑의 그 어느 한때
고향에서 찾아온 어머님을 맞아
사모바―르* 끓는 단란의 아침
그날도 레―닌은 산책의 길에서 들백합을 꺾어 오고……

아아 우리의 레―닌!
그는 아름다운 한 사람의 인간이었다
씨비리** 유형의 황량한 겨울날
눈 내리고 저무는 한촌
마을 초가 막가리***서 농부들과 장기를 둔 그이
그는 망명의 어두운 날
동지들과 밤을 지새워 불붙는 토론을 주고받았거니
그때마다 따뜻한 홍차를 끓이는 크룹스까야**** 부인
깊어가는 밤과 밤
새벽으로 이어진 문제

* самовар. samovar. 러시아 특유의 주전자.
** '시베리아'의 북한어.
*** 막처럼 비바람을 막을 수 있게 간단하게 꾸린 집을 가리키는 북한어. 마가리집.
**** Krupskaya, Nadezhda Konstantinovna(1869~1939). 소련의 교육학자. 정치가. 레닌의 아내로 페테
르부르크의 가난한 가정에서 출생하였다. 여교사로 일하던 중 혁명운동에 참가하다 체포되어 1896년 시
베리아에 유형되었다. 유형지에서 1898년 레닌과 결혼하였으며 망명 생활을 함께하였다. 2월 혁명 이
후 귀국한 뒤에는 교육인민위원회에서 적극적으로 활동하였다. 저서에 『국민교육과 민주주의』가 있

런던대회에까지 올라 멘셰비키*와 싸움을 걸었더니라


레―닌의 이상은 발갛게 타오르는 횃불꽃

그렇다 이스크라**

이것이 볼셰비키***당의 횃꽃

고난에 찬 서백리아西伯利亞****

눈바람 찬 겨울밤

북방에 키워 온 강철의 조직

어두운 반동기의 폭풍 불어치는 시절에도

당을 승리의 길에로 이끌었고

원수와의 냉혹한 싸움에서 키운 혁명의 전통

이 정열이 당의 순결을 지켜

미래의 희망과 승리를 믿고

아로새기는 불이 되었다


하기에 우리의 기억 위에 남겨질

수많은 초상 중에도 한층 빛나는 것은

그는 시월의 페쩨뜨그라―드***** 그 전야

국경을 넘어 봉인열차에 몸을 숨겨

---

\* Меньшевик. Mensheviki. 러시아어로 '소수파'라는 뜻이며, 러시아 사회민주노동당의 비非레닌주의 당파를 가리킨다.

\*\* Искра. Iskra. 러시아어로 '불꽃'을 뜻하며, 1901년 레닌이 플레하노프 등과 함께 창간한 볼셰비키의 신문명이다.

\*\*\* Большевик, Bolsheviki. 러시아어로 '다수파'를 뜻하며, 레닌이 이끈 러시아 사회민주노동당의 분파로 1917년 10월 혁명 이후 주도적 정치 세력이 되었다. 1903년 이후 레닌의 추종자들에 의해 구성되었으며 당 중앙위원회와 기관지《이스크라》편집진에서 한때 다수를 차지했다. 이들은 스스로를 '다수파(볼셰비키)'라고 칭했으며 반대파를 '소수파(멘셰비키)'라 불렀다.

\*\*\*\* '시베리아'의 음역어.

그립던 고국에 돌아온 레―닌이
노농 쏘베―트***** 병사들 환호 받아 기차에서 내리며
맨 처음 "우와―" 소리에 회답하여
힘 있게 내여 민 손길……
그 뒤 전류처럼 공장으로 집회로 흘러 다니며
선반기대 위에서 전차 위에서
부르짖으며 내여 민 손길
그 억센 손길이 가르치는 길은 혁명의 길

물어보자 이 지상에서 그 어느 때
이렇게 소박한 모습을 가진
이상의 전사를 가졌던가를―
레―닌! 그리운 그 이름
오늘은 크렘린궁
세기의 붉은 광장 앞
대리석 아름다운 막능幕陵 그 속에
고요히 고요히 잠들다

회상도 슬픈 일천구백이십사 년
생명을 끝내 우리와 결별한 날

***** '페트로그라드'의 오기로 보인다. 현재의 '상트페테르부르크'를 가리키며, 1917년 당시 10월 혁명의
중심지였다. 제정 러시아의 수도였던 '상트페테르부르크'는 러시아 민족주의가 고조되었던 1914년
러시아식 이름인 '페트로그라드'로 개칭되었다가, 1924년 레닌을 기념하기 위해 '레닌그라드'로 바뀌
었으며, 1991년 본래 이름을 되찾았다.
****** '소비에트'의 북한어.

그와 맹우 스탈린은 역사의 서약을 보내었나니
그는 로씨야 위대한 국토
평화의 입김에 서리운 쏘베―트
아아 시월의 그날로 연륜 새겨서 삼십 년
승리의 영광도 높이 맞이하는
이날의 혁명 기념일!
꽃같이 태어나는 젊은 세대 속에
레―닌! 그대 모습 영원히 살았도다

―《조쏘문화》, 1947년 11월.

# 씨비리 네 고향 땅에

이른 봄도 백설이 첩첩한
씨비리 가없는 평원에
태고의 깊은 숲, 눈길 속에도
밀보리 싹트며 찾아온 오월—

눈서리 얼음이 녹아내리는
벌판길을 뜨로이카*로 달려
변강 콜호스** 경축회장으로……
안드루샤, 너는 가리라.

봇나무*** 수림에 이파리 향기로워
초록빛 활짝 피어나는데
눈부신 햇살을 받으며 받아가며
나스쨔의 어깨를 안고 웃기도 하겠지.

팔월의 여름, 해방의 날로
이 땅에 왔던 씨베리야 사나이,
네 고향은 로씨야 변방의

---

* тройка. troika. 삼두마차. 러시아 고유의 썰매. 세 필의 말이 끌며, 세 사람 내지 네 사람이 탈 수 있다.
** колхоз . kolkhoz. 소련의 집단농장. 모든 생산 수단을 사회화하고 협동조합 형식에 의하여 농민이 집
    단 경영을 행하였으며, 각자의 노동에 따라 수익을 분배하였다.
*** '자작나무'의 북한어.

봇나무 숲 아름다운 마을이랬다.

고향 마을 콜호스 작업반에는
두고 온 처녀—나스쨔란 이름이라고,
별빛 총총한 강반의 두던 길에서
어느 밤, 조용히 들리어 준 그대.

이 봄과 함께 그대는 맞으리.
오월의 날, 즐거운 명절을……
창공을 넘어 지평선 몇 만 리,
붉은 광장에는 오늘 노랫소리 높으리.

어느 두메에서나 낯선 나라에서도
심장에 느끼어진다던 네 조국의 수도—
세기의 광장에서 축포 울리며
기쁨에 넘친 새사람들이 행진하리라.

쏘베트 로씨야, 그 광망 밑
붉은 별 청춘의 자랑에 빛나는
그대들의 길은 영웅의 길, 승리의 길,
노래처럼 인류가 희망으로 부르는 이름.

아, 행복이 주렁져 열매 맺는 나라야
자유의 땅에 휘날리는 평화의 깃발,
그 깃발을 우러러 우리 모두

새 역사의 길 우에서 오월을 맞노라.

씨비리 가없는 벌판
네 고향 땅에 봄빛이 짙어서
명절날 아침 뜨로이까를 달리며
사랑하는 사람과 기쁨을 나누리니

다짐도 하는가, 다시 어떤 원쑤가
신성한 국토를 침범할 때면 초소에 서리라고,
그리고 생각하리라. 폐허 우에
일어서는 나의 조국— 영웅 조선을!

지난날 포성 울어 초연 자욱히
낮과 밤을 덮던 이 땅 우,
평화의 노래 흘러가는 광장의 물결 속에서
바라보면 북방 땅 동트는 세계의 여명—

나의 벗 안드루샤,
씨비리 태고의 깊은 밀림에도
삼동 한철을 이겨 봄이 오듯이
새로운 것은 승리로 꽃피어 나리라.

희망의 날, 오월이여
영원한 청춘의 행복한 미래로
평화와 자유의 깃발을 날리며 날리며

우리도 가리라, 그대들 길을 따라가리라.

—『전하라 우리의 노래』, 조선작가동맹출판사, 1955년.

# 어머니—당의 노래

1
운해에 덮여 아득히
벼랑으로 솟아오른 산발—
한낮에도 햇볕을 가리운
원시의 밀림 속,
태고의 오랜 세월로부터
하늘로 솟아오른 나무를 보라.

상상봉에 우는 바람소리
삭풍에 얼어붙는 날과 날
울부짖고 지둥치는 폭풍에도
수림을 덮는 눈보라, 눈보라에도
거연히 산발에 솟아
꺾일 줄 모른다. 뻗어 오른다.

동무여, 노래하자.
승리의 조직자인
우리 당을 이렇게 노래하자.
고난과 영광에 찬 길에서
당은 혁명의 깃발, 투쟁의 깃발
높이 들고 나아간다……고.

태고의 밀림, 천년 이끼 앉은
아름드리 나무 나무와도 같이
미래의 창공에로 뻗어
우리 전사들을 불러일으키는
당이여, 어머니여.

이 나라 어두운 역사의 밤,
일제의 총검이 서릿발 번득여
탄압의 선풍을 몰아오던 날—
고난의 가시길\*을 밟으며
인민의 전위들은 싸워 왔거니

수많은 전우들이
교수대에 오르는 순간에도
당원의 슬기로운 영예를
가슴 깊이 느끼며 간직했고
감방의 돌담 벽에 새긴 연륜과 함께
쇠살창\*\*으로 비치는 푸른 하늘
북방 땅 시월의 날로 빛나 오른
붉은 별, 밝혀 주는 것을 보았노라.


## 2
두텁게 얼어붙은 얼음장

---

\* '가시밭길'의 북한어.
\*\* '감옥'을 비유적으로 이르는 북한어.

깨어져 터지는 소리—
해빙의 여울물 솟아 흐르고
삼동 한철 내려서 쌓여
길로 덮인 눈길을 헤쳐
새파란 어린 싹이 움트며
자라나는 한 알의 보리를 보라.

괴로움에 시달리는 백성들의
쓰라림과 피눈물이 고이던 땅!
주림에 떠는 겨울을 넘어
해마다 봄은 찾아와서
푸른 싹 돋고 실비에 젖어
꽃이 피어난다, 이삭이 패인다.

동무여, 노래하자.
인민의 가슴에 살아 오른
우리 당을 이렇게 노래하자.
대지에 기쁨이 주렁지고
노랫소리 희망으로 흘러드는
역사의 새봄, 인민의 봄을
이 땅에 찾아오려 싸웠노라……고.

생명의 액즙이 향내 풍겨
행복의 별이 수림처럼 무성할
인류의 봄을 꽃피워 가는

당이여, 어머니여.

장백의 산봉에 불타올라
김일성 빨찌산들이 태우는
우등불,* 우등불…… 혁명의 횃불,
당의 혈통을 이어, 불을 이어
우리의 전우들은 싸웠거니
눈 내리는 광야의 밤을
가랑잎 이불로 덮고
차디찬 대지를 요로 깔고
전투 속에 동트는 하늘 밑—
자유의 새봄이 찾아올
조국의 앞날을 그려 보았노라.


3
다시 동무여, 노래하자.
원쑤와의 판가리싸움**으로
백만의 아들딸들을
이끌어 가는 우리 당을—
이천 도 백열하는 도가니 속
용광로 불길로 달쿠어져
백광을 빛내며 흐르는 쇳물,
당은 우리를 이렇게

* '모닥불'의 북한어.
** 이기고 짐이나 생사존망을 결판내는 싸움을 의미하는 북한어.

거세찬 투쟁의 불길 속에서
강철의 전사로 기르거니

어머니—당이여
무너져 가고 썩어진 낡은 세계의
성돌을 넘어 새것이 승리해 가는
저 찬란한 태양에의 길에서
희망의 미래로
영원한 청춘으로 우리를 부르는
인민의 조직자여

조국의 고지에서 전사들은
사랑하는 한 치 땅을 피로 지키며
당의 이름을 불렀고
최후의 돌격에 나아가며
화선입당* 청원서를
당 중앙에 보내어 달라고 호소한
젊은 청춘의 이름도 있다.

여기 공장의 쩨흐**에서
브리가다*** 선봉들이

---

* '전선에서 입당하는 것' 또는 '사회주의 건설의 현장에서 검열을 받은 사람이 입당하는 것'을 가리키는 북한어.
** цех. '직장'을 뜻하는 러시아어.
*** бригáда 팀, 조組를 의미하는 러시아어.

불꽃 튀기는 노력의 매 분초마다
당의 성스런 과업을
심장의 고동 소리로 들으며 싸우노니

한 삽의 콕스*를 떠서
용광로에 부어 넣을 때
고향의 전야에 오곡을 가꾸며
황금 물결치는 이삭을 거둘 때,
밀림을 헤쳐 아름드리 통나무
쩡 쩡 메아리 울리며 찍어낼 때—
그 하나하나의 노력이
조국의 미래를 위하여
우리 당 앞에 드리는
당신의 아들들의 뜨거운 맹세다.

어머니—당이여
돌아보면 자랑에 빛나는
승리의 길, 투쟁의 길—
백만 전사들은 당의 깃발,
혁명의 깃발 높이 나아가리라.

사랑하는 조국의 땅 우
조선 노동당—

| * koks. 석탄을 공기가 통하지 않게 하고 가열하여 얻는 다공성 탄소질 연료. 주로 야금용으로 쓰인다.

그 이름 부르며

평화와 자유 위해 싸워 가리라.

—『당의 기치 높이』, 조선작가동맹출판사, 1956년.

## 나의 조국

어리던 날 요람의 꿈이
하늘가에 샛별로 빛나고
봄이면 진달래 포기 포기
산과 들에 피어나는 곳,

조상들이 오래인 세월 두고
가난하나 화목하게 이웃끼리 살아온 땅
불러 보면 어머니 젖줄기처럼
언제고 다사로운 나의 조국—

그 전날 조선 빨찌산 투사들
장백의 준령을 헤쳐 넘으며
북변의 장강 압록강을 건너
승리의 햇불 추켜올린 땅이라,

그를 위하여 우리 전사들이
청춘을 바침도 아끼지 않았고
숨지는 생명의 마지막 순간
심장에 간직하고 불러 본 이름이라.

조국—오늘 다시 불러 보면
산하에 타번지는* 노력의 불길 속에

건설의 노래 흘러 아침이 밝고
오곡 익어, 백과 열매 맺는데

어찌하여 한 강토 우에
광명과 암흑의 두 세계가 있는가,
어찌하여 백두의 성봉과 한라산이
한 땅에 있건만 우리는 서로 가 보지 못하는가.

동해의 푸른 물결 파도치며
남쪽 땅 기슭까지 흘러내리고
아득한 창공을 구름 따라
새들도 날아가고 날아오건만⋯⋯

평화로운 하늘 아래
겨레의 염원인 통일의 날을─
언제나 밝고 청명한
아침노을이 빛나게 하라!

바람과, 햇살과, 샘물까지도
인민의 목소리에 화창히 부르는
요람의 땅이여,
조선─나의 조국이여!

---

* 타번지다. '사방으로 번져가며 세차게 타다', '대중 투쟁, 사회적 운동 같은 것이 세차게 일어나 확대되어
나가다'를 뜻하는 북한어.

그대에게 영광을 드리노니
삼천리에 통일의 종소리 울려
민주 태양이 두루 비칠
여명은 밝으리라, 새봄이 오리라.

—《조선문학》, 1958년 7월.

# 고향의 창가에

친선에 맺어져 북으로 뻗은
한 줄기 궤도가 달려가는 곳,
동무야, 네 고향은
자금산 옛 단청 천안문, 서기 어린
북경의 아름다운 거리,
동방의 크낙한 심장이랬다.

봄빛도 친선의 정을 안고 흘러
흘러서 천 리, 고동 소리 울리며
열차가 달려가면 그 어느 때쯤일까?
북경성 역두에 이르는 것은……
아마도 저녁노을 북해공원 물살에 비껴
들창마다 불빛 반짝일 무렵이리니

지나간 어느 여름, 포성이 멎은
전호의 잔디밭에 이야기하다
품에 간직한 한 장의 사진을 보인 그대,
조선 전선 떠나올 때 첫돌이라
별처럼 웃는 까만 눈동자
사랑하는 딸이 보고 싶다고……

벌써 몇 해 만이냐, 어린 꽃봉오리

이 봄으로 더욱 고웁게 피어났으리.
다박머리 귀여운 어린것도,
사랑하는 아내의 따뜻한 품도
그대들 용사들의 개선의 길 맞으며
황혼의 창가에 기다리고 있으리.

승리의 열차여, 달리라.
걸음걸음 꽃으로 수놓으며―
의로운 전사들을 싣고
대륙의 한복판을 꿰뚫어 달려
장성의 높은 언덕을 올라설 때
북경까지 울리게 고동 울려라.

아, 만리타향 이국의 하늘 아래
불길 더운 화선에서, 방선의 초소에서
밝는 아침, 지는 달을 보낸 그대―
나의 동무가 저녁노을 불타는 북경의 거리
고향의 창가에 어린것 입 맞추고
그리운 사람의 품에 안기게 하라.

―『전우에게 영광을』, 조선작가동맹출판사, 1958년.

# 조국의 강을 두고

장백의 산굽이 굽이돌아
백두에서 흘러오는 천 리 장강,
기슭에 서면 출렁이는 파도 소리
지나간 날의 이야기 말하나뇨.

압록강—삼천만이 너를 두고
조국의 강, 어머니의 품으로 부름은
이 땅의 오랜 역사와 더불어
고난에 울고 기쁨에 물결친 때문이라.

삼동 한철 길을 넘게 얼어붙는
국경의 밤, 이 강을 건너
원한에 사무쳐 고향 하늘 뒤 두고
북쪽으로 흘러간 그림자 몇몇이나 비쳤더뇨.

복수를 다지며 돌아보던 조국 땅
그들의 불타는 눈망울에
희망의 등대로 비춰 밝혀준 것은
백두 산록에 싸우는 전사들의 이야기—

오늘도 네 흐름에 생각함은
만고에 자랑찬 항일 유격전,

김일성 빨찌산 용사들의
빛나는 혁명의 역사이니

장백의 높은 준령을 주름잡으며
항쟁의 횃불 높이 드신 우리의 수령!
조국으로 진군하며 네 흐름을 바라
충성의 마음을 불태웠노라.

굽이치는 물살 여울 감도는 곤장덕*
다복 숲에 덮인 언덕을 넘어
보천보**에 올린 혁명의 불길이여
이 땅 삼천리를 황황히 비췄어라.

빨찌산들 돌아가며 뗏목을 저어
다시 싸움의 길, 장백의 길에 올라
그리운 어머니 땅, 조국의 하늘
되돌아보며 맹세의 싸창*** 높였네.

—조선아, 잘 있으라
 승리의 날 우리 돌아오리라.

---

* 곤장덕봉. 함경북도 무산군에 있는 산.
** 보천보 전투를 말한다. 일명 '혜산진惠山鎭 사건'이라고도 하는데, 김일성을 주축으로 한 동북항일연군
   제1군 제6사의 일부 병력이 1937년 6월 4일, 함경북도 갑산군 혜산진에 있는 일제 관공서를 습격하고 보
   천보 일대를 일시 점령한 사건이다. 당시 이 사건은 《동아일보》, 《조선일보》 등 국내 신문에 크게 보도되
   었고, 김일성의 이름이 널리 알려지는 계기가 되었다. 북한에서는 보천보 전투를 항일혁명투쟁의 최대
   성과로 간주한다.
*** 권총의 하나인 '모제르총'의 북한어.

뗏목 우에 전사들과 함께 서 계시던
젊은 날 수령의 모습을 비췄으리니

귀 기울이면 물결도 속삭이노라.
혁명의 전사들 붉은 피로 물들이며
저 눈 덮인 산발, 백두의 준령에
아로새겨진 승리의 기록을!

오늘은 자유의 광망에 밝아 오른
압록강 영원한 푸른 흐름—
네 유구한 흐름과 더불어
이 땅에 길이 빛날 그 이름을 노래하라.

　　　　　　　　　　—『붉은 깃발 휘날린다』, 조선작가동맹출판사, 1959년.

# 용해공*의 붉은 마음도

동해 쪽빛 수평선에
먼동이 터 오는 이 아침
오늘의 첫 출선을 기다리며
우리는 탑빙봉을 틀어쥐고 섰다.

노체** 안의 열도는 제대로
천칠백의 고열로 활활 타오르고
열풍로의 풍압도 좋다.
면경을 벗어 아득히
정든 고향의 푸르른 바다
출렁이는 물결 소리 듣노라면—

공화국의 무쇠를 녹여내는
자랑찬 마음 후더워,
수령의 영채로운 모습 뵈옵던
그날의 감격이 가슴에 안겨 온다.

지난해 어느 봄날
수령께서 동해안을 찾아오시어
밝은 웃음, 환하게 웃으시며

---

* '노爐'를 관리하는 노동자를 이르는 북한어.
** 爐體. 용광로, 난로 등의 몸체.

지척에 서시어 격려하시던 말씀―
노체 안의 쇳물도 바라보시고
탑빙봉도 몸소 쥐어 보시며
―동무들, 수고하오,
  더 많은 무쇠를 조국에 보내야겠소―

태양의 영상을 가슴에 안으며
그이―수령 앞에 다진
맹세를 지켜 일떠선 용광로여!

중공업의 기치 높이
흐르는 쇳물은 주조되고 압연되어
사랑하는 조국 땅을 덮노라.

아, 우리는 이 나라 용해공
당의 불길 속에서 길러
심장 우에 붉은 당증이 얹혀
붉은 전사의 마음 불타거니

동북의 광야, 백두의 밀림에
일제의 어두운 장막을 찢어 15성상
고난과 영광에 찬 고비를 넘으며
수천 번 싸움마다 원쑤에게 불벼락을 퍼부으며
오늘로 걸어온 혁명 투사들이여!

그대들의 높은 정신 지니고
우리는 김일성 원수의 전사답게
작열하며 불꽃 튀는 이 쇳물을
어머니―당 앞에 드리노니
받으시라, 이 땅 용해공의 붉은 마음을……

자! 출선이다.
탑빙봉을 휘둘러 구멍을 쑤실 때
분류처럼 솟구쳐 흐르는 쇳물이
노을 구름 물드는 아침 햇살을 받아
더욱 백광으로 빛을 뿌린다.

밝아오는 이 아침도
조국의 수도―어느 창가에서
경애하는 우리의 수령은
보다 아름다운 이 땅의 앞날
공산주의의 미래를 가까이 바라보시며
멀리 관북 천 리, 동해 바닷가
우리 용해공들을 생각하리라.

―『붉은 깃발 휘날린다』, 조선작가동맹출판사, 1959년.

# 정방기 조립의 날

강반의 동뚝 밑에 자리 잡고
그리 높지 않은 지붕들이
이곳저곳 널려 있는 자그만 공장—
문패를 바라보면 적혀 있다.
'방직기계 제작소……'

여기는 전쟁의 불길 속
폐허 우에 일떠선 자그만 공장이었다.
여기는 몇 해 전만 하여도
몇 대의 보잘것없는 기대들이
니켈 단추며 모표나 만들며
피댓줄에 감겨 돌아가던 공장이었다.

이 자그만 공장에서
우리는 만들었다. 정방기를,
낡은 몇 대의 기대가 새끼 쳐서 만든
새 기계를 돌려 우리 손으로
커다란 정방기 무수한 부속품을!

천삼백이 넘는 방추며

---

* 「정방기 조립의 날」, 「노농 동맹 집안일세」, 「양태머리 쎄빠공」은 '압록강반시초'로 발표되었다.

정밀한 도면과 선삭을 요하는
복잡하고 어려운 부속품들을,
깎고 다스리던 밤과 밤—
애로와 난관이 앞을 막아설 때
그때마다 우리는 생각했다.
빨찌산 전사들 고난의 싸움을!

밤을 밝혀 새벽노을 물들은
피곤한 눈동자가 마주칠 때마다
우리는 이야기했다.
수령께서 오시어 노동자들과
무릎을 맞대고 물으시던 그날의 감격을!
—어디 정방기를 만들 수 없겠소?

조용하나 무게 있는 말씀,
다정하고 굵직한 목소리……
이 부름에 그이 전사인 우리
어찌 마다했으랴, 주저했으랴.

시방도 새 정방기 한 대
조립을 끝낸 기쁨을 안고
시운전 스위치를 넣으면
가볍게 돌아가는 기계 소리—
이 기쁨과 자랑을
우리는 그이께 드리노라. 나누노라

이 땅의 수많은 공장
그 어데나 안 그러랴만
수령은 몸소 우리 공장을 키우시고
앞길을 환하게 내다보시었거니
그날, 벌써 이 자그만 공장에서
우리의 오늘과 내일을 설계하시었다.

그렇다, 그이는
노동 계급의 힘과 지혜를 믿었다.
그이는 믿으셨다. 우리 붉은 전사들의
뜨거운 충성과 불타는 마음을!

아, 이 아침도 수령께서는
조국의 크나큰 계획의
한 도면 우에 적으시리라.

장엄한 미래로 잇닿은 전망 속에
우리 제작소의 이름도……

—《조선문학》, 1960년 5월.

# 노농 동맹 집안일세

봄갈이 앞둔 어느 날
막내딸이 일하는 기계 공장에
흙 내음새 거름 내음새
그대로 몸에 밴 옷차림을 하고
고향 마을에서 오신 할아버지,

기대들이 돌아가는 속에서
선반을 돌리며 웃음으로 맞는
딸의 모습 즐거운 듯 바라보셨네.
—애, 네가 깎는 게 뭐냐?
—아버지 이건 말야요.
　뜨락또르* 부속품이야요.

이윽고 점심참 마주 앉아
풍작 이룬 고향 마을
놀라운 수확을 거둔 소식도 가지가지
딸은 딸대로 공장 이야기
농기계를 농촌에 보내는 자랑—

할아버지는 잔주름 덮인

| * трактор. traktor. 트랙터.

눈을 감고 생각에 잠기네.
오늘은 어엿한 기계공
막내딸을 마음 즐거이 바라보며
기쁨이 클수록 떠오르는
지난날의 쓰라린 기억도 더듬고
기계화된 앞날의 마을도 그려 보는가.

정녕 얼마나 휘황한 아침이
고향 마을 두메에도 밝은 것이랴.
농민들 일손 도우라신
수령의 말씀 받들어 싸우는
처녀의 가슴에도 기쁨으로 부푸네.

―애, 너는 기곌 만들구
　난 땅을 가꾸니 말이다.
　우린 노농 동맹 집안이구나.
―호호호, 아버지두……

할아버지 인제 마을에 돌아가면
보고 온 기계 공장의 자랑
쇠를 깎는 막내딸 자랑 이야기,
이야기하리라. 이 땅 온 마을마다
기계를 보내준 노동자들에게
더 많은 알곡을 보낼 데 대하여!

―《조선문학》, 1960년 5월.

# 양태머리 쎄빠공

그날도 처녀는 쎄빠*를 돌리는데
제지 공장 문 앞이 떠들썩,
바라보니 환하게 밝은 얼굴은
언제나 마음에 그리워
낯익고 가까운 모습―

돌아가는 모터를 멈출 사이도 없이
처녀는 캡을 벗어 들었네.

우리 손으로 새끼 친 기대 앞에서
인사를 받으시며 어서 모자를 쓰라고
그이는 양태머리** 쓸어 올려 주셨네.

그러며 처음 물으신 말씀이
―동무들이 만든 기계가 어떻소?
갑자기 처녀야 무어라 대답하랴.
허나 자랑과 신심으로 말씀 올렸거니
―수상님, 외려 우리 것이 좋아요.

―그래 좋으면 되어……

* shrpev. 형삭形削. 세이퍼로 작은 공작물의 평면을 깎거나 홈을 파는 것.
** 가랑머리, 갈래머리.

그이도 대견한 듯 웃음 띠우시고
바라보시는 무수한 기대여
수풀처럼 일어선 기계의 교향악이
수령을 맞아 합창을 부르는 듯……

국경 도시의 자랑인
이 공장을 찾아 처음 물으신 말씀이
다름 아닌 공작 기계 새끼를 얼마나 쳤는가?
첫걸음 가신 곳이 또한 공무 직장,
그이는 기계공들을 찬양해 주셨거니

쎄빠공 처녀는 생각하네.
아직은 주물에서 갓 나온 쇳내가
그대로 풍길 듯 거칠기도 하건만
미싱유를 붓고 닦아 사랑의 마음으로
윤이 돌아 빛을 뿌리게 하리라.

또한 꿈도 많아라,
낮이면 강철의 불꽃, 쇳밥에 묻히고
밤이면 야간 학교에서 배우는 기쁨,
기쁨에 찬 밤마다 합숙 침대에서
　　'다시 수상님을 뵙는 날
　　　　　그날엔 6급 기능공 자랑해야지'

(신의주 제지 공장에서)

―《조선문학》, 1960년 5월.

## 자랑찬 마음

신록이 짙은 어느 날
쩨흐로 발길 옮기신 그이
첫걸음을 한 쌍의 젊은 청춘이
무쇠를 깎는 기대 앞에 멈추셨다네.

―부부 기대 선반이로군,
　서로 도와 기능을 높이시오.
기능공 남편은 그이를 우러르고
아내의 두 볼에 비낀 감격의 노을빛!

그이 다녀가신 날로 더욱
서로 도우며 도와 가며
무수한 부속품을 깎고 다스리고,
들여맞추던* 밤과 밤이 얼마더뇨.

고난이 첩첩 앞을 막아설 때면
그이가 이끄신 빨찌산 전사들
걸어온 혁명의 길, 투쟁의 날을
돌이켜 보며 싸운 기계공의 자랑이여.

| * 들여맞추다. '들이맞추다'의 북한어.

무쇠의 불꽃, 쇳내에 묻혀
보람찬 노력을 바치는 대오에 섞여
직장에 나와 아직은 어리건만
남편에게 기술 배우는 새 각시 마음 즐거워,

하루의 책임량 넘쳐 낸 저녁마다
황혼길 어깨 나란히 돌아오며
―여보, 나도 인젠 기능공
　이 모습을 그분께 뵙고 싶어요,

노을빛, 웃는 얼굴 얼굴에
붉게 타고, 희망이 비꼈네.
서로 이끌며 배우는 부부 기대엔
수령을 맞은 기쁨에 자랑 높다네.

―《청년문학》, 1960년 5월.

## 당의 심장으로

밝아 오는 이 아침
전기로에서 오늘의 첫 출강
쇳물이 흐른다, 흘러내린다.
백광으로 불타는 그 빛은
바로 우리 당이 비쳐 주는 불빛인가,

불꽃이 튕기며 쏟아지는
철의 분류 속에 탑빙봉을 쥐고
노체 앞에 섰노라면
결의도 새롭다. 7개년 계획 설계도에
새겨진 목표—강철 250만 톤!
면경을 바로 하고 노심을 살피노라면
불처럼 뜨겁게 안겨 오는 맹세,
—당이여 그대의 심장을 우리는 지녔노라……

이럴 때면 언제나 버릇처럼
심장 우에 간직한 붉은 당증을
다시 한 번 지그시 눌러 본다.
희망과 투쟁의 표식인 당증에서
준엄하고도 너그러운
어머니 체온을 느끼며……

나는 영광스런 당의 아들
수령께서 자랑으로
새 나라 중공업의 기둥이라 불러 준
조국의 강철을 뽑는 용해공—

어찌 생각지 않으랴,
그 품에 자란 당의 이름을,
그 깃발 밑에 싸워 온
영광과 승리의 나날을!

암흑과 반동의 고난에 찬 날에도
백두의 밀림을 태우며 타오른 횃불
항일 유격대 슬기로운 전사들이
지켜 온 투쟁의 기치—
이 땅 자유의 창공 높이
당의 깃발 휘날린 그날로부터
우리는 크낙한 어머니 품에 안기었나니

당이여 빛나는 혁명의
전통을 이어 싸우는 백만 우리들
뭉쳐지고 단련된 뜨거운 가슴들이
그대의 심장, 그대의 의지로
고동치며 싸우노라, 불타고 있노라.

어머니 당이여

불사조마냥 불길 속에서
새 역사를 이룩하는 향도성이여

아, 우리는 백열하는 쇳물로
사랑하는 조국의 대지를
화려히 수놓아 가리라,
인민의 영원한 봄을 꽃피우리라.

우리 노동 계급의 이름으로,
바로 어머니인 당—
　　　그대의 뜨거운 심장으로!
　　　　　그대 강철의 의지로!


—《조선문학》, 1960년 10월.

# 비래봉 기슭에서

성굴령 높은 벼랑길 감돌아
아흔 아홉 굽이굽이 고갯길
굽이돌아 찾아온 창성골은
이 땅에도 멀고 먼 두메산골,

산골은 가을도 일러라.
머루 다래 돌배랑 산열매 물들어
바야흐로 익어만 가는 비래봉 기슭
봉은 봉마다 소소리 높아라.

예가 바로 간고한 시련의 날
수령께서 창성강 물소리 들으시며
이 터전에 자리 잡고 반격의 작전을
짜시던 이름 높은 전적지 아니더냐.

내 오늘 여기 와서 아아한 봉우리
두루 가파로운 연봉을 바라보면
골짜기 하나하나에도
어리어 오는 수령의 모습이여

몇 차례였더뇨. 중중첩첩
깊은 두메를 그이 찾으시어

눈을 들어 더듬으신 산줄기
비래봉 높고 낮은 언덕—

태고의 세월로부터 가난에 쪼들려
화전을 두지고* 메마른 땅에 울던
북녘 변방에까지 찾으신 날로
교시를 받들고 새날이 밝아

오늘은 낙원 동산 이룩하는 곳
젖소 울고 토끼 무리 져 뛰노는 곳,
싱싱한 산포도 산딸기 찔광술 향내
그윽이 풍기는 산골!

산턱에 자리 잡은 직물 공장
직기가 행복을 노래하며 돌아가고
신작로 길을 우유통 머리에 인
처녀들이 웃으며 속삭이는 소리……

투명히 맑은 산촌에 울리는
모두가 수령께 드리는 감사의 마음
돌바위 굴리며 흐르는 냇물도
전변하는 새 마을을 노래하거니

| * 두지다. '뒤지다'의 북한어.

114

내 오늘 여기 와서 자랑하노라.
봉은 봉마다 황금의 멧부리로 솟아
그이 말씀대로 온 산의 보물을
활짝 열어제낀 황금산을!

―《조선문학》, 1960년 11월.

## 수령의 미소

압록강반의 공장 지구
국경의 거리를 찾으신 수상 동지
곳곳의 쩨흐에 몸소 들르시고
나오시며 강반으로 발길 옮겼네.

봄물이 찰랑이는 기슭을
천천히 옮겨 디디시는 발걸음—
일행을 돌아보시고 웃으시며
친선의 두 기슭에 일어서는
건설의 모습을 가리키시며
유유한 장강의 흐름을 바라보았네.

때로 깊은 생각에 잠기심인가,
이 땅의 앞날을 그려 보심인가.
고요히 미소 어린 안광을
강물에 던지시던 우리의 수령!

그이는 다시 부두를 떠나는
발동선 갑판에 앉아
눈앞에 펼쳐지는 서해를 바라보시었거니
미끄러지듯 내려가는 뱃길 따라
푸르른 수면에 그이 모습 어리운

물결도 기쁨에 파도쳤네.

이날, 장강의 흐름은
햇볕에 깨어져 반짝이며
즐거이 노래라도 부르는 듯……

바로 그이께서 싸우신
백두의 깊은 밀림에서 흘러 흘러
이천 리 북변을 적시며
이 땅의 오랜 역사와 더불어
파도치며 내려온 압록강,
어찌 수령을 맞아, 그이 모습을 비춰
기쁨으로 출렁이지 않았으랴.

장백의 준령을 넘어
그리운 조국에로 진격하던 길
화롯불 곁에서 그이 그려 보신 흐름,
허항령 지나 삼지연을 내려
빨찌산들 맹세의 싸창 높이
사랑의 마음으로 바라본 강물—

고난의 밤에 이 땅을 밝히며
타오른 혁명의 횃불을 비춰
슬기로운 빨찌산 전사들 이야기
노래하며 흘러온 조국의 강이여

오늘은 네 유역 천 리
언덕마다 새 생활의 노래
웃음으로 꽃피는 이 강반에서
그이 햇살보다 밝게 웃으시는
미소를 비춰 자랑으로 출렁이었더라.

아, 삼천만의 가슴 가슴에
깃들어 있는 수령의 미소에서
우리는 보았네, 이 땅의 앞날
우리의 행복을 밝히시는
봄날의 태양을!

―『8월의 태양―8·15해방 15주년 기념 시집』, 조선작가동맹출판사, 1960년.

# 새 고지를 향하여

우리는 오늘 가슴에 새겨보노라.
수령께서 팔월을 맞으며
당의 이름으로 펼치어 드신
새 전투 강령, 장엄한 설계도를,

그 위대한 역사의 과업
그 찬란한 미래의 전망—
완충기의 언덕을 넘어서서
점령해야 할 새 고지를 생각한다.

지난날도 우리는 언제나
당이 부를 때, 당의 호소를 받들고
우리의 수령 앞에 맹세를 다져
싸워 왔다. 혁신의 불꽃 날리며,

우리 손으로 공장 기계를 새끼 치고
새 제품 무수한 부속품을
깎고 다스리고 들여맞추며
기대 앞에 밝힌 밤은 몇 밤 몇 날이던가.

어려운 일, 괴로운 일이
앞을 막아설 때, 그때마다

어머니 당의 이름을 불렀고
희망을 비춰 주는 그 빛을 보았거니


디젤 엔진, 새 기계를 만들어 낸
기쁨으로 밝는 아침
공장의 창문에 물드는 새벽노을에서
우리는 보았다. 찬란한 앞날의 지평선을……


그것은 당이 비추는 광망
그것은 수령이 가리키는 길,
바로 우리 당은 오늘 또다시
새 설계도를 펼치고 우리를 부른다.


당은 부른다.
건설과 노력 투쟁의 모든 전선에서
기술 혁신의 봉화를 높이 들고
나아가는 앞장에 기계공들이 서라고!


동무여, 우리는
백두의 밀림에 싸운 빨찌산 전사들
고난에 찬 싸움을 가슴에 새기며
언제나 당 앞에 충직한 수령의 붉은 전사!


승리의 향도성인 우리 당
영광에 빛나는 혁명의 기치 밑에 싸워 가리라.

평화와 행복이 꽃처럼 웃으며
공산주의 아침이 부르는 새 고지 향하여!

—『당이 부르는 길로』, 조선작가동맹출판사, 1960년.

## 횃불은 꺼지지 않는다*

몇 차례 그이께서 오셨던가
몸소 동해안에 찾아 주신 수령—
처음 갈밭만 길 넘게 우거져
물새들이 내려앉아 깃을 차리는 습지를
그이는 비날론** 미래의 설계도
펼쳐 드시고 거닐으셨다.

팔월도 한낮 일떠서는 건설장마다
골고루 돌아보시며 우리와 마주 앉아
앞날의 전망, 새 과업을 말씀하셨고
다시 마지막 돌격전에 들어섰던
동해의 이른 봄, 어느 아침
들끓는 현장에서 결전에로 불렀더라.

장백의 깊은 밀림, 높은 준령에
어느 밀영지 깊어 가는 밤에
전사들과 함께 계셨고 선두에 행군하신 그이—
수령님 찾아오신 밤이면 밤마다
아득한 지붕 우에, 활성탄 높은 굴뚝에

---

* 「횃불은 꺼지지 않는다」는 「우리 시대의 청춘 만세」, 「젊은 화학 기사의 꿈」과 더불어 '비날론시초'로 발표되었다.
** 카바이드에서 합성해 낸, 면의 성질에 가장 가까운 합성섬유를 가리키는 북한어.

횃불이 한밤을 꺼질 줄 몰랐다.

이 횃불 밑에 건설자들이
공개 당 총회를 열고 결의를 다지는
불같은 토론으로 황황히 타오르며……

그이께서 걸음 옮기시고 디디시는 곳,
어디라 기적이 샘솟지 않았는가!
밤이 지새면 밝아 오는 여명
벌써 40미터 높은 굴뚝에 휘날리던 깃발,
하루밤* 사이 돌과 흙무지의 산더미가
온데간데없이 사라져 버리고
어제까지 없던 탱크와 육중한 탑들이
벌써 제자리에 가 앉아 있지 않았던가!

횃불은 이 땅의 어두운 밤
수령께서 높이 드신 투쟁의 불씨,
이는 또한 빨찌산 전사들이
설령을 타고 넘으며 태운 승리의 불길—
백두산, 보천보, 혁명의 슬기로운
이름으로 빛나는 돌격조 가슴마다
꺼질 줄 모르고 불타지 않았던가,

| * '하룻밤'의 북한어.

123

하기에 눈보라치는 황초령 맵짠 바람을
높은 발판 우에서 몸으로 막아 싸웠고
그이를 뵈온 감격으로 하여
영하 몇십 도 설한풍도 오히려 몸이 더워라
웃통을 벗어던지고 번개처럼 달았나니

당의 붉은 전사들 심장에
충성의 마음 타오른 불길
건설장의 횃불은 꺼지지 않는다.
또다시 승리의 새 고지로 부를
4차 당 대회에 드리는 선물로
비날론 무지개 비끼며 쏟아질 그날까지는……

아, 오랜 인간의 숙망이
아름다운 미래의 꿇을 노을처럼 비끼며
창조되는 기적의 탄생—
비날론 비날론 비단필이
필필이 나부낄 그날까지는!

—《청년문학》, 1961년 6월.

## 첫 고지 우에서
—수령 앞에 드리는 건설자의 노래

우리는 첫 고지에 올라섰습니다.
자랑차게 긍지도 높이
동해안에 일떠선 화학 섬유 기지—
소소리 높은 지붕들이 연봉처럼
봉우리 봉우리로 솟아오른 비날론 고지에서
동터 오는 수평선을 바라봅니다.

바라봅니다. 이 높은 탑들과 탱크와
지붕 우에 승리의 깃발이 휘날리는
시운전의 아침
저 동해의 노을보다 휘황하고 찬란히
행복한 인민의 앞날을 노래하며
공산주의 미래의 서광 속에 태어나는
비날론의 탄생을 바라봅니다.

수령이시여
칠 개년 장엄한 설계도 우에 당신께서
첫 고지라고 부르신 비날론 공장,
이 나라 혁명의 거세찬 전투에서
또 하나 새 요새를 점령코
우리는 바라봅니다. 당신께서 우리 전사들을
새로운 진격에로 부르실 행군의 길을!

한 해 전, 당신께서
—모든 것을 비날론 건설에로
당의 이름으로 우리를 부를 때
당신의 붉은 전사들은 달려왔었습니다.
배낭을 맨 채
고향으로 돌아가는 그 길을 되돌아
성천강 기슭 건설의 터전으로……

돌아보면 그날로 한 해,
가물치 떼 헤엄치던 물웅덩이에
여우 사냥꾼의 그림자 오고 가던 진펄에
승리의 고지가 눈부시게 일어서서
'비날론 도시'의 위용을
온 세계에 자랑하고 있지 않습니까.

인조 섬유의 처녀지
광대한 터전에 일떠선 대 화학 공장,
궁전마냥 대리석으로 빛을 뿌리는
우리 시대의 자랑찬 기념비,
이는 불타는 청춘의 심장들이 일으켜 세운
영웅의 금자탑이며 과학의 고지—

이 기념의 탑 우에 새겨진
수많은 기적과 노력의 투쟁을
이루 다 해서 무엇하겠습니까.

당신은 아시옵니다. 이 모든 것을……

몸소 우리에게로 오시어
힘든 일을 함께 맞들어 주시며
낱낱이 살피시는 당신은 아옵니다.
전사들의 하나하나의 얼굴까지
헤아리시며 승리의 자취를 기뻐해 주시었나니

우리 어찌 잊을 수 있겠습니까.
지난 동해의 이른 봄
돌격전을 앞둔 건설장을 찾으신 당신께서
어느 한 전사와 담화하시다
그의 손을 잡으시고
오래오래 놓지를 못하시며

아, 눈을 들어 바라보시는
당신의 다정하신 눈빛
만고의 빨찌산 영장이신 당신
삼천만 어버이신 당신의 마음을
우리는 영생토록 잊지 못할 것입니다.

수령이시여
오늘도 우리는 바라봅니다.
첫 고지에 올라서서
조국의 평화 통일로 잇닿은 광활한 길을,

바라봅니다. 당 대회를 앞두고
승리자의 보고를 드릴 그날,
비날론 비단필 찬란한 노을빛을!
삼천만이 행복의 노래에 잠길
영원한 인민의 새봄을!

—『당에 영광을』, 조선작가동맹출판사, 1961년.

# 비단평에서 온 처녀*

하루의 보람찬 노동이 끝나면
강반으로 나와 거니는 처녀,
저녁노을 비낀 압록강 기슭에 서서
강물이 바다로 감돌아드는
서해 쪽을 바라보는 직조공 처녀.

어느 날, 갈을 싣고 오는
배가 닿는 하선장 다녀오던 길,
처녀를 만나 사연을랑 물었더니
바로 그가 나서 자란 고향이
이름 높은 비단평 마을이라오.

전날엔 물오리 기러기 떼
철따라 내려앉아 알을 까고
깃을 차리던 서해 바닷가
갈밭만 길을 넘게 무성히 자라
무명평이라 불리우던 섬마을—

처녀의 아버지 고향을 쫓겨
북쪽으로 흘러가다 머무른 곳

---

* 「비단평에서 온 처녀」는 「인형에 깃든 마음」, 「직물설계도」와 더불어 '노동시초'로 발표되었다.

하마 정든 제 나라 땅을 떠나지 못해
여기 자리 잡고 베어낸 갈밭 터 우에
피나 수수를 뿌려 심으며 살아왔더란다.

그때만도 이 고장 사람들이
노전이나 엮어 팔던 갈대가
원망스럽기만 하던 땅이여
이 섬 기슭 이름 없는 간석지를 찾아
그이께서 오시었더라.

언덕에 오르시어 밀물 드나드는
진펄에 자란 갈밭을 가리키시며
—저기 우리나라
　무진장한 보물이 깔려 있소!
위대한 구상을 말씀해 들려주시었거니

그날, 미소 어린 수령의 모습
멀리서 뵈었다는 처녀,
그날로 압록강반에 일떠선 비단 궁전
궁전의 주인인 직포공을 부를 때
선참으로 달려온 비단평 처녀.

아! 그 이름도 아름다운 비단평
오늘은 바람에 설렁이는 무연한 갈밭이
꽃비단의 바다로 물결치며 노래하는

그 기쁨, 그 자랑을 안고
처녀는 어제도 오늘도 비단을 짜네.

—《조선문학》, 1964년 9월.

## 공장 당의 창문

밤은 얼마나 깊었는가
지새기 쉬운 여름 이른 새벽
먼동이 틀 때도 가까왔으리.
한밤을 새워도 피곤을 모르는
내 귀에 아직도 쟁쟁한 목소리⋯⋯

—당은 동무들을 믿고 있소!
작업 현장 기대 옆에 다가와
나이 어린 기능공인 나에게까지
분공*도 주고 어깨를 두드리던
당 위원장의 목소리—

이렇게 깊은 밤도 그이는
공장 구내를 샅샅이 돌아보시고
직장마다 들러서는 기대도 돌려 보시리,
아니면 당 위원회 한 방에서
깊은 사색에 잠겨 우리를 생각코 있으리

새로운 창안을 두고 밝히는 밤과 밤
우리의 당 위원장이 들려주는

| * 分工. 일을 나누어 맡김. 또는 맡겨진 일.

살뜰하고 따뜻한 격려의 말,
그것은 어머니 당의 목소리!
아, 기쁠 때, 즐거울 때 언제나
어린아이처럼 가슴 울렁이며
선참으로 찾아가는 공장 당 창문이여
따사롭고 너그럽게 맞아 준 품이여

항시 괴롬과 기쁨을 같이 나누며
당의 이름으로 무한한 용기와
끝 모를 지혜를 주는 당 일꾼
이 나라 어느 건설장 어느 작업반
멀고 먼 두메산골에까지
꾸밈새 없이 소박하고 수수한 사람
이런 사람들이 앞길을 밝혀 주거니

이윽고 첫 시제품 성공의 기쁨에
눈을 들어 바라보면
밝아 오는 새벽,
아직도 환하게 켜져 있구나
낯익은 당 위원장실
정다운 그 불빛이……

—『영광의 길 우에』, 조선문학예술총동맹출판사, 1965년.

## 고향집 감나무

내 고향은 철 따라
감이 무르익어 이름난 고장
울안에 몇 그루 서 있던 감나무
아지*마다 알알이 익어 갔어라

해마다 돌아오는 가을
첫 열매 주렁질 무렵이면
어리던 날 맨 먼저 익은 감 알을
따 주시던 고향의 어머니

헤어져 열 몇 해 인제는
백발이 성기어 주름 잡혔을
어머니 아직도 고향에 계시다면
이 가을 감을 따시며 생각하시리.

아직 못 본 손주를 그려 보시며
내 어린 시절 그날마냥
제일 크고 익은 알알을 골라
따 주고 싶어 애타하시리

| * '가지'의 북한어.

애타는 어머니 마음이
자줏빛 나무의 연륜에
서리서리 감기고 또 감겨
키 자랐을 감나무 감나무……

고향집 감나무여
남과 북 떨어져 오가는
어머니와 아들 혈육의 정마저
끊으려는 간악한 원쑤가 있어

어머니 사무친 원한이
네 연륜 금 새마다 맺혔느뇨
해마다 한 줄 두 줄 늘어만 갈
네 기둥에 자줏빛 진하게 그어지느뇨

원쑤에게 향한 다함없는 증오
저주를 부르실 어머니 마음이여
아, 그 마음 그 연륜 우에
분노로 타는 내 마음을 새기노라.

—《조선문학》, 1966년 1월.

# 친선의 다리에서


논 녹이는 봄물 출렁이는
압록강 기슭에 서면
넓은 강폭에 가로놓인
쇠다리 밑으로 첫 떼도 내리는데

봄빛 짙은 국경의 역두에서
기적 소리 울리며 떠나는 열차―
무지개 비낀 환송의 꽃보라에 싸여
의로운 전사들을 싣고 강을 건넌다.

8년의 해와 달, 이 땅의 봄가을,
한마음 한뜻으로 보낸 사람들……
이름 없는 봉우리 풀 한 포기에도
아로새겨진 빛나는 이야기―

두 나라 기슭에 거연히 가로놓인
강철의 쇠다리 우를 오가는
뜨거운 마음, 불타는 심장들은
국경을 넘어 영원하리니,

눈을 돌려 남쪽 하늘 바라보면
임진강 강줄기 흘러내리는 분계선,

그곳에 저주로운 팻말이 박혀
원쑤들은 아직도 물러갈 줄 모르는구나.

어찌 대양을 건너온 그놈들의
국경이 게까지란 말이냐,
어찌하여 남의 땅, 국토 한복판에서
원자 무기 불장난을 일삼고 있단 말이냐.

아니 우리는 가리키리라.
미국 양키들이 돌아갈 길을
조국의 평화통일을 부르는 함성 앞에
치욕의 발걸음 밟아 갈 패망의 그 길을!

태평양 거친 파도 우에 놓인
어떤 다리도 없어, 구원의 다리도 없어
죽음의 마지막 포구에서 통곡하기 전에
미제야 물러가라, 세계는 외친다.

그날 이 땅의 하늘에는
남해 바닷가 제주도 끝까지
평화의 여명이 아침노을 밝아 오르고
우리는 노래하리라, 의로운 전사들의 이름을!

아, 조선의 창공에 샛별로 빛날
고귀한 이름이여, 형제여

그대들의 슬기로운 싸움의 이야기
삼천만 가슴마다에 새겨 있으라.

—《청년문학》, 1966년 1월.

## '백두산 장수별' 이야기

이 땅이 일제의 구둣발에 짓밟혀
온 삼천리가 어둠에 잠기고
온 강토가 피눈물에 젖던 날
서리찬* 놈들의 총칼과 억압의 쇠사슬로
칭칭 휘감겼던 암흑의 밤—

사람들은 서로 마주 앉아
귓속말로 소곤소곤 주고받았네.
아닌 밤, 어두운 이 나라
북쪽 하늘가에 샛별이 하나
유난히 밝은 빛을 뿌리며 빛나더니
백두산에 장수별이 났다고,

천년만년 흰 눈을 머리에 이고
구름 우에 솟아오른 백두산,
천지의 굳게 닫겼던
돌문이 열리고 거기서
장수가 솟아나리란 전설 같은 이야기……

그때 백두산을 눈앞에

| * 서리차다. '서리가 내려 몹시 차다', '찬 서리처럼 싸늘하다' 등을 의미하는 북한어.

바라보는 고원의 숲 속
태고의 깊은 밀림에 둘러싸인
안도의 자그만 마을에서
의로운 항일의 횃불이 타올랐어라.

백두의 연봉에 타오른
거세찬 투쟁의 불길,
이 나라 첫 빨찌산 대오를 이끄시고
혁명의 자랑찬 길에 올라 싸움에로 부를 때

비운에 서려 첩첩
검은 구름장 내려 덮인 4천만 인민의
머리 우에 백두산은 그날
눈부신 광망의 빛발을 펼쳐 들었고
천지의 못물도 용솟음치며
물안개 찬란히 무지개 이루었으니

사람들은 알았더라.
투쟁의 불길을 높이 추켜드시고
원쑤격멸에로 부르시는
김일성 장군!

아, 어둠에 짓눌려 신음하던
겨레들이 오랜 세월을 두고
찾아 헤매이며 마음에 그리던

민족의 영웅인 것을!

눈 덮인 백두의 산발과 산발
봉우리마다에 울려 퍼진
빨찌산 승리의 총소리여
그 소리, 원쑤의 가슴팍에 날창*을 꽂아
죽음의 공포에 치떨게 하지 않았던가
그 소리, 압록강 두만강 건너
조국 땅에 여명을 불러오지 않았던가

고난의 행군, 밀림의 밤
설령을 타고 넘어 눈보라 헤치는
대오의 선두에 서시어
승리의 앞길을 밝혀 주시는 모습 우러러
투사들은 총을 메고 나아갔도다.
조국으로 뻗은 한길을……

이 땅의 암담한 그 시절
백두연봉에 비껴
유난히 빛을 뿌리던 별
오늘은 4천만 마음의 태양으로 빛나네.

그 빛, 조국의 봄

| * 총의 끝에 꽂는 창을 가리키는 북한어.

영원한 인민의 봄을 비추네.

—『수령께 드리는 충성의 노래』, 조선문학예술총동맹출판사, 1968년.

# 싸우는 세계의 인민들은 노래 부르네

투쟁의 불길이 타오른다.
끝없이 광대한 아세아 대륙에,
적도의 태양 아래 아프리카의 땅 우에,
미제가 저희들 '고요한 뒷동산'이라 지껄이던
라틴아메리카의 초원과 사탕수수밭에,

혁명의 폭풍이 불고 있다.
세기를 두고 외래 침략의 무리들에게
억눌리고 뜯기우고 빼앗겨만 오던 인민들
오늘 자기의 자유와 국토를 지켜
성스러운 민족 해방 투쟁의 한길 우에서
싸움에 일어섰다. 손에 무장을 들고……

혁명의 시대, 폭풍의 시대
분노한 인민이 활화산의 분화구마냥
복수의 총창 높이 일어선 항쟁의 불길,
이 거세차게 타오르는 반제투쟁의 선두에
영웅 조선이 서서 나아가거니
보라! 경애하는 우리의 수령
김일성 동지께서 높이 드신 투쟁의 기치—
'반제반미투쟁을 강화하자'

마치 어둠을 뚫고 비치는 불빛인 양
거칠은 한바다 항로를 밝히는 등대마냥
우리 시대 혁명의 노선을 가리키며
여기 조선의 하늘에서부터
태양과 산맥과 초원을 넘고 넘어
휘날리는 깃발이여

그 깃발을
수억만 인민들이 바라보노라
미제를 규탄하며 민족적 독립의 성전에 일어선 라오스 인민들이,
신생의 캄보디아 인민들과 아랍의 형제들
용감한 남부 예멘 인민들이,
산발과 밀림에서 싸우는 모잠비크와 콜롬비아……
싸우는 모든 나라 반제투사들이
그 깃발을 우러르며 나아가노라,

하기에 그들은
혁명의 초소에 서 있는 조선을 말할 때
김일성 동지의 이름을 부른다.
천리마조선의 하늘에 찬란히 솟아오른
인민의 태양―그 이름을
싸우는 인민들은 노래처럼 부른다.

그이께서 가리키시는 길,
세계 반동의 아성이며 국제 헌병인 미제

가장 흉악하고 악랄한 인민의 원쑤
미제에게 투쟁의 화살을 집중하라!
놈들의 발악과 침략을 맞받아
반제통일전선—위력한 전투부대들
제 힘을 믿고 싸우라고 가르치시거니

그것은 억압당하고 착취 받는 모든 인민들을
원쑤와의 판가리 결전에로 부르는
혁명의 길, 투쟁의 길
그것은 싸우는 투사들의 앞길을
횃불처럼 등대처럼 밝히는
승리와 영광의 길!

이 길을 따라 조선은 싸웠다.
이 길 우에서 조선은 나아간다.
1950년 가열한 포화와 불구름을 뚫고
미국 놈들의 '강대성'의 신화를 까부신 조선,
오늘 무장간첩선 '푸에블로'호를 사로잡고
광란하는 미제의 전쟁소동을 무찔러
'보복에는 보복으로 전면전쟁에는 전면전쟁으로'
반제반미투쟁의 선두에 선 조선—

조선이여
위대한 수령을 모신 다함없는 자랑,
이 영광, 이 자랑을

세계는 끝없이 부러워하노라

국제공산주의운동과 노동운동의
탁월한 영도자의 한 분이신
김일성 동지! 그 이름은
조선의 하늘에 빛나는 태양!
그 휘황한 빛발은 비껴가노라.
아침노을 물드는 희망과 광명의 서광으로
대양을 건너 대륙의 끝에서 끝까지……

오랜 세월 외래 침략자에게 짓밟히고
풍요한 자원을 약탈당하며 쇠사슬에 얽매여
신음하던 무수한 사람들이
사막에서 헤매다 생명수를 찾듯
우러러 그 이름을 부른다.
해방의 기치, 항쟁의 총창 높이 싸우는
투사들이 그 이름을 부른다.

4천만 조선 인민의 경애하는 수령
민족의 태양!
혁명의 태양!
위대한 그 이름을 노래처럼 부른다.

—『판가리싸움에』, 문예출판사, 1968년.

# 세계의 싸우는 전우들에게

그대가 지금 지구의
어느 위도 어느 지점
적도의 자오선 열대의 태양 아래 있건
눈 덮인 설원에 살고 있건
심장에 느끼리라, 월남의 불길을,
눈앞에 보리라, 싸우는 월남을!

오늘도 초연에 서리운
야자나무 종려나무 우거진 숲 속에서
원쑤를 노려 어데서건
복수의 총탄이 날아가고 있다.
월남의 어머니와 어린 소년까지도
지뢰를 안고 죽창을 깎아 들고
미제국주의자들에게 죽음의 불벼락을 안기고 있다

세계의 싸우는 전우들이여
항전의 깃발 높이 진격하는 영용한 전사들
인민 해방 무장력의 포화 앞에, 총창 앞에
날마다 해방된 지역이 넓어져 가고
날마다 외따른 섬처럼
미제국주의자들의 기지가 포위되는 영웅의 땅—

총을 멘 월남의 아들들은
자기 조국의 완전한 해방과 독립만이 아닌
아세아와 세계 평화를 수호하기 위하여
폭격 속에서 불길 속에서
피 흘려 싸우고 있다.

그들의 하늘에 치솟는 불길
그들의 땅 우에 떨어지는 폭탄
그것은 그대와 나
우리의 머리 우에 떨어지고 있지 않는가
아름다운 하노이 거리를 폭격하고
그림 같은 하이퐁 항 부두에 터지는
폭격 소리는 지심을 흔들며 멀리
우리의 평화로운 지붕과 들창을 흔들지 않는가

미제를 맞받아 불사조처럼 일어선
월남은 역사를 판가리하는
두 세계의 가열한 전구―

그대가 지구의 어느 지점에 있건
오대양 육대주 어느 위도에 살고 있건
월남의 불길을 눈앞에 보고
월남의 승리를 심장에 새기리라.

나의 전우들이여!

김일성 원수께서 높이 드신 반제통일전선의 기치 아래
우리는 월남 형제들과 한 전호에서
총을 메고 원쑤와 싸울 결의를
세계에 선포한 사람들,

전투 서열을 맞추자
한 개 사단도 군단도 아니다
세계의 수억만 가슴 가슴들이
담벽처럼 밀고 나아가는 전투부대여,
때는 왔다.
반격의 한걸음을 더 앞으로!
모든 것을 싸우는 월남에,
모든 힘을 남방의 전구로!

월남의 형제들은 아직 우리를 부르지 않았어도
우리의 마음은 이미 그곳에 있다.
전우들이여, 보조를 맞추어
반제통일전선대오를 더 튼튼히 결속하자!
장엄한 전선 일어서는 길 우에
조선이 서 있다. 조선이 나아간다.

—《조선문학》, 1968년 5월.

## 조선의 고지는 말한다

1
구름도 산허리를 감돌아
안개마냥 골짜기에 내려앉는 고지,
수려한 봉우리 창공에 이마를 맞대고
천억 년 이 땅에 푸르러
조선의 고지는 솟아 있다.

연연 하나의 지맥으로 이어진
높낮은 산맥이 물결쳐 나간
조국의 북변 한 끝에
백설을 머리에 이고 빛을 뿌리는 백두산―
남북 삼천리강토를 꿰뚫어
이 나라 무수한 봉우리를 거느리고 솟은
백두성봉에서 뿌리박고 뻗어 내린
조선의 고지여

너 오늘 미제의 군화에 짓밟혀
하늘도 빛을 잃어 원한에 사무친
조국의 절반 땅을 향해
분노의 불을 뿜어 증오로 외치는가
고지는 말한다
―여기서 미제 고용병들이 녹아났다.

'세계 최강'의 신화가 산산이 부서지고
너희들이 무릎을 꿇었다.
기억하라, 여기 무수한
상심령과 함정골 가는 곳마다
더러운 너희 시체가 썩어났노라,
오늘 영웅조선 불패의 무력은
고지와 고지 연봉을 누벼
멸적의 방선 서릿발 복수의 총창을
번뜩이며 치켜들고 있노라.

…………

울부짖는 포화와 작렬하는 총탄
퍼붓는 불비에 하늘도 무너져 내려앉는가
가열한 결전에 풀도 나무도
돌바위마저 불에 타는 산마루
하루아침 키가 낮아지던 고지—

초연에 덮인 전호에서
포탄에 파헤쳐진 갱도에서
이 나라 젊은 청춘들이
사랑하는 조국의 한 치 땅을
고귀한 생명의 피로 지킨
영웅의 고지, 조선의 고지여
내 그대의 이름을 불러 노래하노라.

## 2

동부전선 태백산 줄기
아아한 산발을 타고 고지에 올라
바라보면 눈앞에 떠올라라
포화를 뚫고 군기를 앞세워
원쑤를 몰아 화선 천 리
남으로 진격의 길을 내닫던 전사들,
싸움의 날 이 고지에서 만났던
잊지 못할 사람들의 얼굴……

가열한 결전의 불길 속
포성이 멎은 한때면
전호의 별 밝은 밤, 달빛 지새는 새벽
조국의 아름다운 미래를 그려 보며
희망에 찬 이야기 나에게 들려주던
꿈 많던 전사는 애젊은 나이였다.
적의 후방 깊이 정찰의 길에 오를 때도
언제나 웃으며 떠난 청년은
낙동강 기슭 초가집에 자란 경상도내기였다.

오늘 고지에 올라
진지에서 만나는 전사들 모습,
어쩌면 그날의 그 사람들
전란의 불길 속에 조국의 하늘에
뭇별처럼 솟아난 영웅들과 흡사 같으랴.

그 눈과 둥그런 볼, 실팍한 어깨
그날의 그 사람들과 다름없이
소박하고 수수한 전사들 모습이여

높은 령 낮은 계곡
고지를 지켜 선 우리 전사들
그들은 항일투사들의 혈통을 이어받아
일당백으로 준비된 수령의 전사,
백두밀림을 헤쳐 싸운 투사들이
물려준 혁명의 총을
가슴에 안고 초소를 지켜 섰구나.

불타는 눈들이 바라보노라.
낮게 드리운 검은 구름장 떠가는
남쪽으로 트인 길을,
전날의 영웅의 대오 뜨거운 마음들이
달려가던 그 길—

낙동강이랴, 추풍령이랴,
우리 전사들을 안고 다시 오라
목메어 피타게 부르던 영남의 어머니,
남도 사투리, 가시내 물동이에 찰랑찰랑
차가운 물 떠 주던 박우물
맑은 샘터가 있던 마을……

정다운 그 사람들, 겨레들이
미국 놈들의 구둣발에 짓밟혀 신음하며
통일을 부르고 있을 길이여
항쟁에 일떠선 형제들 노한 눈들이
불을 달고 번개 치는 곳
아, 남쪽으로 뻗은 길 우에
2천만 동포들을 해방할 통일의 위업이
오늘도 우리를 기다리고 있기에,

가리라. 전사들은
백두설령에서 항일의 무장대오가
걸어온 혁명의 행군이
아직도 가닿아야 할 천 리 길을!
다시 낙동강 건너
남해 바다 끝까지

3
'미제 야수들을 소탕하라!'
경애하는 수령께서 내리실
장엄한 역사의 순간, 명령을 기다리며
원쑤격멸의 투지에 불타는
수령의 전사들 뜨거운 심장들이
멸적의 포신을 치켜든 고지
조선의 고지여 너 오늘 노래하는가

지난날, 우리 전사들이
떨친 가지가지 위훈의 이야기
불멸할 승리의 기록을
영웅서사시의 화폭인 양 펼쳐 들고
시대와 더불어 세기를 넘어
자랑 높은 영웅의 봉우리여

…………

고지를 지킨 지 몇 날 몇 밤
하루에도 몇 번 기어오르는 원쑤를 향해
마지막 수류탄 고리를 뽑으며
소대의 전사는 외쳤다
—당과 수령을 위하여 앞으로!
  뒤에는 물러설 한 치의 땅도 없다.
조선의 하늘에 메아리친 그 소리
무수한 영웅들이 받아 외우며
몸이 그대로 육탄이 되어
원쑤를 격멸한 조선의 목소리……

'아군의 진격로를 열기 위해
적의 화점을 섬멸하라!'
준엄한 사단의 명령은 내렸다
누가 갈 것이냐? 중대의 모든 전사들
뜨거운 심장이 일제히 일어서누나

―저를 보내 주십시오, 제가 까부시겠습니다.
짖어대는 화구를 가슴으로 막는
최후의 순간 전사는 보았더라.
돌격하는 아군의 대오 앞에
휘날리는 연대의 근위깃발을!

육중한 동음을 울리며
달려드는 적의 탱크를 맞받아
반탱크수류탄을 안고 조국의 대지를 기어가
무한궤도를 까부신 전사도 있다.
불타는 전호 속에서
사단과의 마지막 연락을 보장코
사랑하는 무전기를 목숨으로 지킨
꽃나이 여전사도 있다.

어제날*까지 이름 없던 사람들
어데서나 만나 보는 사람들
말없이 맡은 일을 수걱수걱 해내던
수수하니 정다운 그 사람들이
이 나라 하늘에 시련의 불구름**이 덮일 때
젊은 청춘과 둘도 없는 생명을
조국 앞에 바쳐 싸움에로 나아갔더라.

---

* '어젯날'의 북한어.
** 불빛과 같이 붉게 물든 구름이나 전쟁이 일어날 위험성을 이르는 북한어.

아, 백만 영웅의 대오는
싸움의 날, 당과 수령의 이름을 부르며
화선의 불비를 헤쳐 진격했나니
영웅들의 넋이 오늘도
깃들어 살아 있는 산자락을 헤쳐
조선의 고지는 솟아 있다


4
가열한 싸움의 세 해
포화를 헤쳐 최전선 전호 속
불타는 고지에서 전사들과 함께 계신
최고사령관 동지!
백두밀림에 눈보라 헤쳐
고난의 행군 설령을 넘으시던 그날마냥
조선의 고지에 거연히 서시어
우리 전사들을 원쑤격멸에로 부르시던
경애하는 수령이시여


항일의 해와 달 15성상
백두의 산발을 주름잡아
이 나라 혁명의 진군로를 열어 주신
인민의 태양, 민족의 영웅!
몸소 인민군 무력을 창건하시고
백전백승 불패의 대오로 키우신
강철의 영장!

아, 하늘에 솟아 번쩍이는 총창
위력한 포문을 치켜들고
철벽의 방선에서 전사들이 올리는 맹세,
—받들어총! 수령이시여
　우리는 일당백으로 준비되었습니다!
고지에 메아리쳐 하늘땅을 흔드는
영웅의 대오 드높은 결의!

수령님의 전사, 조국의 아들들은
복수의 총창을 비껴들고
명령을 기다려 전투 대오를 갖추었나니
잊지 못해라 그 어느 이른 봄
고지의 구분대*를 찾으신 수령
초소를 돌아보시고 진지를 보살피시며
전사들에게 주신 말씀!
—인민군대의 구호는 일당백이요.
　조국의 절반 땅을 강점한
　미제 침략자들을 한 놈도 남김없이
　이 땅에서 모조리 쓸어버리고
　우리 세대에 통일의 위업을 이룩하기 위해
　전사들은 언제 어느 때나
　모두 일당백으로 준비되어 있으라!
자랑찬 구호를 높이 받들어

| * 區分隊. 대대나 그 아래의 부대 조직 단위를 통틀어 이르는 북한어.

조국과 인민의 자유를 지켜 고동치는
뜨거운 맹세여 불타는 결의여

오, 김일성 동지!
인민의 태양 그이를
수령으로 모신 혁명의 참모부
당 중앙을 목숨으로 사수할 불패의 힘
이 통일된 조선의 힘을
그 어떤 원쑤가 가로막고 깨뜨릴 수 있으랴
말하라, 고지여
거연히
창공에 머리를 치켜들고


5
고지도 화답해 부르는가
수려한 봉우리 구름을 헤쳐
이 땅 남녘을 짓밟고 있는 미제국주의자들을 굽어보며
심판한다, 단죄한다.
―들으라 미제야
　네놈들이 다시 이 땅에서 전쟁의 불을 지른다면
　멸적의 포문이 불을 뿜어
　섬멸전의 포성 하늘땅을 덮으리라.

이름 없는 바위, 풀 한 포기도
포탄이 되고 날창이 되어

네놈들에게 죽음을 주리니
전민 무장하고 일떠선 조선
철벽의 요새로 솟은 조선,
거연히 솟은 조선은 맞이하리라
성스러운 역사의 대사변을,

............

오, 조선의 고지
그날은 오리라, 침략의 무리
남해로 몰아 반격의 길에 오를 때
한 지맥으로 이어져 뻗어나간
남녘의 산발이여
지리산, 태백산 산줄기에
봉우리마다 구국의 횃불 타오르리니

오리라, 그날은
바로 조선의 고지에서
20세기 야수
네놈들을 심판할 날이
미제 네놈들의 마지막 임종을 선포할 그날이,

고지여 그날,
백두의 성봉이 백발을 날리며
제주, 한라산과 화답해 부르며

말하라, 남북 삼천리

통일조선의 아침이 밝았다고……

—『철벽의 요새』, 조선문학예술총동맹출판사, 1968년.

# 무장 유격대의 총소리 남녘땅에 울린다

분노한 남녘, 암흑의 땅을 흔들며
울려 퍼지는 총소리,
학살과 테러와 폭압의 선풍이 휘몰아치는
침침 어둠의 장막을 깨치며
영용한 무장 유격대의 총소리 울린다.

미제 침략군의 초소를 까부시고
달려드는 '수색대' 괴뢰군경 놈들을 맞받아
기관단총 불벼락을 안기는 총소리.
그 총소리 어둠에 짓눌렸던 사람들 가슴 가슴에
활활 투쟁의 불씨를 안기며
남녘의 하늘땅에 메아리친다.

이 밤도 어느 산발 어느 골짜기
수풀을 헤쳐 산을 내리는가
야음을 타서 별빛을 머리에 이고
별처럼 빛나는 노한 눈들이
원쑤 놈들 무리져 도사리고 앉은
고향의 거리와 마을을 멀리 바라보는가

거기 헐벗고 굶주려 쓰러지는 사람들이
땅을 치며 저주와 증오를 보내고 있기에

이 땅을 강점한 침략자의 소굴을 치고
형제들의 피맺힌 원한을 갚아야 하기에
총가목*을 으스러지게 다시 한 번 틀어쥐는 그대들
증오의 총탄을 재우는 투사들아

그대들은 자랑찬 무장 유격대
놈들의 구둣발에 조국의 절반 강토가 짓밟혀 신음하고
원쑤의 총구 앞에서 겨레가 피를 물고 쓰러질 때
그때마다 이빨을 사려물고** 복수를 다지며
눈에 불심지를 달던 그대들이 아니냐

퍼부으라. 복수의 총탄을,
무찌르라. 원쑤의 아성을,
미제의 군용차를 수류탄으로 까부시며
서울이며, 파주, 동두천―그 어데서나
황황 타번지는 무장투쟁의 불길이여

남조선 절박한 혁명의 임무가 그대들을 불러
손에 무장을 들고 일어선 투사들이라
놈들의 억압과 착취와 학살에 더는 참을 수 없어
참을 수 없는 분노와 증오를 안고
서리찬 복수의 총창을 높이 들었구나

---

* 총의 여러 부분을 이어주는, 나무로 된 부분을 가리키는 북한어.
** 사려물다. '입술이나 이를 악물다'는 의미의 북한어.

―우리는 김일성 원수님의 혁명사상을
　　가슴에 품고 싸우는 무장 유격대다!
출격을 앞두고 투사들이 올리는
맹세의 목소리,
백두밀림에 설령을 타고 넘던 항일 빨찌산
혁명투사들 불굴의 의지가 심장에 타고 있어라.

어두운 밤, 야음을 타고
원쑤를 노려 산을 내리는 그대들
바라보면 북두칠성 빛나는 곳
행복과 희망이 꽃피는 땅을 우러러
4천만 조선 인민의 태양
위대한 수령의 이름을 부르며
진격의 길, 싸움에로 나아가리니

투사들이 나아가는 앞길을
걸음걸음 승리로 밝혀 주시는
따사로운 햇살을 우러러
수령님의 어버이 품에 안겨 자유를 노래할
통일의 아침을 가슴에 새겨볼 그대들―

아, 영용한 무장의 대오
그대들이 울리는 총소리
영용한 총격전의 출격 앞에
미제 침략자들의 마지막 발판이 뿌리째 불타고 있다.

박정희 역적 무리들 죽음의 공포에 떨고 있다.

그 총소리 울려가는 곳마다
거세찬 투쟁의 도화선에 불을 달고
새로운 싸움의 전구는 일어서노라.
그 총소리, 어둠의 장막을 찢으며
남녘의 하늘땅에 메아리치노라.

—『조국이여 번영하라』, 문예출판사, 1968년.

# 한 공민의 말

남녘땅에 도사린 미제 침략자들이
전쟁소동에 광란하고 있을 때
바로 그때,

평양 대의사당 회의실
이 높은 연단에서
어제날엔 머슴꾼의 딸로 자랐고
오늘은 가슴에 금별이 빛나는
여성 건설자, 우리의 노력 영웅이
조용하나 격조 높이 말했다.

경애하는 수령 김일성 동지께서 계시는
붉은 혁명의 수도 평양에 대하여,
조선 혁명의 심장부가 자리 잡고 있는
아름다운 영웅 도시, 혁명의 거리,
더욱더 화려하고 장엄하게 일떠설
우리의 건설에 대하여

그는 말했다.
창은 창마다 불빛 밝은 문화주택
벽체 하나에도
문틀 하나에도

수령님의 뜨거운 어버이 손길이 닿아 있고,

햇빛 따사로운 행복의 보금자리마다
우리 인민의 살림을 심려하시는
그이의 크나큰 배려와 사랑과
세심한 보살핌이 깃들어 있다는 것을……

그의 목소리는 힘 있게 울려갔다.
이 역사의 준엄한 시각에
오히려 인민의 생활을 높이기 위하여
국가예산을 돌리는 사회주의 조국을 지켜,

우리의 아름답고 고귀한 모든 것을
침략전쟁의 불길로
파괴하고 빼앗으려는 미제국주의자들을,
단호히 격멸하는 기세로
대고조의 불길을 더욱 높여갈 것을!

소박한 여성 미장공
한 공민의 말은
그대로 조선노동계급의 결의,
억세인 강철의 주먹으로
놈들을 단매에 때려부실 굳은 각오!

우리는 놓지 않으리라.

설사 전쟁의 불길이
우리가 피로써 찾은 전취물을
이 땅에서 무참히 파괴한다 해도
전쟁이 일어나는 마지막 순간까지
손에서 마치를 놓지 않으리라.

우리는 놓지 않으리라.
언제 어디서나 수령님의 사상대로
한 손에는 마치, 한 손에는 총을 잡고
사람들의 아름다운 꿈과 기쁨의 노래, 미래를 위한
건설의 장엄한 노래를 끝까지 부르리라,
밝아올 공산주의 새 아침을 바라보리라.

이 나라 한 공민의 말
이는 또한 조선의 말
모든 인민의 한결같은 마음이거니

일떠서는 아파트
벽체 우에 하얀 회칠로 단장을 하고
대리석 블로크를 다듬으며 그가 염원한 것은
짓밟히는 남녘땅 형제들과
이 행복을 함께 나누고 싶어
애타하는 조선의 마음—

오, 위대한 수령의 밝은 햇빛 아래

4천만이 한 강토 우에서
천만년을 두고 길이 살아가려는
이 불타는 염원, 뜨거운 마음을
어떤 원쑤가 가로막을 수 있다더냐

우리의 건설은 파괴를 타승하리라.
놈들의 광란하는 전쟁소동을 맞받아
거연히 일떠선 조선—
대고조의 불길 솟구치며 내달리는
우람찬 천리마 진군의 발구름* 소리여

하늘로 추켜든 반격의 포문과 더불어
온 나라가 철벽의 요새로 다져진
이 땅의 건설장과 생산장
여기도 원쑤격멸의 화선이다.

—《조선문학》, 1969년 10월.

---

| * 발을 구르는 것을 뜻하는 북한어.

## 전쟁광 닉슨 놈에게

미제 침략의 두목
닉슨 놈은 악명 높은 전쟁광신자
이놈의 이름을 우리는
벌써 오래전에 알고 있다.
이놈의 이력을 또한
조선 인민은 잘 기억하고 있다.

지난 조국전쟁 때
그때부터 피에 주린 승냥이마냥
이 땅을 단숨에 먹겠다고 달려들다가
영웅 조선의 된주먹에 한 대 얻어맞아
정신을 잃고 너부러졌던 이놈,

한평생 전쟁 접경의
위험한 줄 우에 올라서서
한 손에는 원자탄을 마구 휘두르며
한 손으로 반공 나발을 불어대는
줄타기 교예사 이름난 닉슨

이놈의 전쟁광증이
요즈음 더욱 심해져서
의학적 판단을 받을 필요가 있다니

어디 한번 병력서를 뒤져 보자.

성명—미국 대통령 닉슨
병명—전쟁광
병의 유래는 유전성
  (원주민을 도살하고 멸족시키던
   조상의 피가 정신분열증을 일으킴)
병 시초는 1950년
조선전쟁에서 콧대가 부러진 때부터……

증상은 어떠한가?
—잠꼬대처럼 '힘의 입장'을 고아댄다.
최근 병세는 점점 악화
신경적 경련증 발작과 함께
광증이 무시로 자주 일어난다.
…………

조선에는 화창한 봄이 무르녹던 4월
닉슨의 광증은 극도에 달해,
본시 봄이란 정신병에 해로운 모양.

발광을 할 만도 하이,
무모한 전쟁 도발에 미쳐 날뛰며
조선에 날려 보낸 대형 정찰비행기
전자장치를 갖춘 '이씨—121'이

인민군 용사들의 반격을 받아
단방에 산산쪼각 박산\*이 났으니……

응당한 징벌을 받고도
교훈을 찾을 대신 줴쳐댄\*\* 미친 소리,
무슨 '공동보복'을 한다고?
앞으로는 무장보호를 달고
정찰기를 계속 띄워 보내겠다고?

이젠 벗어버렸구나
침략을 '원조'로 가장하는
허울 좋은 가면마저 훌쩍 벗어던졌구나

두 발 가진 승냥이, 20세기의 야수
흉악한 조상의 피를 이어받아
인간 증오와 살육의 광증에 사로잡힌 이놈,
미친놈의 본새 그대로
뻔뻔스럽게
철면피하고 횡포무도하게
새 전쟁을 도발하려 날뛰는 전쟁광 닉슨─

우리는 의사는 아니다만
최후 처방을 내려

---

\* 일이나 계획 같은 것이 여지없이 파탄되는 것을 비유적으로 이르는 북한어.
\*\* 줴치다. '줴어치다(조리 없이 쓸데없는 말을 함부로 자꾸 지껄이다)'의 북한어.

준사망진단서를 써서 발급해야겠다.
─이놈의 병은 골수에 밴 불치의 병,
  천당에나 가야 고칠 수 있다고……

아니, 천당이 아니라
멀지 않은 앞날, 조선의 평양에서 열릴
전범자 법정에 끌어내어
영웅조선의 이름으로
인류의 양심으로 심판할 것을!

전쟁광 닉슨,
들으라, 조선의 경고를!
어디 다시 한 번
정찰비행기를 날려 보내 보라.
그때는 네 놈을 두목으로 한 미제국주의가
송두리째 죽음의 나락으로 영영 굴러떨어지리라.

불을 보고 날아드는 부나비 모양
침략의 불장난에 날뛰어 보라.
그때는 네 놈들이 불 지른
바로 그 자리에서
복수의 불벼락을 맞아 멸망하리라.

─《조선문학》, 1969년 10월.

제 $3$ 부  나의 따발총

# 나의 따발총

따바리 불타는 총자루
앞세워 승승장구
삼팔선을 넘어
벌써 아득한 천 리 길

나의 따발총이여
더웁게 단 총구멍
식혀 줄 사이도 없구나

항복하지 않는 원쑤에게
복쑤의 섬멸전에 올라
싸우는 날과 날
놈들을 물리쳐
신생의 기쁨에 안기어 오는
해방구 동트는 아침

침략자를 무찔러
저무는 저녁에
반짝이는 별빛
맞아 주는 어느 지역—

나의 따바리여

뜨라 따따……따
불길을 뿜어라 뿜어라
분노의 불길
증오의 화염을!

토―치카* 진지에 육박하는
백병전의 돌격을 앞두고
원쑤의 과녁을 겨누어
일제히 사격―
한 눈을 나직이 감고 보내는
총탄 총탄……

인민의 이름으로 한 알
조국의 이름으로 또 한 알
원쑤에의 미움에 불길 뿜어라

놈들의 거점 대전 성새
짓부시고 다시 전진
눈앞에 열리는
무연한 벌판
호남평야 너른 벌이여

이곳은 내 사랑하는 동지

* точка. tochka. 콘크리트, 흙주머니 따위로 단단하게 쌓은 사격 진지를 가리키는 러시아어.

우리 당 대열의
용감했던 동무의 요람 터

야산지대 낮은 구릉
잔솔밭 우거진 언덕을 타고
빨찌산으로 싸운 청년
진지를 옮아 태백산 준령
떡갈나무 우거진 아지트에서
우리의 진격을 맞아 준 동무.

굳은 악수와 함께
다시 총자루 어깨에—
   (원쑤에게서 빼앗은
   엠원총 자랑하며……)
행군의 길 너는 나에게
낙동강 줄기 흘러내린
어느 자그만 마을이 네 고향이랬다

이 나라 용감한
빨찌산 청년인 그가
몇 날 전의 포위전에 앞장서
나아가다 쓰러질 때
마지막 부른 목소리
—김일성 장군이시여!
   저는 끝까지

승리 속에 전진합니다……

마음의 태양으로
우러러 그리웁던 이름,
조국의 이름과 함께
수령을 불렀더니라

나의 따발총아
사랑하는 동지의 이름으로
또 한 알!
원쑤를 향해 퍼부어라
불길을 뿜어라

별빛 총총한 야음을 타서
포복전진의 길
풀 향기 그윽이 풍겨 오는
산등성이 잔디밭
먼동이 트면 이슬도 반짝!
동무의 추억에 빛나고

바라보면 저— 해안선
눈앞에 다가서는
우리나라 남쪽 끝 수평선이여

나의 따바리! 가자

대구 진주를 거쳐
여수 목포 부산으로!
아니 제주도 끝까지
가자 나의 따바리!

따바리 불타는 총자루
앞세워 승승장구
삼팔선을 넘어
원수를 몰아 벌써
아득한 천 리 길

나의 따바리총이여
더웁게 단 총구멍
식혀 줄 사이도 없구나

항복하지 않는 원쑤에게
복쑤의 섬멸전에 올라
싸우는 날과 날
놈들을 물리쳐
신생의 기쁨에 안기어 오는
해방구 동트는 아침

침략자를 무찔러
저무는 저녁에
반짝이는 별빛
맞아 주는 어느 지역

나의 따바리총이여
뜨라 따따……따
불길을 뿜어라 뿜어라

분노의 불길
증오의 화염을!

토—치카 진지에 육박하는
백병전의 돌격을 앞두고
원쑤의 ××× 겹겹
일제히 사격—
한 눈을 나직이 감고 보내는
총탄 총탄……

인민의 이름으로 한 알
조국의 이름으로 또 한 알
원쑤에의 미움에 불길 뿜어라

놈들의 거점 대전 성새
짓부시고 다시 전진
눈앞에 열리는 무연한 벌판
호남평야 너른 벌이여

이곳은 내 사랑하는 동지
우리 당 대열의
용감했던 동무의 요람 터
야산지대 낮은 구릉
잔솔밭 우거진 언덕을 타고
빨찌산으로 싸운 청년

진지를 옮아 태백산 준령
떡갈나무 우거진 아지트에서
우리의 진격을 맞아 준 청년

굳은 악수와 함께
다시 총자루 어깨에—
　　(원쑤에게서 빼앗은
　　엠원총 자랑하며……)
행군의 길 너는 나에게
낙동강 줄기 흘러내린
어느 고요한 마을이 네 고향이랬다

이 나라 용감한
빨찌산 청년
그가 몇 날 전의 포위전에
앞장서 나아가다 쓰러질 때
마지막 부른 목소리
—김일성 장군이시여!
　　저는 끝까지
　　승리 속에 전진합니다……

마음의 태양으로
우러러 그리웁던 이름,
조국의 이름과 함께
수령을 불렀더니라

나의 따바리총아
사랑하는 동지의 이름으로
또 한 알!
퍼부어라 불길 뿜어라

별빛 총총한 야음을 타서
포복전진의 길
풀 향기 그윽이 풍겨 오는
산등성이 잔디밭
먼동이 트면 이슬도 반짝!
동무의 추억에 빛나고

바라보면 저— 해안선
눈앞에 다가서는
우리나라 남쪽 끝 수평선이여

나의 따바리총! 가자
대구 진주를 거쳐
여수 목포 부산으로!
아니 제주도 끝까지
가자 나의 따바리총!

—《노동신문》, 1950년 7월 24일.*

＊ 발표 당시 제목은 「나의 따바리총」이다.

따바리 불타는 총자루
앞세워 승승장구
삼팔선을 넘어
벌써 아득한 천 리 길

나의 따발총이여
더웁게 단 총구멍
식혀 줄 사이도 없구나.

항복하지 않는 원쑤에게
복쑤의 죽음을 주며
싸우는 날과 날
따바리여, 불길 뿜어라
분노의 불길을!

토치카 진지에 육박하는
백병전의 돌격을 앞두고
놈들의 과녁을 겨누어
일제히 사격—

인민의 이름으로 한 알
조국의 이름으로 또 한 알
미움에 타는 불길 뿜어라.

원쑤들의 거점인 대전 성새

짓부시고 다시 전진,
눈앞에 열리는
무연한 벌판
호남평야 너른 벌이여

이곳은 내 사랑하는 동무
그의 잊지 못할 요람 터,
잔솔 우거진 산발을 타고
싸우던 빨치산 청년
진지를 옮아 태백산 준령에서
우리를 맞아 준 동무여.

행군의 길 너는 나에게
낙동강 줄기 흘러내린
어느 자그만 마을이 네 고향이랬다.

이 나라 용감한 전사인 그가
몇 날 전의 포위전에 앞장서서
나아가다 쓰러질 때
마지막 부른 목소리……
―조국이여, 저는 끝까지
   승리의 길에 나아가노라!

마음의 태양으로
오매에도 그리웁던

새 나라 깃발을 안고
조국의 이름을 불렀더니라.

나의 따발총아
사랑하는 동지의 이름으로
또 한 알!
원쑤를 향해 불길 뿜어라,

먼동이 트면 이슬도 반짝!
동무의 추억에 빛나고
바라보면 저 해안선이
눈앞에 다가서는
우리나라 남쪽 끝 수평선이여

나의 따바리! 가자.
대구, 진주를 거쳐
진해, 목포, 부산으로!
아니 제주도 끝까지
가자, 나의 따바리!

―『안룡만 시선집』, 조선작가동맹출판사, 1956년.

# 남방 전선 감나무 밑

저— 먼 산이 아득히
푸르른 하늘 아래 가까웁고
곡파 만경 가을이
무르녹아 익어만 가는
남방 전선 감나무 밑 전호 속

어제는
추석 대보름 앞둔 달빛
툭 툭 여물은 밤송이 터지는 아래
그리고 내일은
대밭 우거진 강기슭에 다다르리니

아침 햇살 따사로이 맑고
수풀 나뭇가지 사이 사이
별무늬를 그려 고요한데

빨갛게 알알이 익은
감 알이 다롱 다롱
새소리 방울 방울
우리나라 이 싸움의 날에도
아름답게 익어가는 남쪽 향토여

—고향에는 능금나무 과수밭에
　열매 여물어 향내 풍기리……


간밤의 전투에 앞장서
원쑤의 토—치카 부시고 온 동무
두 볼에 홍조를 띠워 이야기하며
북녘 하늘을 바라보는데
펼쳐진 위문품에 웃음꽃이 핀다


우리는 멀리
천 리 길을 내달아 왔건만
사랑하는 인민들의 마음은
싸움의 전호 속에 가까워
피워 무는 위문 담배 한 대
자줏빛 연기에도 입김 아닌 뜨거운 것이 있다


전사들이 이르는 곳마다
따뜻이 안기어 오는 품이여
그러나 이 아침
우리 눈시울을 적시우는 것……
이 나라 어린이가 적어 보낸 편지 한 장!


동해 푸른 파도 기슭을 치는
관북에도 장대한 공장 지구
매연 꺼시른 거리에서

엄마 아빠를 잃었다는구나
놈들 폭격기에 집터를 잃었다고—

새 나라 미래의
어린 꽃봉오리
그 맑은 눈동자에 불타오른
증오의 섬광을 보고
그 맑은 눈망울에 켜진 불에
굽힐 줄 모르는 용기를 본다

　　"인민군대 아저씨
　　　원쑤를 갚아 주세요……"

놈들에게 멸망과 저주를 주자
놈들에게 복쑤의 주검을 주자
백만 전사들의
사랑하는 어린 동생들
그들의 원한을 갚기 위하여

조국의 미래
광활히 트인 영광의 앞날
그렇다 오로지
우리 청춘의 날보다도 귀중한
어린이들의 행복과 자유를 위하여

가열처창 생명을 바쳐
원쑤를 몰아 천 리
이곳 낙동강가에
한 치의 땅을 피로 적시며 싸움은
그대들 새날을 밝힐
희망의 별 때문인 것을—

새빨갛게 익은 열매
아롱진 감나무 밑
수풀 속 전호에서
펼쳐진 위문품을 놓고
즐거운 웃음소리에도 결의는 높아라

아, 사랑하는 것들이여
새 역사의 광망이
지평선 위에 노을로 비쳐 들어
우리의 싸움을 밝히는 영남 전구
용사들은 오늘 밤도 나아가리라

먼 산이, 아득히
푸르른 하늘 아래 가까워지고
가을이 익어가는
남방 전선 감나무 밑 전호 속.

어제는 추석 대보름 앞둔 달빛
툭툭 여물은 밤송이 터지는 아래,
그리고 내일은
대밭 우거진 강기슭에 다달으리라.

빨갛게 알알이 익은 감 알이 다롱다롱
수풀 속 별무늬 사이 새소리 방울방울
우리나라 이 싸움의 날에도
아름답게 무르녹는 남쪽 향토여

―고향에는 능금나무 과수밭에
   열매 익어 향내 풍기리……

간밤의 전투엔 앞장서서
원쑤의 화점을 부시고 온 동무,
북녘 하늘을 바라보는데
위문품을 펼치고 이야기하는 휴식의 아침.

우리는 멀리 천 리 길을 왔건만
인민들의 마음은 전호에 가까워

피워 무는 위문 담배 한 대
자줏빛 연기에도 입김 아닌 뜨거운 것이 있다.

그러나 이 아침
우리 눈시울을 적시우는 것이여
후방의 많고 많은 사연 속에 섞여
어린 소년이 적어 보낸 한 장의 편지여

관북에도 장대한 공장 지구
불바다로 타는 그 어느 날
엄마 아빠를 잃었다는구나
놈들의 폭격에 집터마저 간곳없다고—

　　"인민군대 아저씨
　　　원쑤를 갚아 주세요……"

놈들에게 멸망과 저주를 주자
놈들에게 복쑤의 죽음을 주자
우리 청춘의 앞날보다도 오히려 귀중한
이 나라 어린이들의 행복을 위하여

원쑤를 몰아 천 리, 이곳 낙동강가에
한 치의 땅을 피로 적시며 싸움은
그대들 새날을 밝힐
희망의 별 때문인 것을—

아, 사랑하는 어린것들이여
승리의 광망이 지평선에 비쳐
우리의 싸움을 밝히는 영남 전구,
용사들은 오늘도 내일도 싸워 가리라.

—『안룡만 시선집』, 조선작가동맹출판사, 1956년.

# 당과 조국을 불러

─동무들!
　밤도와* 포위한 ○○고지를
　점령코 새로운 진격에로!
　연대와 손잡기 위해
　돌격조 세 사람 나오시오

…………

달빛 지새는 새벽
우리는 준엄한 명령을 받고
적 화점 폭파로 나섰다
이슬 덮인 풀숲 언덕길
고개 넘어 놈들의 토─치카

그악히 솟은 봉우리 봉우리에
한밤 내 가열했던 전투도 멎고
이따금 놈들의 눈먼
따궁 따궁 총소리
하늘에 화광을 비춰
별 꼬리 물고 떨어지듯 번뜩일 뿐

| * '밤을 이용하여' 또는 '온밤을 새워'를 의미하는 북한어.

이곳 포위선은 잠잠히 고요하다

돌격조 젊은 세 사람
가슴에는 수류탄이 몇 개
결전의 도화선이다
인제 이백 미―터
적의 진지는 가까워만 오는데

숨 죽여 기어가는 앞
허공을 보고 섰는 보초 한 놈
후리후리한 키에
카―빈* 총자루
왈칵! 치민다 미움의 불이……
월가 고용병의 악당아 받아라

창끝이 번쩍…… 쓰러지는 놈
꺼꾸러지며 외마디 비명
무슨 소린지?
짐승의 소리다
그렇다 야수의 무리!
더러운 배창자에 무에 있는가
네가 부를 조국의 하늘도 있는가

| * 권총의 종류.

너의 고향에는 아내도
또한 딸도 있으련만
네 숨길이 끊기는 순간
어지런 상념에 새겨질
고향의 하늘마저 너를 비웃으리라

인간 도살자의 악명을 띠고
내 창끝에 쓰러진 원쑤여
그리고 뭇 원쑤여
기억하라! 우리는
조국과 당과 인민을 위해
이렇게 높은 생명의 자랑이 있다
강철의 의지로 흐르는 사상이 있다

(임무를 안고 떠나기 직전—

—가서 다시 오길 기약 못 할 결사대 동무들! 용감하라

부대장 동무의 뜨거운 악수……

—우리는
　사명을 다할 것입니다
　군기 앞에 바친 서약으로!
　당중에의 높은 자랑으로!
　아, 희망처럼 새파—란 당표

위대한 선봉대의 표치!)


우리 이렇게 싸움에 일어서 용맹함은
우리 제마다 가슴에 줄차게 흐르는 것
조국의 승리를 밝히는 광명
미래의 여명을 부르는 소리


이 소리 심장에 새기며
그 심장 위에 간직한 당에의 맹세여
보람 있는 청춘의 생명
어머니 조국에 바칠
순간은 다가왔다
벌써 적 토―치카도 눈앞!


놈들도 나를 보았는가
우박처럼 퍼붓는
로켓포 기관총탄이
귀밑을 스쳐 더웁다
수류탄 한 개! 손을 높여
원쑤의 보첩에―
명중되어 폭파되는 소리!


또 하나 연이어 심지를 뽑으면
불길은 적진에서 오르고
마지막 한 개…… 던지려

치켜들 때 아 그때
내 가슴에 뜨거운 것
숨이 막혀 오고 피가 뭉쳐지는가

······넘어지며 던지는
수류탄 한 알 날려
화염이 충천하는 토―치카
놈들의 아우성 소리 속
푸르러 오른 남쪽 하늘이 비쳐 들어
동트는 하늘빛마저 흐려지는
눈동자에 회상이 맴돌아라

(고향이여
　　　어린 철 기억이여
　　　　　　낯익은 동무들······)

············

순간도 영원한 흐름 같다
마지막 생명의 순간
부르자 나의 조국과
김 장군의 이름을!

―수령이시여
　조국 어머니여

길이 영광 높으라

　　저는 여기……


(이렇게 젊은 용사는 중부 전선

○○고지 결전에 넘어졌다

이 노래는 그의 마지막 생명의 레포였다ー)

―밤도와 포위한 ○○고지를
　　　점령코 새 진격에로!
　　　전투의 길을 열 돌격조 세 사람
　　　동무들! 나오시오.

　　달빛 지새는 새벽
　　부대장의 준엄한 명령을 받고
　　우리는 적진으로 향한다.

　　돌격조의 가슴에는 수류탄이
　　진격의 불씨로 담겨 있고
　　철조망을 끊고 포복 전진―
　　숨 죽여 기어가는 앞
　　허공을 보고 섰는 보초 한 놈.

　　후리후리한 키에
　　카빈총 자루!
　　내 창끝이 번쩍, 쓰러지는 놈
　　외마디 비명은 짐승의 소린가,

　　너의 고향에는 아내도
　　또한 아들과 딸도 두고 왔으련만
　　숨길이 끊기는 순간
　　어지러운 상념에 새겨질
　　고향의 하늘마저 너를 비웃으리라,

인간 도살자의 악명을 띠고
내 창끝에 쓰러진 원쑤여
월가의 고용병아, 기억하라!
우리에겐 조국과 당을 위해
이렇게 높은 생명의 자랑이 있거니

보람 있는 청춘을 바칠
순간은 다가왔다.
벌써 적의 화구도 지척인데
놈들의 총구도 나를 보았는가,
우박 치는 기관총탄이
귀밑을 스쳐 터진다.

수류탄 심지를 뽑아 던지면
불길은 적진에서 오르고
마지막 한 개 추켜들 때
내 가슴에 불처럼 뜨거운 것
피가 뭉쳐지는가.

화염이 오르는 놈들의 토치카
그 너머 푸른 하늘이 비쳐 들건만
흐려지는 눈동자에
회상이 떠올라라.

      (고향이여

어린 철 기억이여
　　　　낯익은 동무들……)


순간도 영원한 흐름 같다.
부르자, 나의 조국과
당의 이름을!
—당이여,
　사랑하는 어머니인
　그대에게 영광이 있으라.
　저는 여기……


…………


중부 전선의 한 무명고지
결전에 쓰러진 전사의
마지막 생명의 레포를
우리는 이렇게 읽었노라.


—『안룡만 시선집』, 조선작가동맹출판사. 1956년.

# 분노의 불길

낙랑의 전설을 싣고
흐르는 대동강 물살에
모란봉 푸른 산
능라도 버들 숲
그림같이 비쳐 아름다운 평양

민주의 서울이여
사랑하는 우리의 도시
상공을 날아드는
놈들 하늘의 도적은
폭음을 찢으며 찢으며
악마의 폭탄 소이탄을 던진다

싸움의 맥박 높이 뛰고
우리의 수령이
전선을 이끌어 나가시는 거리
해방의 구성 그 이름
길이 지니는 스탈린 거리

지나간 건설의 날
즐거운 하루의 노력을 끝낼
저녁이면 저녁마다

강반으로 나서는 젊은이들
생활의 기쁨과
사랑의 자랑에
별처럼 꽃 피어오르는
행복한 웃음이 솟아나고

기념날 아침
씩씩한 청년들의 행진이
광장을 향해 물결쳐
사시사철 봄가을
화려한 깃발 깃발 사이
노랫소리 울리어오던

이 거리를 노려
놈들의 무차별 폭격에
건설과 노력의 열매 무너질 때
혈육의 따뜻했던 가슴들이
피비린내 풍겨 쓰러질 때

저주를 부르는 인민의 목소리
증오와 분노의
불길로 타라!

불타오르는 화염과
몽몽히 덮인 연기 속

보도는 깨어지고
폐허의 기둥만이 앙상한 이 속에
원쑤를 향해 끓는
노한 눈초리 눈초리들이여
불타는 가슴 가슴들이여

이 분노의 불길 속에서
우리는 본다.
방공호 땅굴 속에서도
우리는 듣는다

─피에는 피로!
　　　불길에는 불길로!
　　　　　　주검에는 주검을!
복쑤의 불 속에 타버릴 놈들
장송의 노래도 없이 패망할 날을─

─지키리라!
　　　사랑하는 거리!
　　　　　　자유 인민의 거리!
어떤 폭탄의 위력도
파괴의 노략질도 꺾을 수 없는 투지를─

스물네 시간 불 뿜는 고사포
하늘로 치솟는 불길!

폐허 속에 일어서는
우리들 가슴의 맥박은
가열한 전선의 싸움터로 달린다
영용한 용사의 승전고를 부른다

아, 크낙한 시련의 불길을 헤쳐
아, 험준한 고난의 고개를 넘어

승리를 위한 싸움에서
영웅의 도시
우리의 평양은
조국의 영예를 노래하리니

낙랑의 전설을 안고
흐르는 대동강 물살에
그림자 비친
단청의 옛 모습 모란봉아
너 오늘
언덕바지에서 굽어보는 모든 것

인민의 굽힐 줄 모르는
억세인 투지와
창공 높이 터지는 증오를
길이 역사에 새기라!
널리 세계에 외치라

—평화와 자유 위해
　일어선 인민의
　분노에 타는 불길은
　영원히 끌 수 없다……고!

낙랑의 전설을 싣고
흐르는 대동강 물살에
모란봉 푸른 산
능라도 버들 숲
그림같이 비쳐 아름다운 평양

즐거운 하루의 노력을 끝낸
저녁이면 저녁마다
강반으로 나서는 젊은이들
산책의 발걸음 옮기는 그림자
쌍쌍이 짝지어 등불이 비칠 때까지
오고 가던 우리의 거리,

기념일 새벽부터 청년들의 행진이
광장을 향해 물결쳐
사시철 봄가을
화려한 깃발 깃발 사이로
노랫소리 그칠 줄 모르던 민주의 수도!

이 거리를 노려 놈들의 폭격기
내리치는 폭탄과 소이탄에
혈육의 따뜻했던 가슴들이
피비린내 풍겨 쓰러져 갈 때
저주를 부르는 목소리
증오와 분노의 불길로 타라.

불타는 눈초리, 눈초리들에서
우리는 본다.
방공호 어두운 땅굴 속에서도
우리는 듣는다.

─피에는 피로!
　　　불길에는 불길로!
　　　　　　　원쑤에게 죽음을!

복쑤의 불길 속에 장송의 노래도 없이
이 땅에서 패망할 원쑤들의 최후를─
어떤 폭탄의 위력도
파괴의 노략질도 꺾을 수 없는 투지를!

스물네 시간 불 뿜는 고사포와 함께
하늘로 치솟는 마음의 불길이여
크낙한 시련의 날을 이겨
영웅의 거리 평양은 일떠설 것이고
조국의 영예를 세계에 노래하리라.

낙랑의 전설을 싣고
흐르는 대동강 물살에
그림자 비친
단청의 옛 모습 모란봉아

너 오늘 언덕바지에서 보는 모든 것
인민의 굽힐 줄 모르는 의지와
창공에 터지는 분노를
길이 역사에 새기라!

—『안룡만 시선집』, 조선작가동맹출판사, 1956년.<sup>*</sup>

| * 이 작품은 『안룡만 시선집』에 개작 수록되면서 「싸우는 평양」으로 제목이 바뀌었다.

# 포화 소리 드높은 칠백 리 낙동강에*

낙동강 푸른 물결
굽이돌아 칠백 리
흘러 흘러 칠백 리
영남의 가을 하늘도
돌격의 결전이 벌어져 몇 날이런가

부대는 이 밤
빗발로 퍼붓는 탄막
불바다 이루운 화염
원쑤의 마지막 발버둥 치는
강파로운 언덕을 눈앞에
전진에 또 전진
물결을 건넌다 강을 건넌다

출렁 출렁 파도치며
풍만히 넘치는 물결
낭떠러지 골짝을 스치며
흘러 흐르는 강물—
기름진 옥야천리를 꿰며

---

* 북한문학사에 의하면 이 작품은 1950년 10월 4일 《노동신문》에 발표되었다고 한다. 하지만 확인하지 못하였다.

어머니의 다사로운 젖줄기인가
푸르러 맑은 낙동강아
이 나라 고난의 날

가난하고 순진한 겨레들이
살뜰히 정들은 고향 마을과
아름다운 네 유역의 언덕바지와
사랑하는 요람의 터전을 뒤 두고
밤이면 밤마다
쪽박을 차고 북행 차에 올라
유랑의 슬픈 노래 울리우던 강이여

우리 영웅의 대오는 시방
네 물결을 건넌다
네 품을 찾아왔다
원쑤를 무찔러 이루
장대한 포위 섬멸전의
마지막 결전이 벌어진 곳

아 정의의 포화소리
은은히 대공을 찢어 드높은
너 칠백 리 낙동강에―

산줄기 타고
준령을 넘어

험산 고지 영마루 이름 없는 숲 속에도
용맹한 싸움의 자욱을 아로새기며

꽃다운 젊은 생명들이
불타는 붉은 심장들이
강철의 억센 전사들이

조국의 해방과
인민의 자유와
희망과도 같이 넓게 뻗은
청춘의 미래를 위한
가혹한 진격의 길이다

영예로운 승리의 제일선
삼엄히 치켜든 총창 앞세워
오늘도 남으로 향한 전열에서
어깨 가지런히 나아가는
빨찌산 청년인 그가
오매에도 못 잊어 그립던 고향의 강물

낙동강이여
너는 자랑하라
푸른 물결 스치는 모래 강반을
어린 철 보금자리로 자란 청년이
암흑한 폭압의 선풍 휘몰아치던 날

태백산 산발 동해로 뻗은
이깔나무* 깊은 밀림 아지트에서
불타는 신념으로 싸워 온 투쟁을!

눈보라 길로 쌓이는 삼동 긴 한철
주림과 박해에 쫓기우며 이긴
빨찌산 전투 속에
달빛도 없는 밤 북극성을 우러러
밝아오는 북녘 건설의 땅을 우러러
힘차게 싸워 왔거니

네 물줄기 흘러나리는
성주 고령 황간을 지나
고향의 언덕에 이르렀을 그때

눈앞에 벌려진 폐허의 마을과
쓰러져 다시 일지 못하는 아내와
목숨을 걸고 싸우던 동무들 무덤 앞에
다시 맹세를 새롭히며
우리 부대의 전진을 앞장서 돌격했도다

오오 낙동강 푸른 물결
영원한 어머니의 흐름이여

| * '잎갈나무(소나뭇과의 낙엽 교목)'의 북한어.

포화 소리 울린다 불꽃이 튄다
사단포는 포효하고
탱크부대 지동친다
장엄타 밤을 이어 싸워진 승리의 포성!
가열타 새벽으로 전진한 돌격의 함성!

무쇠의 대오
강철의 성새
인민의 무력은 영웅의 대열은
원쑤를 무찔러 앞으로! 앞으로!
우리 전사들이 울리는 고함 소리에
역사의 새벽이 동트고 승리는 밝아 온다

강아 네 유역 칠백 리에
동트는 여명과 함께
노래하라 찬양하라
우리의 아름다운 강토 위에서
남쪽 끝 수평선의 다도해 지나
제주 한라산 저— 멀리
조선 해협 현해탄 거센 파도 끝까지

평화의 깃발을 날리며
자유의 광망을 뻗치며
승리의 노래를 울리며
원쑤를 내몰아 우리는 전진하리라

영원히 조국의 승리와 함께 빛날
아 낙동강—
영웅의 강이여
청춘의 흐름이여

낙동강 푸른 물결
굽이돌아 칠백 리
흘러흘러 칠백 리
영남의 하늘도 결전이 벌어져
몇 날 몇 밤이런가.

빗발로 퍼붓는 탄막
불바다 이루운 화염
원쑤의 마지막 발버둥 치는
강 언덕을 눈앞에
전진에 또 전진―
물결을 건넌다. 강을 건넌다.

기름진 옥야천리를 꿰어,
어머니의 따사로운 젖줄기인가
푸르러 맑은 낙동강아

산줄기 타고
준령을 넘어
험산 고지 이름 없는 숲 속에도
용맹한 싸움의 자국을 아로새기며
우리 영웅의 대오는 시방
네 품을 찾아왔다.

가난한 겨레들이 그 전날,

살뜰히 정들은 고향 마을과
아름다운 네 유역의 언덕바지와
그리운 터전을 뒤에 두고
밤이면 밤마다
쪽박을 차고 북행 차에 올라
유랑의 구슬픈 노래 울리던 강이여.

영예로운 승리의 제일선
장엄히 추켜든 총창 앞세워
남쪽으로 향한 전열에서 나아가던
빨찌산 부대장이던 동무가
오매에도 못 잊어 그리웁던 고향의 강물―

푸른 물결 스치는 모래 강반을
보금자리로 자란 이 나라 청년이
항쟁의 횃불 올려
이깔나무 깊은 밀림 아지트에서 싸운
전투의 기록을 너는 알리라.

삼동 긴 한철 눈보라 쌓이는
산속에서 지새운 밤,
북녘 하늘 건설을 우러렀고
네 물줄기 흘러내리는
성주 고령을 지나 고향에 이르렀을 때,

눈앞에 보이는 폐허의 마을과
쓰러져 다시 일어날 줄 모르는 아내와
같이 싸우던 동무들 무덤 앞에
복쑤의 맹세를 다지며
우리 부대는 전진의 앞장섰거니

강물에 포화 소리 울린다.
사단포는 포효하고
탱크부대 지둥친다.
장엄타. 밤을 이어 싸워 온 승리의 포성!
가열타. 새벽으로 전진한 돌격의 함성!

인민의 무력 영웅의 대오는
원쑤를 무찔러 앞으로!
전사들이 울리는 진격의 고함소리에
동터 오는 낙동강 칠백 리 푸른 물이여

우리는 가리라.
남쪽 끝 수평선의 다도해 지나
제주 한라산 저 멀리
조선 해협 현해탄 거센 파도 끝까지.

—『안룡만 시선집』, 조선작가동맹출판사, 1956년.*

| * 『안룡만 시선집』 수록작의 제목은 「포화 소리 높은 칠백 리 낙동강에」이다.

## 영웅들이여

받으라 이 영예를
조선의 영웅들이여

　　지축을 뒤흔드는 전차
　　수풀인가 총창
　　강철의 포가를 앞세워
　　산을 넘고 강을 건너
　　원쑤의 토―치카 화점을 부신다

받으라 이 찬양을
조선의 영웅들이여

　　푸르른 이 나라 하늘 삼천리
　　조종간 굳게 쥐고
　　용맹한 매는 날고 날아
　　명중탄을 퍼부어
　　놈들의 항공기를 떨어뜨린다

받으라 이 영광을
조선의 영웅들이여

　　아름다운 영해를 침습해

넘노는 바다의 오랑캐 미제
무찔러 내닫는 창랑
돌격의 육박전
생명의 어뢰로 격침시킨다

조국의 자유와 영예 위한
해방 전쟁 청사 우에
길이 찬란할 그대들 이름
조선의 영웅!

꽃처럼 별처럼
싸움의 날에 솟아 피어나는
젊은 청춘의 이름을
우리의 겨레들과
세계의 인민들은
영광과 찬양으로 부른다

승리의 태양을 에워싸고
역사의 새벽에 빛나 오른
조국의 별이여
공화국 깃발 높이
앞으로!

받으라 이 영예를
조선의 영웅들이여

지축을 뒤흔드는 전차
수풀인가 총창
삼엄한 포가 앞세워
산을 넘고 강을 건너
원쑤의 토―치카 화점을 부신다.

받으라 이 찬양을
조선의 영웅들이여

평화론 민주기지와 해방구
노리며 날뛰는 미군 폭격기
용맹한 매는
하늘에 날아
분노의 불길 터져 폭파시킨다.

받으라 이 영광을
조선의 영웅들이여

조국 영해 침습해 넘노는 함선
창랑 헤쳐 내달아
돌격의 육박전
백발백중하는 어뢰로

미제의 순양함 격침시킨다.

조국의 해방과 자유 위한
정의전쟁 청사 우에
길이 빛날 그대들 이름
조선의 영웅이여!

승리의 깃발 높이
앞으로!
앞으로!

—《노동신문》, 1950년 7월 20일.

# 한 장의 지원서

여기 펜과 붓으로가 아니라
여기 잉크와 먹으로가 아니라
피 끓는 청춘의 생명과
높뛰는 심장의 자랑으로
적은 글이 있다 한 장의 글이……

  김일성 장군이시여 저는
  원쑤를 물리치려 전선에 가렵니다
  싸움의 길 수령 앞에
  젊은 날의 목숨을 바쳐
  조국의 자유를 지키려

여기 맥맥히 뛰노는 것
여기 생생히 고동치는 것
생명의 소리다
심장의 소리다

아득한 수평을 몇 만 리
물결 거친 태평양 건너
오만한 약탈의 이리 떼들
새 전쟁의 발판으로
우리 강토를 침략해 올 때

월·스트리트의 강도배
달러와 원조로
세계 제패의 야욕을 채우며
피에 주린 마수를 뻗쳐
우리 산하를 초토 살육할 때

어찌 젊음의 피가 뛰지 않으료
어찌 인민의 분노가 터지지 않으료

하기에 어느 공장 지구
기계간에서 일하던 청년의
참을 수 없는 애국의 정열—
장군 앞에 올리는 지원서를
전선 출동의 지원서를 보내왔도다

포성 은은히 불꽃 튀는
가열한 전선에 걸쳐
판가리싸움에 일어선 용사들
영웅의 대오에 뒤이어
청춘의 대열은 싸움에 나서도다

놈들의 오백 킬로 폭탄에
사랑하는 공장 거리 집을 잃고
어린 동생과 누이를 잃고
폐허의 터 위에서 보내어 온

청년의 피 끓는 지원서

여기 잉크와 먹으로가 아니라
여기 펜과 붓으로가 아니라

　　피 끓는
　　　　젊은 청춘과
　　높뛰는
　　　　심장의 소리!

정녕 불타는 애국의 마음
붉은 피로써 적은
생명의 글이 있다 한 장의 글이……

# 고향길

임진강 나루터 가까운
고갯길 언덕에 올라서면
멀리 뻗어간 오솔길
산골짜기 길

풀숲 우거져 가리운
외쪽 길을 더듬어
영마루 너머
그곳은 내 고향 마을
해방의 길이다

동터 오는 하늘 아래
머지않아 여명이 밝아
오늘의 결전을 앞두고
이 새벽
잠시를 쉬이는 행군의 전사들

어데서 흘러오는가
맑은 공기에
스미는 풀 향내 송진내
여기 섞이어 날러가는
민들레 꽃가루, 꽃가루……

넓게 벌려진 우리의 포진도
잠잠히 고요한 아침이다
마음도 조용히 깔아앉아라
그러나 불이 붙으면
화약처럼 터질
전사의 마음이다

이 순간에도 나는
고향 마을과
고향의 어머니와
나의 조국을 불러 본다

젊은 생명을 바쳐 이렇게
장대한 싸움에 일어선
영광의 날
공화국 깃발 앞세워
대륙의 형제와 어깨 나란히
나아가는 전사인 우리다

고향!
그리운 이름이여
놈들의 사나운 학살과
파괴의 선풍에 불타 버려
인제 재만 남았을 마을 집들

고향의 이름을 불러
신산에 찰 고난의 겨울
몇 달 몇 밤을
산줄기 타고 싸워 왔고
전우들의 진격에 합류해 가는
우리는 영예로운 빨찌산이다

"출동 준비"
정찰의 보고는
가까운 산속의 원쑤를 아뢰고

전진―고향으로의 길!
끓어라 이 마음
복쑤의 싸움이다

고향이여
불타 버린 마을이여
피 흘려 쓰러진 사람들이여

기다려다우
우리의 진격 앞에
해방의 깃발 오르리니
얼마나 피비린내 나는 살육과
모진 학대와 파괴와
그 암흑의 밤을

당신들은 싸우며 견디어 왔더냐

야수의 무리들
어린아이 사지를 찢고
여인들의 젖가슴 도려
말 못할 능욕을 다 한 놈들
우리 동지 애국 투사들을
산 채로 매장하고 총살했거니

임진강 임진강
푸른 물결
정들은 기억의 강물
오늘 피에 젖어 흘러가는가

임진강 요람의 강
자그만 나루터여
내 사랑하는 옥순이
이 나라 조국의 딸로
여자 빨찌산 동무였던 그가
정찰 임무를 끝맺고
나루를 건너 산으로 오는 길
놈들의 총알에 원한 찬
열아홉 꽃 같은 청춘에 쓰러진 곳

복쑤의 싸움이다

자— 불길도 포화도
놈들 원쑤를 향해 뿜어라

동지들과 마을 사람과
사랑하는 사람의 원쑤를 갚기 위하여
날창을 꽂아라 총창을!

진격의 나팔 소리 울리는
이 새벽
나는 수류탄 한 가슴에
총창도 굳게 쥐고
돌격에 또 돌격—

고향으로 가는 길은
승리로 향한 길, 해방의 길이다

섬진강 나루터 가까운
고갯길에 올라서면
멀리 뻗어 간 오솔길.

풀숲 우거진 산골짜기 헤쳐
영마루 하나 지나면 그곳은
내 고향 마을 해방의 길.

동터 오는 하늘 아래
머지않아 햇발이 솟을 이 새벽
잠시를 쉬이는 행군의 전사들인데

어데선가, 흘러오는 낯익은 송진내
여기 섞이어 날려가는
민들레 꽃가루, 꽃가루……

결전을 앞둔 고요한 정적이
안개 속에 감도는 새벽에 나는
마을의 사랑하는 것들을 그려 본다.

고향―그리운 이름이여
깜박이며 조으는 등잔불 밑에서
아들 생각에 한밤을 지새울 어머니

마을 앞을 흐르는 섬진강

섬진강 푸른 물결도 피에 젖어
말없이 흐르는 저기 자그만 나루터여

내 사랑하는 금순이—여성 빨찌산이
정찰을 끝내고 돌아오는 길,
놈들 총탄에 열아홉 꽃나이로 쓰러진 곳—

고향의 이름을 불러, 산줄기 타고
싸워 온 우리는 영예로운 빨찌산 부대
오늘은 인민군 진격에 합류해 간다.

—출동 준비…… 구령 소리에
내 마음 이렇게 끓어 번지고
고향에로 달리는 앞장을 섰나니

복쑤의 싸움이다. 날창을 꽂아라.
머리 들면 마을도 바라다 보이는데
진격의 나팔 소리 울리는 새벽

민들레 꽃가루 정다운 길
해방의 깃발 앞세운
진격의 길, 고향길이여

—『안룡만 시선집』, 조선작가동맹출판사, 1956년.

## 전호 속의 오월

초연과 화약 내음새 속에
총구가 불을 뿜는 전호에도
화선 천 리 전선에도
우리의 날
오월이 왔다

나는 지난날 용광로 불길 앞에서 싸웠고
오늘은 원쑤와 총을 맞대고 서 있다

흙 향기
훈훈히 정다워
그 위에 돋아나는 어린 싹과
풀 잔디에 봉오리 열은
한 떨기 꽃송이 바라보며
탄약을 재우는 동무여
중국의 형제여

비록 우리의 불타 버린 거리에서
비록 이 땅의 잿더미 된 마을에서
우리의 행복과 웃음과
우리의 노래와 행진을
놈들 원쑤들이

짓밟고 빼앗으려 할지라도

여기 전호 속에
인민의 자유를 위한
영광의 전초에
두 나라 젊은 청춘이
힘차게 싸우며 맞는
우리의 오월은 승리로 밝았다!

서투른 서로의 말들도
전우의 심장을
가로막지는 못해
외마디 헤늉*으로나마
느껴지고 알리워지는 것
높이 뛰는 국제주의 깃발 밑
형제의 정으로 맺은
우애의 뜨거운 강물 강물이
찰랑여 흘러넘치는
이웃 나라 동무에게서

나는 본다
대륙 해방의 붉은기** 날리며
봄비 나리는 장강을 건너

---

\* '시늉'의 평안도 방언.
\*\* 노동 계급의 혁명 사상을 상징하는 깃발을 뜻하는 북한어.

남으로 남으로
포성 앞세워 가던 강남 전선
아득한 평원에서
몇 해 전 이날을 싸웠으리라

오늘 우리의 전호에서
빛나는 눈동자들이
마주치며 멀리
부르는 이름
—모스크바!
축포 창공에 흩어져
인류의 양심이 고동치고
건설의 울림과 환호도 드높이
위대한 성세로 솟아오른
크렘린에서 울리는 노랫소리

오월의 노래 우리 전호에도 들리어온다
승리의 노래 이곳 전선에도 울리어온다

흰 구름 영마루에 흐르는
임진강 기슭 전호 속
세계의 어느 위도와 경선에서나
오늘 지축을 흔드는 평화의 대열이
이곳 전호에 닿아 있다

전우여
인제 사격의 신호가 오르면
일제히 쳐들자 총구를!

전우여
인제 돌격의 군호가 나리면
심지를 뽑아 던지자
수류탄을!

다시 이 땅 위에서
건설의 나날로 오월을 맞기 위하여
아세아에서 세계에서
평화의 노래로 새날을 맞기 위하여

복쑤의 싸움이다
진격이다
원쑤의 가슴팍을 겨누어
터지는 섬멸의 불길!

불을 뿜는 포구를 넘어
우리는 본다!
승리의 날
빛나는 조국의 앞날을
자랑 높은 전호에서 본다

초연과 화약 내음새 속에
총구가 불을 뿜는 전호에도,
화선 천 리 전선에도,
우리의 날
오월이 왔다.

나는 지난날 용광로 불길 앞에
탑빙봉을 휘둘렀고
오늘은 원쑤와 총을 맞대고 서 있다.

흙 향기 훈훈히 정다와
고지에도 봄이 와서
풀 잔디에 봉우리 여는
한 떨기 꽃송이 바라보며
탄약을 재우는 동무여
중국의 형제여

여기 전호 속에
두 나라 젊은 전사들이
공동의 싸움으로 맞는
우리의 오월은 승리로 밝았거니

서투른 서로의 말들도
전우의 심장을
가로막지는 못해

외마디 시늉에서도 느껴지는
형제의 정으로 맺은 따뜻한 숨결—

우애의 뜨거운 강물이
가슴에 찰랑이며 흘러넘치는
이웃 나라 동무여

대륙 해방의 붉은기 날리며
봄비 내리는 장강을 건너
진격해 가던 강남 전선,
아득한 평원에서
몇 해 전 이날을 싸우며 맞이했고

오늘 우리의 전호에서
빛나는 눈동자들이
마주치며 멀리
불러보는 이름
—모스크바!

오월의 노래 이곳 전호에도 들리어온다.
승리의 행진이 전선에도 울리어온다.

흰 구름 영마루에 흐르는
임진강 기슭 전호 속,
세계의 어느 위도와 경선에서나

지축을 뒤흔드는 평화의 대열이
여기 전호에 닿아 있고나.

전우여
인제 사격의 신호가 오르면
일제히 쳐들자. 총구를!

전우여
인제 돌격의 군호 내리면
심지를 뽑자. 수류탄을!

우리는 불을 뿜는 총구를 넘어
승리의 아침을 보고
국제주의 친선의 깃발이
오월 창공에 휘날림을 보리라.

—『안룡만 시선집』, 조선작가동맹출판사, 1956년.

# 수령의 이름과 함께[*]

자랑에 빛나는 군기와 함께
그이는 싸움의 전초
승리의 전진 속에 나아가시고

빗발치는 탄막을 뚫고
부대들이 내닫는 앞장에
그이는 깃발처럼 서 계시다

다시 원쑤를 몰아
남으로 뻗은 길 위
오늘도 승리로 날이 밝고
뜨거웁게 뛰노는
전사의 심장에 가까운 그이

행군의 노랫소리
우렁찬 발구름
산울림하며 넘는 준령
그 어데에서나
우리의 노래와 같이 나아가시는 그이

* 이 작품은 1968년 발간된 『수령께 드리는 충성의 노래』(조선문학예술총동맹출판사)에 재수록되면서 『수령님의 이름과 함께』로 제목이 바뀌었다.

자욱이 덮이운 초연과
은은히 대공을 찢는
총탄과 포화를 헤쳐
돌격의 함성 높은 곳

전진하는 대오
내어딛는 걸음마다
앞을 밝혀
광명 비추시는
영도자 김일성 장군—
거룩한 모습이 서 있도다

항시 수령의
정다운 웃음과 함께
우리는 나아간다
조국을 지켜
싸움으로!

작열하는 포화여
불꽃 튀는 총탄이여

용사들의 진격 앞에
무너지는 토—치카
폭파되는 화점
첩첩한 산맥의 창공을 넘어

한강 전구를 눈앞에 둔 이 길……

싸움의 날의 수령이여
당신의 굵직한 목소리
우리 전사들의 귓가에
낭랑히 가까웁고

당신의 발자욱 소리
우리 전선의 초소에
믿음 있게 들리어올 때

강철의 부대는 다시
끝 모를 용맹과
불타는 결의로
원쑤에의 미움을 솟구치며
승리의 맹세 높이
오늘도 적진을 향해라

해방되는 한 치의 땅
청춘의 더운 피
대지에 흘려
점령하는 토―치카
그 하나하나의 승리에

경애하는 수령의

이름을 새기며
전사들은 나아간다
앞으로!

이 나라 암흑한 역사의 밤
장백산맥 원시의
깊은 밀림과
삭북의 거친 광야에
해방의 횃불 올려 싸우신
민족의 영웅!

청사에 길이 빛나는
그 이름—

영웅의 핏줄을 이어받아
밤하늘의 별처럼
솟아나는 젊은 영웅들이
은하 비끼듯
대오 정연히

우리 강철의 부대
백만 전사들은
오늘도 싸움에 전진한다
오오, 수령의 이름과 함께……

제 4 부 안룡만 시선집

# 살구 딸 유월

오늘 해도 저물어 석양이 비껴
구름은 노을, 빨간빛 받아
반짝이는 살구나무
뜰 안의 살구는 알알이 주황빛 여물어
그 향내 강물처럼 흘러와 이 방에 넘치네.

여물은 살구는 빛과 향내로
지나간 날의 이야기를
짜놓는 방울들인가
청년들의 웃음에 꽃밭처럼 화려했던 이 집—
마슬*의 회관은 오늘 옛 자취도 없어
이 저녁 소년부 아이들이
한 아름 따다 줄 때, 추억은 새로워라.

그때는 벌써 철 바뀌기두 세 해 전이었지요.
마슬에도 조합 지부가 서고
사랑하는 청년 그 사람이
이 집 회관에서 밤이면 밤마다
농사꾼들의 쪼들리는 살림과
빼앗긴 벼 한 톨에 대하여

| * '마을'의 방언.

마을 젊은이들을 모아 놓고 들리어주던
여름밤은 깊어 깊어만 갔다오.

그것이 추수의 가을 일어난
소작쟁의 때 젊은이들과 함께
우리들 품에서 빼앗기어 갔거니
그 사람이 귀여워하던
소년부 아이들이 따다 준 살구,
익은 한 알 입에 물면 달콤한 꿀물이 흘러……
흘러라 내 가슴의 노래여
당신과 싸움으로 지내던 세 해 전의 그날로―

아, 살구꽃 살구꽃, 봉오리 열던 봄,
희망이 봄빛 새어 드는 회관에 피고
우리들의 자그만 보초인
어린아이들까지 두 사이를 놀려대는 즐거움 속에
물오르는 수액처럼
우리들의 사랑이 소리 없이 싹텄던 그리운 그 시절로.

청제비 처마에 깃을 트는 봄이 지나
그것은 포양히 밝은 어떤 날의 살구나무 밑,
진한 과일 향내 물결에 싸여
당신이 『부인 문제』 책을 읽어주시다
내 입에 살구가 가득 찼을 때의 일―

갑자기 우스운 이야기로
살구 덩어리를 와락 배앝게 하여
요령처럼 흔들리던 웃음꽃이
아, 내 가슴에 피게 해 준
즐거웁던 그 시절이여, 지내간 날이여.

인제 또다시 녹음 깊어서
살구나무 높은 가지 우에
탐스러이 익은 한 알 빛도 짙어갈 때
장난꾸러기 소년부 아이들도 따지 못하고
푸른 하늘 아래 노을에 빛나며 향내 떨칠 때,
저는 오늘의 시대가 적고 간 기록인 양
샛별처럼 남겨진
그 과일에서 당신을 그리겠어요.
달력이 바뀌어 익고 익어
향내마저 썩히우는 높은 가지 살구 한 알—
제 가슴에 안은 사랑의 이야기도
고난 많은 세월을 두고 이처럼 남겨지겠지요.

어린 삐오넬*인 아이들은
오늘도 당신의 소식을 물어봅니다.
시방 제 무릎 우엔
내일 면회 때 차입할 무명옷이

| * 피오닐.

거의 다 꿰매져 가고
저는 잠 못 이룰 오늘 밤, 한밤을
살구 알알 무명옷에 싸고 지새렵니다.

당신이 그렇게도 좋아하던 살구 내음새
쇠살창 문 속 어두운 감방 안에
그윽한 사랑처럼 풍겨
지나간 날의 싸움의 역사와
언제나 변하지 않을 사랑을 속삭여 주라고—

살구꽃 몽오리 피고 지고
열매 익는 유월이 찾아올 때마다
오늘은 간판도 없는
옛날의 조합 회관을 지켜 가렵니다.
그 전날 어린이들 웃음이
함박으로 피어 빛나 오르던 날처럼
아, 당신과 이 땅의 모든 청년들이
싸우며 꿈꾸던 축복된 시대를 기다리렵니다.

그때, 저는 세월 모르는 어린애처럼
당신의 두터운 가슴에 머리를 파묻고
포양히 밝은 살구나무 밑,
지난날처럼 솟아오르는 웃음에 살구 덩어리를 와락 배앝아도 볼까요.

오늘 해도 저물어 석양이 비껴
구름은 노을 빨간빛 받아 반짝이는 살구나무
뜰 안의 살구는 알알이 주황빛 여물은 내음새 풍겨
그윽한 그 향내 강물처럼 흘러와 오막살이 이 방에 넘치네.
여물은 살구는 빛과 내음새로
지나간 날의 이야기를 짜놓는 방울들인가
꿋꿋한 청년들의 웃음소리에 꽃밭처럼 화려했든 이 집―
마슬의 회관은 오늘엔 자취도 없어
이 저녁도 소년부 아이들이 한 아름 따다줄 때 추억은 새로워라.
그때는 벌써 철 바뀌기 세 해 전이었지오.
가을이면 벼이삭이 금빛 물결치는 벌판을 낀
읍 가까운 자그만 이 마슬에도 조합지부가 서고
사랑하는 그 사람이 이 집 회관에서 밤이면 밤마다 마을 청년들과
농사꾼들의 쪼들리는 살림과 빼앗긴 벼 한 톨에 대하야
뜨거운 입김으로 불같은 말을 주고 바꾸든 밤은 조용히 깊어만 갔거니
그것이 추수의 가을 소작쟁의에 지고 젊은 사람들과 함께 우리들 품
속에서 빼앗겨 간 일.
그 사람이 귀여워하든 어린애들이 따다 준 살구
익은 한 알 입에 물면 입 새에 달콤한 꿀물이 흘러
흘러라, 내 가슴의 노래여. 당신과 싸움으로 지내든 세 해 전의 그날
로―
아아, 살구꽃 살구꽃, 봉오리 열든 춘사월
희망이 꽃같이 불빛 도타운 회관에 피고
우리들의 자그만 보초인 소년부 애들이 놀려대는 즐거움 속에
물오르는 수액처럼 두 사이의 사랑이 소리 없이 싹텄든 그리운 그 시

절로

청제비 처마에 깃을 틀든 봄도 지나

기쁨에 젖은 젖가슴이 봄물처럼 보풀어

그것은 이 마을 공기가 왼통 신록을 싣고 와 하루아침에 새파래지든

포양히 밝은 어떤 날의 살구나무 밑

흰 구름이나 나무 이파리 빛남도 한 장 그림 같은 유월 하늘 아래

이 마음에 사무친 즐거움든 그 어느 날, 진한 과향의 물결에 싸여

당신이 부인 문제의 책을 읽어 주시다 내 입에 살구가 가득 찼을 때

의 일―


깜짝이 우스운 이야기로 웃겨

구겨진 장미 송이와도 같은 살구 덩어리를 와락 배알게 하야

요령처럼 흔들리든 웃음꽃이 아아, 내 가슴에 피게 해 준 즐거움든

그 시절이어, 지나간 날이어!

인제 신록이 깊어서 계절이 흘러 살구나무 높은 가지 위에 탐스러이

익은 한 알 빛도 짙어가

장난꾸러기 소년부 아이들도 따지 못하고

푸른 하늘 아래 홀로 노을에 빛나며 향내 떨칠 때

저는 시대가 적고 간 기록인 양 샛별처럼 남겨진

그 과일 속에 당신을 그리겠어요. 흘러가 버린 수많은 청년들도⋯⋯

달력이 바뀌어 익고 익어 향내마저 썩히우는 살구 한 알

이 가슴이 안은 보배로운 사랑의 이야기도 고난 많은 세월을 두고 이

처럼 남겨지겠지요.


어린 피오넬―새로운 세대의 보초들은

오늘도 살구 한 아름 따다 주며 당신 소식을 물었습니다.

시방 제 무릎 위엔 내일 면회 때 차입할 홑무명옷이 다 꿰매져 가고

저는 잠 못 이룰 오늘 밤에 익을 살구 알알 고이 싸안고 지새렵니다.

당신이 그렇게도 좋아하든 살구 내음새

창살문 속 어두운 감방 안에 사랑처럼 풍겨

지내간 날의 싸움의 역사와 언제나 변할 줄 모르는 희망을 속삭여 주라고……

빨—간 앵두알이 열리고

살구꽃 살구꽃 봉오리 피고 지고

익은 향내 떨치는 살구 딸 유월이 찾아올 때마다

사랑의 기억도 싱싱하게 새로운, 간판 없는 옛날의 회관을 지키며

찾아오는 어린애들—그 옛날 어린 웃음들이 함박으로 피어져 빛나 오르든 날처럼

아, 당신과 모—든 이 땅의 젊은 청년들이 꿈꾸든

축복된 새로운 시대를 기다리렵니다.


그때, 저는 세월 모르는 어린애처럼

당신의 당신의 두터운 가슴에 머리를 파묻고

새파란 하늘 아래, 포양히 밝은 살구나무 밑

지난날처럼 솟아오르는 웃음에 장미송이 같은 살구 덩어리를 와락 배알아도 볼까요.


—《문화전선》, 1946년 7월.

# 옥의 능금 볼

사랑하는 압강 지구의
나직한 숲과 풀포기 우거진 언덕,
여름날 푸른 하늘은
알알이 빛나는 방울의 바다 같다.

연락을 맺은 시냇가 수풀엔
자작나무 느티나무 이파리 늘어져
싱싱한 풀 냄새 흐르고
어린잎에 테 둘려 오늘도 피었을까?
옥의 양 볼에 새겨지는 웃음 자욱이—

초록빛 이파리 사이사이로
나타났다 가리웠다…… 다시 피어지는
옥아, 네 양 볼의 능금꽃을 바라보려
나는 가까이 가며 손을 쳐들어
눈부신 햇볕을 가리운다.

숲과 산—풀잎의 이슬을 헤쳐
시냇물도 반짝이며 햇살에 부서졌다.
아름다운 자연의 품속에서 너는
이 지구의 근로하는 사람들 가슴마다에
새 소식을 안아다 주는 레포다.

지구의 자랑스런 제비로다.

건강한 볼에 웃음 자욱이 패일 때마다
피어났다 지는 능금꽃은
네가 항시 안고 오는 이야기의 서곡!
좋은 소식에는 웃음으로 피어나고
언짢은 소식에는 설음이 맺히던
귀여운 신호였다.

오늘 아침은 제철 만난 양
활짝 피어 가까워 오누나.
지난해 덩굴 속—민들레 핀 봄 잔디 깔고
익은 들딸기를 네 뺨에서 딸 때
아, 싸움 속에 열매 맺은 사랑의
첫 고백이 끝난 뒤 터지던 웃음과도 같이……

알았다. 벌써, 이야기 안 해도
나래 돋친 마음은 네 뺨에서
나의 이번 부서가 결정된 것을 아뢴다.
—강 건너 공장 지구와 손을 잡는
 '오르그'*로서의 파견!
젊은 날의 투쟁과 시련을 받아 가며
새로운 부서에서 싸우리라.

| \* 조직원.

한데 옥아, 네 기뻐해 주는
눈동자에 가날피 스며 흐르는 것은
잠시라도 너와 나, 한 부서에서 헤어지는
외로움일 게다. 슬픔일 게다.

그러나 우리는 강철의 규율 속에서
크낙한 조직의 한 부서를 지켜 가야 하며
상부의 지시를 받아 초소에 달려가
투쟁의 불길로 자기를 키움으로써뿐
미래에 걸쳐 빛날
세 세대의 사랑이 아니냐.

온 들판의 초록빛도
물오르는 액즙이 되어
옥아, 네 양 볼의 웃음꽃에서
능금같이 익은 사랑의 열매를 맺어 주려
소용돌이치는 것만 같구나.

오, 이별에도 오히려 굳세게
더욱 미더운 우리들의 사랑을, 사랑의 열매를
지구의 제비야, 이 밤도
등사판 기름에 파묻혀 삐라를 찍어낼 동무들,
고난의 날을 뚫고 싸워 가는 그들의 가슴에
메달처럼 꽂아 주어라. 꽂아 주어라.

사랑하는 압강 지구의
나직한 숲과 풀포기 우거진 언덕,
여름날 푸른 하늘은
알알이 빛나는 방울의 바다 같다.

연락을 맺을 시냇가 수풀엔
자작나무 느티나무 이파리 늘어져
싱싱한 풀 냄새 흐르고
어린잎에 테 둘려 오늘도 피었을까?
옥의 양 볼에 새겨지는 웃음 자국이!

초록빛 이파리 사이사이로
나타났다 가리웠다…… 다시 피어지는
옥아, 네 양 볼의 능금꽃을 바라보려
나는 가까이 가며 손을 쳐들어
눈부신 햇볕을 가리운다.

숲과 산―풀잎의 이슬을 헤쳐
시냇물도 반짝이며 햇살에 부서졌다.
아름다운 자연의 품속에서 너는
이 지구의 근로하는 사람들 가슴마다에
새 소식을 안아다 주는 레포다.
지구의 자랑스런 제비로다.

건강한 볼에 웃음 자국이 패일 때마다

피어났다 지는 능금꽃은
네가 안고 오는 이야기의 서곡!
좋은 소식에는 웃음으로 피어나고
언짢은 소식에는 설움이 맺히던
귀여운 신호였다.

오늘 아침은 제철 만난 양
활짝 피어 가까워 오누나.
지난해 덩굴 속—민들레 핀 봄 잔디 깔고
익은 들딸기를 네 뺨에서 딸 때
아, 싸움 속에 열매 맺은 사랑의
첫 고백이 끝난 뒤 터지던 웃음과도 같이……

알았다. 벌써, 이야기 안 해도
나래 돋친 마음은 네 뺨에서
이번 나의 새 부서가 결정된 것을
너도 기뻐해 줌을 알린다.

한데 네 눈동자에
가냘피 스며 흐르는 것은
너와 나 같은 부서에서 헤어지는
서러움이냐? 외로움이냐?
옥아, 그러나 우리는 투쟁의 불 속에서
자라고 키워 가는 젊은 이 나라 청춘이 아니냐.

보아라, 온 들판의 초록빛도
물오르는 액즙이 되어
네 양 볼의 웃음꽃에서
능금같이 익은 사랑의 열매를 맺어 주려
소용돌이치는 것만 같구나.

지구의 제비야 이 밤도
등사판 기름에 파묻혀 삐라를 찍어낼 동무들
고난의 날을 뚫고 싸워 가는 그들의 가슴에
우리들의 자랑스런 사랑의 이야기를
메달처럼 꽂아 주어라. 들려주어라.

—『현대조선문학선집 11』, 조선작가동맹출판사, 1960년.

# 대지

이 땅의 어느 자그만 마을
어느 이름 없는 동네고
낡은 초가지붕을 가리우는 미루나무
나무 아지마다 봄빛 드리워
눈 녹는 땅도 봄에 부풀었다.

손바닥만 한 논밭 몇 마지기 부치기가
어찌두 이리 힘에 겨웠나.
기둥 썩어져가는 마가리 단칸마저
우리 것이 아니었거니
어이 닥쳐오는 봄이면 봄마다
밭 가는 사람들 눈에 눈물인들 없었겠나.

그랴길래 새파란 고향의 하늘을
머리 우에 둥그러니 인 정들은 땅
옛집을 쫓겨, 쫓기어
갓난애 적부터 풀 한 포기와
조약돌 하나와도 더불어 숨 쉬던
낯익은 동구 앞, 실개천을 뒤에 두고
북으로 흘러가던 지나간 날이여

―땅은 밭 가는 농민에게!

슬픈 향토에 잠자던 모든 괴로운 일,
눈물 나는 마을의 전설일랑
인제사 풀섶 이슬처럼 사라져 버리고

무연히 넓은 땅
시원히 맑은 공기,
올가을부터 벼이삭 한 톨에도
웃음이 흐르겠지. 기쁨으로 익어가겠지.

오, 수천 년을 내려오던 이 땅의
녹슬은 쇠사슬 끊기고
정든 대지, 구수한 흙이여
너는 길이 우리네 품에 안기어라.

## 파종의 노래

앞산에 아지랑이 가물거리오,
봄도 사월, 밭갈이철일레.
기름진 밭이랑 이랑마다
잔디풀 싹도 뾰족뾰족 돋아나네.

에헤야, 밭갈이 나가세.
옆집의 황 첨지, 윗마을 김 서방,
얼룩이 황소도 따스한 햇볕에
입김이 무럭무럭 영각을 하는구나.

참말루 이 봄은 기쁨의 봄,
할아버지의 할아버지 때부터
대대루 내려오며 내 밭 내 논이라군
거북이 잔등처럼 터진 이 손바닥만치두
못 가져 본 우리 신세였다네.

여보, 마누라—
우리 이 봄부턴 내 땅에 씨 뿌리니
참, 기쁨인들 오죽하우
정성인들 어찌 들지 않겠소.

새 나라 기둥을 닦는 셈 치구

농사꾼들도 밭갈이하세.
농촌위원회 젊구 믿음직한
막동이—그 녀석두 그러지 않던가.
—영감님, 한 고랑 밭두
　묵히잖구 갈아서 나라를 세워요……

그래, 보습이 없어 우리 일이 힘들면
거리 공장 동무들 밤에 낮을 이어
대장간 불에 달구어 가며
몇 천 개건 만들어 보내 준다지?
토지개혁 공작원으루 왔던 그 사람두
우리네사 농군들 잘 살아갈 이야기했겠다.

점심땐 아리랑 가락을
한 곡조 빼기두 하구
요 전날 밤 배워둔 조합의 새 노래
멀리 산울림해 가니
에헤야 저무는 봄, 밭 갈아 씨 뿌리는 뒤 따라
복동이 녀석도 자국 밟기에 신바람 났구나.

구수하게 풍기는 흙 내음새
흐뭇이 사랑에 벅차고
참말루 기름진 땅은 밭 가는 사람들에게……
이렇게 올해는 풍년 지라 뿌리는
씨 한 알에도 기쁨이 솟아라.

# 동지에의 헌사

우리들의 빛나 오르고 자랑스러운
그러나 고난에 찬 싸움으로
그날마다를 누벼 가는 수많은 동무들의
뜨거운 입김, 끓는 정열이
꽃처럼 풍기는 회관―당부에서
한 부서를 지켜 가는 동지여

너는 우리의 빛나는 전위!
처녀지를 닦아 가듯 아직 첫발을 디딘
우리들이, 나침판을 찾을 때면
너는 올바른 지남침이 되기도 했고
지구의 공장 속에 세포를 하나 둘 늘궈 가며
따뜻한 동지의 사랑과
당에 충성하는 길을 가르쳐 주었거니
이 노래는 동무에게 드리는 우리의 송가다.

당나귀처럼 조그만 몸뚱아리에
강철의 의지로 맥맥히 흐르는 줄기찬 신념,
근로하는 사람들에 바친 끝 모를 사랑―
동지여, 돌아보면 네 이력은 자랑차고나.

이 땅 혁명의 물결이 높아 가던 날,

아직 어린 소년으로
국경의 학창에서 첫 봉화를 올리었고
깃을 떠나는 제비인 양
대륙에도 남쪽 하늘을 찾았다.

황포강가 어느 공장 거리 아지트에서
밤을 지새우며 삐라를 찍었고
낯설은 이국의 거리, 골목길에서 연락을 가질 때,
어데선가 흘러오는 자금향 꽃향기
그윽이 풍겨 오던 오월이여

새파란 강남의 봄밤처럼
희망 많은 미래의 꿈을 가슴에 안고
하루 스물네 시간이 오히려 짧아라
젊은 날의 행복과 노래와 그 밖의 모든 것을
오직 무쇠의 규율로 지켜 가는
우리의 크낙한 사업에 바친 봄의 아들—

오늘도 회상마저 즐겁다.
첫여름 햇살, 따사로이 밝은
오월도 초하룻날 아침
두 뺨을 달쿠며 두 어깨를 서로 끼고
메이데이의 격랑 속을 헤엄쳤거니

높아가는 시대의 물결이

싸움의 거세찬 파도 치솟아
영웅의 깃발처럼 날리던 하나의 분수령이었다.

그 뒤 역사는 어두운 반동의 날,
놈들의 백색 테러 폭풍이 휘몰아쳐
해방구로 당의 주력이 이동할 때
너는 침략의 검은 구름에 덮인 고국에 돌아왔고
싸움의 불길을 이었더니라.

드디어 이 땅의 기록 우에
마지막 가까운 고귀한 희생자로
쇠살창에 갇힌 자유 잃은 몸이 되어……
이 소식을 들은 동무들 가슴은
얼마나 아팠고 쓰라리었던가!

내 고향은 가을이면 능금나무
가지마다에 빨간 능금알이 주렁지고
밤송이 알알이 여물어가는
서해 바닷가 옛 성터 어느 마을—

동무가 그리움의 마음으로
이야기해 주던 고향집 홀어머니가
고난의 생애를 새긴 손으로 짚새를 꼬며
만 리 밖 이국땅에 싸울 아들 생각에
잠 못 드는 밤은 방등불 심지만 쫄아들었으리라.

나는 어느 가을,
이 마을을 지날 때, 이끼 앉은 성돌
산성의 능금나무 아래 기대어
역사의 어두운 밤을
동무의 얼굴과 늙으신 어머니를 생각했노니

네가 좋아하던 능금알을
네모난 창살문 밖에 비치는
하늘을 내어다 보며 그려도 보았으리라.

허나 우리는 안다.
높은 돌각 담 어두운 감방의 쇠살창도
네 샛별인 양 빛나는
눈동자를 흐리우지 못했고
부질없는 향수에 사로잡히지 않았던 것을……

눈보라 삭풍에 얼어붙는
감방의 겨울도 네 뜨거운 맥박은
당의 전사로서
인민의 전위로서의 자랑을 가지고
이 땅에 찾아올 자유의 날을 믿었더니라.

해방의 날로 너는
다시 이 국경의 강반에서
우리들과 손을 맞잡고

지구의 공장에 세포를 하나 둘 뿌리박아 가는구나.

잠자는 몇 시간을 내놓고
네 생활과 기쁨을 일에 바치어
해방의 첫 겨울은 어려운 고비도 많아
당 회관엔 난로불도 없이 추운데
한밤을 떨리는 손으로 보고를 꾸미었고

밝는 아침, 인사의 악수로
네 손바닥을 쥐어 볼 때
차가운 손에서도 느껴지던 따뜻한 감정이여
동지들뿐이 엿듣는 사랑의 마음이여

벌써 봄도 가깝다.
새 역사의 근위대인 우리들은
엄숙한 당에의 헌신으로
승리의 길 우에 강철로 맺어진
동지와 동지의 집단이거니

사랑하는 동지여
혁명의 아들인 너는 판가리 결전으로
당이 부를 때,
투쟁의 바리케이드 우에
자유의 깃발을 높이 날려라.

# 강반에서*

눈 녹이는 지름길 밟아
동뚝에 오르면 벌써 이른 봄
유유한 강물에 흰 구름 비쳐 흐르고
갈매기도 한두 마리 물갓**을 찬다.

어린 시절 요람의 노래
강기슭 모래 한 알, 뗏목에도 잠자고
청춘의 날이 왔을 때, 희망의 이야기
해바라기처럼 태양을 향해 꽃피운 날이여

강반에 늘어선 공장의 굴뚝과
지구의 골목길마다 싸움의 불로
근로하는 사람들 가슴을 태우며
고난의 날을 새겨 왔거니

오래인 간고의 세월이 흘러
쏘베트 용사들 해방을 찾아 주었노라.
세르게이, 북쪽 나라 사나이
해방의 전사를 동지라 불렀노라.

---

* 이 작품은 1950년 4월 《조선문학》에 발표된 「강반음江畔吟」을 개작한 것이다.
** '물기슭' 또는 '물가'를 뜻하는 북한어.

그를 동지로 불러 어깨 나란히
강반을 거닐며 자랑 높았음은
내 심장 우에 크낙한 당의 표치,
푸른 당증이 봄을 속삭이기 때문.

해바라기보다도 큰 정열이 불타던
그날로 나는 우리 당을 노래했고
세르게이여, 그대에게서 나는
시월의 하늘 불태운 붉은 깃발을 보았다.

어느 눈 내리는 겨울 떠나보낸
네 고향 우랄에도 봄이 왔는가.
광야에 타오르는 공산주의 자랑찬 불길!
백열하는 용광로 앞에 너는 섰으리.

압록강 봄물에 불어 흘러내리는
강반에 서서 그대를 생각하며
이 봄과 함께 나는 노래하리라.
빗발치는 광명의 햇살 휘황한 쏘베트를!

그리고 이 땅 북쪽 산하에
타번지는 건설과 그 속의 노력과
장엄한 싸움으로 인민을 이끌어
승리의 길로 부르는 우리 당의 노래를!

# 파리 꼼무나 영웅들

그것은 비록 칠십이 일
짧은 날짜의 싸움이었으리
피 흘린 대가는 역사의 오랜 시간에서
영원히 빛나고 고귀하여라.

꽃의 서울, 파리의 삼월 창공
유난히 밝은 하늘 아래 휘날리던 깃발,
모란처럼 붉은 깃발 펄럭이며
꼼무나 용사들은 싸웠다.

대리석 기념비 아름다운
룩셈부르크 공원의 한가운데서,
남구의 이른 봄, 마로니에 초록빛
어린 싹이 움터 오는 브르타뉴*의 수풀에서.

젊은 용사들은 의로운 피 흘리며
바리케이드 우에 증오와 사랑을 교차시켰고
또한 불란서의 누나들은—
사랑하는 청년의 시체를 안고 싸웠나니

---

\* Bretagne. 프랑스의 레지옹 중 하나로 서부 브르타뉴 반도를 중심으로 하는 지방.

이 속엔 고수머리 바람에 날리는 소년도 있어
적 유탄을 한가슴에 철조망을 넘어
역사의 첫새벽으로 돌격해 갔거니
자유에로 불타던 초연의 시가전이여.

여기 세계에 처음의
쏘베트 회의가 열리어
감격의 눈동자들이 마주치는 속에
불타던 맹세를 우리는 아노라.

눈보라치는 페트로그라드 고난의 시절
로씨야 인민은 그대들 싸움에서 배웠고
이 땅의 근로하는 사람들은 오늘
창조의 여명에 빛나는 샛별로 우러르노라.

그것은 비록 짧은 날짜였으되
꿈무나 영웅들이 싸운 피의 기록—
꽃피는 봄과 더불어 영원할
새 역사의 봄을 아뢰는 서곡이었다.

# 축제의 날도 가까워

—순아, 오늘부턴 새 생활이
  이 공장에도 찾아왔구나.
초지실 책임인 이 동무가
웃음으로 던지는 말에도
순이 젖가슴은 기쁨에 젖는다.

—애, 영남아, 너두 인제는
  어른과 같이 임금을 받고
—애, 산월인 여섯 시간 일한단다.
직장 안 공기도 밝게 비치는데
참으로 오늘부터 우리들의 생활은
노동이 그대로 즐거움이 되리라.

이 나라 가난한 어린이
수많은 나이 어린 영남이
늬들에게도 새 살림이 시작되고
열다섯 산월이 두 뺨에
기쁨의 열매가 복숭아처럼 열리리.

지나간 세월은 어두워,
어리던 시절부터 삯전 몇 잎에 팔려
종이 추노라, 고무풀 붙이노라

조그만 두 손마저
서리 맞은 꽃처럼 시들었거니
인제사 모든 것이 꿈과도 같아라.

그것은 새로운 역사가 찾아다 준
또 하나 기쁨의 날, 인민의 날,
웃음이 꽃으로 향내 떨치며 흩어질
풍만의 생활의 가지가지 이야기……

별과 샘과 풀포기
이름 없는 풀 한 포기도 기쁨에 젖는
오, 태양에의 길—

자유의 햇살이 이 땅에도 퍼지고
새로운 생활은 벌써
먼 신화가 아니라 우리 곁에서
이렇게 손 저어 웃고 있다.
들려오노니 북쪽 나라 아름다운 노래,
수림처럼 무성하는 인민의 노래여.

우리 순이 젖가슴도
오늘은 기쁨에 함폭 젖어
또 하나 무거운 쇠사슬은 끊어졌다.
노력으로 쌓아 올리는 건설의 길 우에
꽃피는 축제의 날도 가까워 온다.

# 유성

밤하늘에 비치는 북극성마냥
그 빛, 어둠을 뚫고 빛나던 별,
누리를 비추는 태양을 에워싼
위성군 속에서도 한결 크게 불타던 별—

여명을 바라 새날이 동터 오는 이때,
별 꼬리를 물고 지평선에 떨어지다.
그 이름—게오르기 디미트로프!*
뜨겁게 뛰놀던 심장의 고동을 멈추다.

내 오늘 동방의 한 기슭에서
그대 영령 앞에 슬픔의 꽃다발을 드림은—
괴로웁던 암흑의 지나간 그날,
우리네 청춘을 희망으로 밝히어 준 때문이라.

노동 계급 해방의 자랑스런 기치,
눌림 받는 인민의 휘황한 마음의 등불,
그 이름 —게오르기 디미트로프!

---

* Georgi Mikhailovich Dimitrov. 불가리아의 혁명운동가. 정치가(1882~1949). 불가리아 노동사회민주당,
불가리아 공산당의 지도적 인물로 1935년에 반파시즘 통일전선을 제창하였으며 1946~49년에 불가리아
인민공화국 초대 대통령을 지냈다. 1933년 독일 국회의사당 방화 사건에 연루되었지만, 라이프치히 재판
에서 독일 검찰에 맞서 자신의 무죄를 입증하고 나치 당국의 허위를 폭로하였다. 이 사건은 디미트로프의
이름이 전 세계에 널리 알려지는 계기가 되었다.

산악처럼 높이 우러른 사람이여.


이 지상에 파시즘이 꼬리를 쳐들 때
'사람의 탈을 쓴 짐승들'이라
라이프치히 법정, 수갑에 채운 속에 외치었거니
정녕 그대는 굽힐 줄 모르는 승리의 횃불!


폭풍 불어 사나운 번개 이는 날에도
야수를 향해 인민을 싸움에로 일으켰나니
자유의 길, 인민 전선의 길,
노도같이 질풍같이 세계는 일어섰더니라.


이 나라 혁명의 전우들 싸우는 곳에,
또는 북쪽 산발을 타고 넘던 빨찌산들
항일의 기록도 그대가 추켜든
광명한 깃발과 더불어 싸워졌도다.


어두운 밤에도 지상을 비추던 별,
그 이름—게오르기 디미트로프!
또다시 새 원쑤들 침략에 날뛰는 오늘
우리는 그대의 빛을 지켜 나아가리니


오, 하나의 크낙한 별은 떨어졌건만
수천만 빛의 원소로 흩어져 빛나라.
길이 구원할 혁명의 핏줄을 이어가는 우리,

가슴 가슴에 그대의 빛을 품고 가리라.

## 동백꽃[*]

내 고향은 남쪽
푸른 하늘 아득하니
쪽빛 바다 물결
기슭을 치는 제주도라오.

구 정월 이른 봄,
동백꽃 몽우리 열고
싱그러운 바닷바람에 스며
미역 내음새 실려 오는
바닷가의 초가집,
해 뜨고 달 지는 서귀포 나루.

멀리 남과 북으로
삼천리를 떨어져
그리움에 사무치는 곳
고향에 총창을 비껴들고 일어선
섬사람들이여

---

\* 『안룡만 시선집』에 실린 「동백꽃」은 1950년 출간된 『한 깃발 아래에서』에 「동백꽃─항쟁의 제주도여」라
는 제목으로 발표되었던 것을 재수록한 것이다. 「동백꽃─항쟁의 제주도여」에는 다음과 같은 참조 사항
이 함께 실려 있다. "이 노래는 제주도에서 왜정 때 징용으로 끌려 국경지대 방직 공장에 왔다가 해방 후에
는 자각적으로 생산 부흥에 싸우며 오늘 고향의 항쟁을 노래 부르는 것인바 아직도 이런 여자 동무들이 십
여 명이나 모범적으로 싸우고 있다."

한라산 골짜기마다 횃불로 타올라
피로 싸우는 항쟁의 나날,
시방도 높은 봉우리 저녁 안개 감도는
산발에는 빨찌산들 일어서리라.

내 오늘 북쪽에도 오리강반
샷또루*의 바침소리 즐거이
사능직 무명천을 짜내며
섬사람들 생각할 때
떠오르는 모습들이여

섬 처녀의 마음은 동백꽃인가
붉게붉게 피어나고
츠렁츠렁 새까만 머리채
그 머리채 댕기 끝에 꽃 이파리 꽂고
조개 줏던** 동백꽃……

생각하면 그리워라.
마을의 옥분이며 보패야
늬들은 계절이 옮겨
아지트 앞 보초의 어깨 우에도
남국의 봄눈이 내리며 녹는데
땅굴을 파고 산허리를 옮아가며

* 'shuttle'의 일본어식 표기. 직조기의 북.
** 줏다. '줍다'의 북한어.

원쑤를 족쳐 싸우리라.

새파란 남쪽 하늘가 멀리
그 이름만 불러 그리운
제주도—
정들은 땅아!

징용에 끌려 이곳 오리강반
조국의 북쪽 끝까지 쫓겨 온 우리,
그 전날 악착한 왜놈들의 발톱 대신에
오늘은 어떤 흉악한 침략의 떼 무리
고향 마을 불사르고 총칼로 누르냐뇨.

해방과 더불어 북쪽 산하엔
자유의 햇살이 비쳐
우리도 새 나라 생산의 전사다.
여기 샷또루의 바침소리 울리며
무명천을 줄줄이 짜는 방직 공장—
하루의 책임량 넘친 저녁이면
멀리 남쪽 하늘 바라볼 때
벌 떼처럼 비쳐 드는
내 고향 제주도여.

구름에 가려 첩첩
안개 내리는 봉우리

멀리 바라보는 전남의 평야와
높이 뻗은 태백산 지리산 산발에
승리의 깃발 앞세운 빨찌산들 발구름 소리
너 한라산봉에 울려 가리니

영원히 꺼질 줄 모르는
항쟁의 불길이여
영웅의 횃불이여

서귀포에 노을 비끼고
붉고 붉은 동백꽃
피고 지는 고향 마을에도
조국 통일의 새날이 와서
기쁨과 평화로 밝는 아침이 찾아오리라.

그날이 오면—
구름 따라 삼천리
물결 타고 천 리 길,
그리운 것들의 품을 찾아
동백꽃 한 아름 따리라.

내 고향은 남쪽
푸르른 하늘이 아득하고
쪽빛 바다 물결
끝없이 출렁이며 스치는
거기 남쪽도 외따른 섬
그 이름만 불러 그리운 제주도

구정월 이른 봄
동백꽃 몽오리 열고
싱그러운 바닷바람에 스미어
미역 내음새며 해조 내음새 풍겨 오는
자그만 해변 마을 초가집
오늘도 어린 적 요람의 노래 잠자는
그곳에 내 어버이들은 있다오

섬 색시의 마음처럼 붉게 붉게
동백꽃 피어나는 이월 달
태평양 굽이치는 수평을 넘어온 날도적의 떼
그 앞잡이 이리들이 나라를 팔 제
내 고향 제주도 온 섬이 일어났다오
한라산 골짜기 골짜기마다에 횃불이 타올라
피로서 싸우는 항쟁의 불꽃 불꽃……
그때는 북국 압록강반에
흰 눈송이 함박으로 펄펄 날리는데
싸움의 소식 방직의 도복회 때 들었소

사나이보다두 씩씩하고 가슴 널찍한
섬 색시 해녀들이 수심 깊이 첨벙 바구니 끼고 들어가듯
날쌘 암사슴 모양 원쑤를 향해
미역 따던 칼끝을 겨눠 조국을 지키려 일어났거니

파―란 남쪽 하늘가 멀리
그 이름만 불러 그리운
제주도 제주도 나의 정들은 땅아
어리던 날 츠렁츠렁 흔들리는 머리채에
그 머리채 자줏빛 댕기에 꽂고 놀던 동백꽃
붉은 정열 타는 꽃송이로 우표 찍어
끝 모를 감격과 격려의 편지를 띄우느니
마을의 옥분이며 여러 동무야
니들은 계절 옮기는 항쟁의 피에 젖은 몇 달
땅굴을 파고 산허리 옮아가며 싸우고 있으리라.

딸끄락 딱딱 딸끄락 딱……
직포기가 쉬임없이 돌아갈 때
유리 천장 푸른빛을 받아
더욱 윤나는 사능직 무명천이 짜아지는데
내 시방 맡은 직포기 네 대의 핸들을 눌러
책임량 오십오 메―터 넘기 칠십 퍼―센트
이 달의 기록을 내려 기대에 정성을 고인다

모―터―의 울리는 소리

샷또루의 바침소리
한창 벌어진 노력의 불길에
삼백의 직기를 돌리는 벨트 줄이 흘러 흘러...
아 조국에 바치는 생산의 자랑에
한껏 복숭아처럼 달아오른 뺨과 뺨들
여기 나도 모범 노동자의 한 사람이라오

새로운 생활이 열리어
빛나 오르는 그날마다의 기쁨이 꽃피는 속
내 오늘도 멀리 남쪽 하늘을 바라노니
고향을 쫓겨 왜놈 때 징용에 끌려 이곳 온 지 다섯 해
어버이여 오라비와 동생하며 소꿉동무야
정든 고향의 땅을 쫓아내던 그 손 대신
오늘은 또 어떤 흉측스런 침략의 떼 무리가
총과 칼로 찌르고 마을에 불을 붙여
구국의 싸움에 일어선 동포들을 섬사람을 몰아
깊은 산골짜기로 피에 젖어 쫓기우게 하나뇨

미움과 분노에 불붙은 날카로운 눈초리
원쑤를 피하며 원쑤를 노려 빛나는 눈초리
멀리 남과 북 삼천리를 떨어져
가슴 아프게 늬들의 원통과 고난을 느낄 때
더욱 북받쳐 오르는 조국에의 사랑—
그것은 생산의 지선을 높이는 정열로 번지노니
내 사랑하는 제주도 섬사람들이어

미움에 타는 눈초리와
사랑에 고이는 눈동자와
이것은 모—두 조국의 영광을 가져오려는 싸움의 자랑이외다.

쪽빛 맑은 물살 다도해 감돌아
한라산 하늘을 받들고 솟은 곳
내 고향의 땅 제주도
오늘은 빛나는 기록으로 이 땅의 건설과 투쟁을
우리의 입김 우리의 사랑을 담아
붉고 붉은 동백꽃 우표를 붙여
남쪽 하늘가에 실려 보내리니

아, 꺼질 줄 모르고 타오르는 항쟁의 거세인 봉화여
영원히 죽지 않는 이 땅 조국의 아들과 딸들이여


—『창작집』, 국립인민출판사, 1948년 9월.*

---

| * 이 작품의 발표 당시 제목은 「동백꽃 우표」이다.

사시철 한바다 출렁이는 물결
조선 해협 거칠은 파도 소리
자장노래로 귀담아 들으며 자란
제주도 태생의 섬 처녀.

네 고향은 서귀포라
뭍에서 배로 하룻길
수평선에 해 뜨고 달 지는
자그만 마을 나루터랬지.

귀밑머리 땋늘인 어린 철
미역 따고 꽃조개 줏고
산으로 오르면 말을 먹으며
굴레 벗은 제주말처럼 자랐더란다.

쪽빛 짙은 바다를 넘어
남풍이 불어오는 봄
이른 봄 몽오리 여는 동백에
사랑을 피우기도 전,

원쑤를 몰아 싸우는
항쟁의 횃불을 들고
마을 사람들 뒤따라
산발을 오르내렸더란다.

그 뒤의 사연을랑 부디
물어서 무엇하리…… 나는 아노니,
조국의 품을 그려
섬 처녀야, 너는 오늘 북쪽에 있구나.

고향 하늘 그리운 마음
나라에 바치는 충성을 고여
기대 사이를 제비처럼 달리며
천을 짜는 방직공 처녀,

―고향에 가고 싶지요?
이렇게 물어 볼라치면
―바로 고향 가는 길을 위해
　천을 짜고 있다오―

작업량 넘친 저녁마다
노을에 비쳐 생각는 것,
……하루하루 짜내는 천이
　　한 달 두 달 해를 바뀌면 얼마나 될까?

저 남쪽 끝 제주까지는
육로 삼천리, 뱃길 몇백 리
네가 날마다 짜는 천을 재어 보면
고향길 몇 번을 오고 갔으리.

견우직녀 만나던 오작교마냥
통일의 한길을 뻗은 다리—
조국에 드리는 사랑으로
무지갯빛 다리를 놓고 있어라.

---

[*] 1958년 《조선문학》 7월호에 실린 「동백꽃」은 1964년 발간된 『새날의 찬가』에 재수록되었다.

# 크낙한 혼에게

민중의 아들로서 태어난 사람
인민의 벗으로서 싸워 온 사람
그는 창조의 아름다운 전사였다.

자유의 어머니인 볼가강 언덕
광막한 로씨야의 마음이 깃든 고리키—
당신이 나서 자란 볼가의 흐름이여, 뱃노래여.

풍만한 생활의 이야기를 싣고 흘러가는
푸른 물줄기에, 그 파도 소리에
폭풍을 아뢰는 바다제비의 꿈을 노래 불렀더니라.

심장의 맥박이 멈추는 순간까지
새로운 세계를 불같이 사랑한 사람,
원쑤에게 끝 모를 미움을 던진 사람.

쏘베트 조국의 승리의 길에
당신은 '최대의 고통' 속에서, 가난과 모멸 속에서
체험한 지혜를 아낌없이 바쳤더니라.

무한히 넓은 대지와 약속된 미래를 두고
우리와 결별한 유월은 다시 돌아와

모스크바 하늘 밑, 고요히 잠들 크낙한 혼이여

―내 어느 날, 살아 못 본 그이를
　볼가 강반에 앉아 회상하리라.
막심 고리키―당신의 모습을 그려 보나니

싹트고 자라는 아이들의 웃음 속에
행복스런 나라의 자유로운 희망 속에
당신의 이름은 언제나 살아 있으라.

# 향기 높은 새 생활

돌아가는 피댓줄에 감겨
직포기는 달그락 딱딱,
순이 기대 앞에 꽂힌 우승기가
자랑을 안아다 주는 직포부
나는 브리가다 책임자다.

이번 분기도 이기리라.
고장 난 직포기를 수선하기에
한창 바쁜 내 옆으로 오는 김 동무,
그는 조방 직장 책임자거니
캡을 찌그러쳐 쓴 얼굴이 빙그레 웃으며
콧노래라도 넘기는 듯 바라보누나.

아침에 본 도표판에
직포부 생산 지수를 뒤따라오며
능률을 높이던 조방부
아마두 오늘의 책임량 넘쳐 낸 게다.
―제길, 이번에도
  승리의 기를 뺏겨서 되랴.

아침마다 저녁마다
대거리 바꿀 때

바라보는 그날마다의 생산 도표,
작업 능률을 알리며 빨간 줄이 올라만 가는
그래프 지선에서 결의는 터진다.

무엇이라 기쁨에 넘쳐 향기 높은
우리의 생활인가!
하루의 경쟁을 다지며 증산을 겨루며
서루 마주치는 눈과 눈들―
이 속에 내 사랑하는 분의 쌍꺼풀 눈망울!

어느 날 황혼
두 사람이 속삭인 사랑의 고백이여
언제나 곁눈 하나 안 팔고
일에 정성을 고이는
나의 동무여

오늘도 하루 일을 끝내고 돌아갈 때
보라빛* 승리는 조국의 하늘
아득히 바라보며 맹세하자.
이 땅에 빛나는 새 나라 세우려
사능직 무명천을 짜내자고―

멀지 않은 앞날

---

| * '보랏빛'의 북한어.

윤나는 네 머리칼 쓸어도 주고
비둘기처럼 부풀은 젖가슴 안고
즐거운 노래를 부르기도 하리라.

그러나 오늘은—
끊임없는 생산의 투쟁이다.
아, 불꽃 튀기는 경쟁으로 끓는
우리의 노동이여
향기 높은 새 생활이여

## 당의 깃발 밑에
### —도당 대표들에게 드리는 노래*

이리 한마당에 모임도 얼마 만이뇨.
봄빛 새어 드는 우리의 회관,
이곳에 모여 온 대표들의 입김과
또한 뜨겁게 타는 눈물이
오로지 하나의 정열로 끓어올라라.

빛나는 당의 깃발 밑
동지여, 그대는 힘차게 자라왔구나.
아직 투쟁의 경력이 어린 싸움의 날과 날
꽃송이처럼 낙엽처럼 달력이 쌓일 때
그날마다를 인민 앞에 바쳐 온 너의 기록—

얼굴 얼굴마다에 자랑이 빛난다.
두메산골 땅굴 속에서 착암기를 휘두르던 그대,
동맥의 이름도 높은 기관구에서 온 그대,
마을과 거리, 수많은 공장 지구에서
끓는 토의, 우레 같은 박수로 뽑혀 온 동무여.

내 가슴의 뛰노는 맥박처럼
그대들 심장의 고동 소리 느껴지고

| * 이 작품은 1948년 발간된 『조국의 깃발』(문화전선사)에 실린 것을 개작한 것이다.

296

심장 우에 간직한 새파란 당증이여,
젊은 우리의 날, 생명같이 희망에 싹트는 것!
사랑하는 조국이 부흥과 건설로 부르는 것이여

하기에 보람찬 건설의 앞장에
생산의 전사로, 당의 이름으로 싸워 온
우리는 근로하는 인민의 전위대다.
이 땅 혁명의 길로 내달아
지난 연륜 아름차게 자랐고 영원히 자랄 당이다.

아직도 산봉엔 흰 눈이 차건만
이른 봄빛 새어 드는 회관은 정열로 끓고
뜨겁게 타는 눈들이 번개를 불러……
맹세도 굳다. 대지 우에 영원한 봄을 가져오려
인민의 원쑤와 끝까지 싸우리라……고.

광명이 약속된 길 우
크낙한 당의 깃발 밑에
젊은 전투의 부대는 오직 앞으로!
역사가 가리키는 길로,
조국이 부르는 길로 나아가리라.

# 고국으로

시그널은 손수건처럼 오르고
가을 하늘에 기적이 울어……

그대들은 떠나는구나.
환송의 기차는 북쪽을 향해
네 사랑하는 쏘베트 조국
먼 여정의 길에 오르나니—

공청원 미샤,
네 고향은 어디더라.
눈동자 유난히 푸르러
아리랑 곡조 잘도 뽑던
그 눈에 저녁의 호수인가
잔잔한 그림자 비쳤고나.

라일락 우거지는 신록이면
손풍금을 곧장 잘 울리며
금빛 물드는 백화 숲
들판을랑 싸다녔다는
두 볼이 빨간 쏘냐의 요람.

그리고 동지 안드레이여

너는 풀풀 눈 내리는 날
강반의 거리를 망토 깃 올려 가며
나와 함께 거닐 때
어릴 적 기억이 꽃송이처럼 파묻힌
꾸바니 풍요한 평원의
아름다운 이야기를 들리어주었지.

고국으로, 고국으로……
포연 앞세워 찾아왔던
해방의 길을 다시 되돌아
붉은 씨비리 광야
국토 만 리를 지나가리니
거기 풍양의 가을도 무르익었으리라.

잘 가라. 시월의 아들딸,
낯설은 이역의
하늘 아래서, 풍습 속에서
언제고 다사로웁던
정든 벗들이여

내 깊은 감사에 사무쳐
울 줄을 모른다던 가슴이
이별의 슬픔에 메이어, 메이어
우정의 손길을 쥐어 보나니
다시 만날 승리의 광장

약속하며 다지는 마음이라.

가을 하늘에 고동이 울어
시그널이 오르며 떠나는 그대들
잘 가라. 네 사랑하는 조국
쏘베트 땅을 향해
기차는 북으로!

금수의 강토 삼천리
가을 하늘 푸르러 높은데
당신들이 떠나시는 이날
시그널은 손수건처럼 오르고
맑은 공기 찢으며 고동은 울어……

그대들은 떠나는구나
이마에 붉은 별 빛나는 용사들을 싣고
환송의 기차는 북쪽으로……
네 사랑하는 쏘베트 조국
그리운 산천을 향해
여정의 길에 오르나니—

공청원 쎄료샤, 네 고향은 어디드라
라일락 우거지는 신록에는
손풍금 곧장 잘 울리며
들판을랑 싸아다녔다는
두 볼이 빨간 쏘—냐의 요람
그리고 동지 안드레이여
너는 풀풀 눈 나리는 밤
압록강반의 차운 거리를
망토 깃 올리며 나와 함께 거닐을 때
어릴 적 기억이 꽃송이처럼 파묻힌
꾸바니 풍요한 평원의
그 어떤 자그만 마을

네 고향의 이야기를 들려주었지


고국으로, 고국으로……
쏘베―트 영웅들의 군대여!
다시 돌아간다 의로운 약속을 지켜
포연 앞세우고 찾아올 때도
넘어온 우랄산맥 바이칼호수 아무―루의 물
밀림 우거진 국경을 다시 되돌아
네 어머니의 땅
붉은 씨비리 벌판을 넘으리니
스탈린적 건설이 웅장한 음향 속에 이루어지는
아아, 거기 풍양의 가을도 무르익었으리라


잘 가라 시월의 아들과 딸
우리를 해방시켜 준 용사들
가난한 민족의 참다운 벗으로
그것은 세 해가 넘게
낯설은 이역의 하늘 아래서 풍습 속에서
언제고 다사롭던 정든 벗들이여!
씩씩하니 젊은 얼굴 얼굴에
광명을 안고 찾아오던 그날마냥
웃음을 웃음을 함박으로 피우며
해방의 용사들은 떠나간다


내 깊은 감사에 사모쳐

울 줄을 모른다던 가슴
이별의 슬픔에 메이어 메이어
우정의 굳은 악수를 쥐어 보나니
우리는 이미 크낙한 수목처럼 자랐다
민주의 길에서 싸움에 이겼다
오늘 이 땅에 새 나라 깃발
단청도 곱게 희망의 오각별 달고
영원한 승리의 길로 인민을 부르나니
내 감사에 사모치는 이 마음
정녕 금수의 삼천리
온 민족이 바치는 마음이러라

가을 하늘에 고동이 울어
시그널이 오르매 떠나는 그대들
잘 가라 네 사랑하는 조국
고향의 산천으로……
모스크바 크렘린 첨탑 아래
새 역사의 수령이며 온 누리의 태양
스탈린! 스탈린이 부르시는
그대들의 요람의 땅으로……
두 나라 영원히 꺼지지 않을
친선의 꽃다발 꽃다발을 싣고—

—『영원한 친선』, 문화전선사, 1949년.*

* 『영원한 친선』에 실린 작품에는 '돌아가는 소련 장병들에게'라는 부제가 달려 있다.

# 행복의 약속

새 나라 공채를 나는 노래한다.
한 장 한 장이 앞날의 약속
행복이 어리운 웃음과
기쁨에 젖는 노래와
이 모든 것을
한 아름에 안아다 주는 공채를!

이것은 우리의 자랑,
태양을 향한 해바라기처럼
　　아내와
　　　　어린 딸과
　　　　　　사랑하는 사람들―
가슴 가슴에 안겨지는 꽃포기다.

하루의 노력을 끝맺고
저무는 황혼에
성좌인 양 무성한 행복의 마음을 안고
부풀어 오른 건설의 거리에서
또는 어느 두메 마을 집집의 창가에서

공채가 나온 이 밤
즐거운 앞날의 꿈과

새 살림에 대한 이야기
도란도란 굴러가리라.
별처럼 뜨리라.

자그만 공채 한 장 한 장이
우리에게 행복을 약속해 주고
즐거운 새날의 꿈을 안기어 주거니
나는 보노라.
광명한 이 땅의 앞날을!

조국의 지도 우를
핏줄처럼 뻗어간 고압선 철탑
철탑을 타고 전류는 흘러
흘러드는 공장의 브리가다 동무들
자동 스위치를 눌러 기대를 돌리고—

뜨락또르 달리는 전원에서
돌아오는 들길, 저녁 석양빛에
즐거운 노랫소리 울리고
무연히 넓은 열두 삼천리 벌에
관개수가 철철 넘치리라.

숱한 상품들은 공화국의 마크를 달고
인민의 품을 찾아가리니
이 행복의 선물을 가득 실은

기관차여, 너 멀지 않아
남쪽으로, 남쪽 형제들 품으로
통일의 기적 소리 울리며 달리라.

기쁨의 한 장 한 장—
이는 행복의 꽃포기다. 별이다.
그리고 원쑤에게 던지는
　　평화의 선언!
　　　　승리의 총창!

오, 새 나라 공채여
우리의 미래, 우리의 희망이여.

# 승리의 찬가

## 1

이 땅 북변 언저리를 스쳐
흘러 흘러 내려 천 리 길 넘는
푸르른 물줄기—
너 어머니 품, 압록강!
장백의 산굽이 굽이돌아
백두에서 흘러오는 크낙한 강이여

태고의 아득한 세월
출렁출렁 파도치며
풍만한 젖줄기로 용솟는 흐름,
너를 불러 조국의 강이라
삼천만은 부르거니
압록강—아리나레 거세찬 물결……
이 나라 역사와 더불어 고난에 울고
신산한 생활과 싸운 인민의
굳세인 의지에 춤추던 강물이여

오늘 네 푸른 물결 부서져
전류로 솟아나는 수풍댐에서
거대한 세멘 콘크리트의 산악을 쌓으며
새 나라 근로의 대오가 일으킨

건설의 열풍,
조국에 바친 노력의 금자탑을
너 승리의 찬가로 노래하라.

벼랑을 감돌아 골짜기 흘러
여울지는 물살도 기쁨을 말한다.
―이 땅 우에 그 어느 때
　웅장한 건설의 싸움이
　이렇게 벌어진 일이 없었노라……고
강이여 너는 자랑하는가.

지나간 날 왜놈들의 검은 마수
장강의 물살을 가로막아
침략과 착취의 야욕을 쌓을 때
창천을 우러러 통곡하던 너,
해방의 전사들이 찾아온 날로
조국의 품에 돌아온 크낙한 전류의 동맥
건설의 원동력을 환희로 안았거니
오늘은 태양과 대지
하늘과 강물이 얼싸안기어
자연을 정복해 가는 인민의 힘을 노래하라.

2
우에는 댐, 벽파 잔잔한 호수―
앞에는 흘러내리는 물살을 끼고

무쇠와 콘크리트와 사람이 한데 어울려
도가니인 양 끓는다. 끓어오른다.
암석이 패운 단층이
수만 년의 연륜을 새겨 계곡으로 솟은
바위를 치뚫는 보링*과 착암기와
도리후노의 요란한 소음—
찌브 크레인은 붐 끝에 바켙을 달고
우르릉 드르릉…… 돌아가고
가따 우를 오가는 가솔린카!

오월의 햇볕도 화답하여
빛을 뿌려 정지할 줄 모르는
기계와 인간의 약동이여
그리고 몇십만 킬로 전력이 솟아나는
발전소 뒤쪽을 감돌아 뻗은
벨트 컨베이어가 실어 오는 시멘트여
자갈과 모새의 분류여
여기 자연과 맞서서 싸우는
군상들 속에서 우리는 보리라.
수풍이 보내는 전류로
휘황히 밝을 조국의 앞날을!
노동의 기적을 창조하며
대지의 아들들이 부르는 노랫소리

| * boring. 시추.

합창의 화음으로 울려 퍼지라!

3
—나는 당과 조국의 부름을 받아
　이곳에 온 건설의 전사다!⋯⋯
땀방울 씻으며 말하는 사람,
그는 소환 노동자의 한 사람이다.

장진이며 부전강반에서
북쪽 끝 아오지 탄광과 광산들에서
컴프레서와 모터를 화차에 싣고
착암기와 보링을 어깨에 맨 채
벨트와 해머를 등에 지고
수풍으로! 수풍으로!

기름 묻어 검은 얼굴
억세인 팔뚝을 걷어붙인 그대로
당이 불러 보내는
전류의 동맥을 찾아 달려온
수많은 노력의 대오 속에서도
불같은 정열로 끓는 사람—
(떠나는 전날 밤⋯⋯ 당부에서
　—동무들은 당의 호소를 받들고
　　조국의 동맥을 지켜 주시오!
　당 위원장의 뜨거운 말에

오로지 묵묵히 맹세를 나누며
굳은 악수를 하였거니……)

그들은 누구인가!
평화와 자유와 독립의
자랑찬 씨움의 초소에 서서
노력 인민을 새날의 희망 많은 평원으로
이끌어 가는 우리 당―
강철로 뭉쳐진
오, 이 나라 선봉대!

눈 내리는 겨울에도
현장을 집으로 그것은 몇 달이더뇨!
밤에 낮을 이어 살아오며
갖은 고난을 물리쳐 싸운 동무여
―나는 당의 영예를 지켜
    공사를 앞당겨 끝냈노라!
승리한 날, 수풍의 언제*를 바라보는
얼굴 얼굴에 햇살이 비치는데
웃음 웃으며 자랑스리 말하는 듯……

|  * 堰堤. 하천이나 계류 따위를 막는 구조물. 댐.

4

용용히 흐르는 강물
물살은 쪽빛으로 푸른데
그 물살처럼 새파란 눈동자—
깊은 밤, 지새는 새벽
언제나 우리와 함께 있어
공사를 도와준 쏘베트의 기술자다.

눈 덮인 산협을 밟으며
가파로운 경사지에도
오층 건물 선별 공장을 지어 주었고
강물 거슬러 지질을 보며
암석을 뚜드려 튼튼한 암반 우에
앙카* 구멍을 뚜르게 했거니

"호로쇼!**
이 댐이 무너져도
에프론***은 까딱없소!"
승리의 기쁨을 같이 나누며
우리를 축복해 주는 마음이여,

수수한 옷차림에 소박한 표정,

---

\* anchor. 갈고리, 닻.
\*\* Хорошо. '좋다'는 뜻의 러시아어.
\*\*\* éperon. (지맥·언덕·연안 따위의) 돌출지대, 산각山脚, 산기슭

이 속엔 모스크바 어느 대학
학창에서 찾아왔다는 여성 기사,
붉은 목도리 바람에 펄럭이며
청색지 도면을 그려
설계를 배워주던* 나스쨔도 있어…….

어느 땅에 이르르건
인민의 행복을 위해 싸우는
과학의 전사들을 본받아
우리도 자연을 정복했노라.

오, 쏘베트여
유성의 회전과 더불어 변함없을
두 나라 친선을
푸른 눈동자에서 보았노라.

5
태고로 흘러내려
천 리 길 넘어 넘는 압록강,
출렁이는 물결도 기쁨에 뛰논다.
아리나레여
오늘 네 흐름이 깨어져
전류로 솟는 수풍에 이르러

---

| * 배워주다. '가르쳐서 알게 해주다'는 의미의 북한어.

물결도 노래하라.
네 언덕은 동북의 거치른 광야
장백의 밀림에서
이 나라 빨치산들이 싸우며
어머니의 품으로 바라보던 흐름—

조국의 강 우에 일으킨
건설의 열풍을!
사랑하는 새 나라에 바친
노력의 찬가를 축복하라!

# 자작나무

밋밋한 몸매를 뻗고
자작나무는 언덕에 서 있다.
초록빛 싹트는 나뭇잎이
안개인 양 가지를 덮고서—

싸움으로 허물린 고지
소대의 진지 가까이
생명을 자랑하며 솟은
한 그루 나무여

순결한 젊은 날처럼 깨끗하고
희망의 봉우리처럼 광채 나는
자작나무의 노래를 불러
그대에게 보내는 사연을 새기리.

자작나무는 네 고향
광야에 숱하게 많은 나무,
겨울철 내려서 쌓인 흰 눈에 씻겨
한결 소박하고 곧게 뻗어라.

봄이면 이파리마다 신선한 향내
온 수림을 덮고 벌판에 풍겨

네가 돌아간 마을 콜호스도
건설과 노래로 한창 어여뻐만 가리니

비록 오늘 이 땅은
불길에 덮여 포성 울건만
나의 향토에 평화의 날이 와서
아름다운 노래 흘러가리라.

그날을 위하여 나는 이 고지
한 치의 땅을 목숨으로 지켜
자작나무처럼 어머니 땅에 뿌리박고
미래의 창공에 손 저어 가리라.

밋밋한 몸매를
창공에 높이 뻗고
자작나무는 언덕에 서 있다.
초록빛 싹트는 이파리
안개인 양 가지를 덮었네.

포화로 돌도 풀도 무쇠도
허물리고 불타고 녹아내리는
이곳 소대의 진지 가까이
생명을 자랑하며 밋밋한 가지
푸른 기류인 양 뻗어 오른
한 그루 나무여

순결한 젊은 날처럼 청아하고
희망의 봉우리처럼 광채 나는
자작나무의 노래를 불러
고향 마을에 돌아간 나의 벗
쎼료샤께 전우의 인사를 보내리.

자작나무는 네 고향
광야에 숱하게 많은 나무,
겨울철 내려서 쌓인
흰 눈에 씻기워
소박하고 곧고 아름답게 솟아라.

봄이면 이파리 이파리
신선한 향내 수림에서 풍겨
오월이다. 꽃피는 달,
아, 태양의 나라 미래로 향한
북방의 대지는 시방
건설과 노래로 한껏 예뻐지리라.

붉은 별이 인류의 희망으로
비치던 조국 전쟁의 날,
두루 몇만 리 전선 길
지구의 절반 땅을 내달아온
영예의 전사여

그대처럼 나는
보습 쥐던 손에 따발총 들고
장엄한 싸움의 불을 거쳐
떳떳한 평화의 전사로
영웅 조선의 이름으로 자랐다.

오늘은 조선의 이름이
세계의 별로 빛나는 땅에서
한 그루 자작나무처럼
어머니의 땅에 뿌리박고
창공으로 손 저어 뻗어 가리라.

하기에 쎼료샤,
전우의 인사를 보낸다.
국제주의 무적한 깃발로
원쑤에게 장송곡을 보내며
우리 청년들은 언제나
사랑과 기쁨 속에 살아가리니

그대가 고향의 자작나무
사랑하는 황금빛 수풀―
한 그루 나무를 위하여서도
목숨을 바쳐 싸웠듯이
우리도 소대의 깃발을 높여
자작나무 언덕을 지켜 가리라.

—『서정시선집』, 조선작가동맹출판사. 1955년.*

---

\* 『서정시선집』에는 이 작품 외에 안룡만의 전쟁기 작품인 「나의 따발총」, 「포화 소리 드높은 칠백 리 낙동
강에」, 「남방 전선 감나무 밑」도 함께 수록되었다. 『서정시선집』에 수록된 「나의 따발총」, 「포화 소리 드높
은 칠백 리 낙동강에」, 「남방 전선 감나무 밑」은 부분적으로 개작되었으되, 원래 발표작 혹은 『나의 따발
총』(문화전선사) 수록작과 큰 차이가 없다. 이를 감안할 때, 「자작나무」의 원작은 확인하지 못하였지만
『서정시선집』 수록작이 원작과 상당 부분 유사할 것으로 보인다.

# 진달래

영변에 약산
진달래 애기 진달래
봄이면 봄철 따라
몽우리 열고 꽃송이 피어
산불처럼 붉게 타는 곳

양지바른 등성이에
묘비도 없이 누워 있는
사랑하는 전우야
네 고향 청천강가에
봄이 짙었으리라.

옛날의 금잔디 푸른 꿈을
어린 철 소꿉동무 분이와
꽃바구니 둥주리에 담고
지새운 아지랑이 봄날 한철을—
이슬 젖은 풀섶 전호에서 이야기했고,

어느 해 덩굴에
앵두처럼 열매 맺은
사랑의 기꺼운 노래와
민청 회관 즐거웁던 가지가지 이야기—

초연 자욱한 전선의 한때, 들려준 동무여

눈바람 차운 돌격의 밤,
반격의 포문 열은 섬멸전에
약산의 고지를 탈환하라!
명령을 받고 빗발치는 화선 속을
우리 부대가 선두에 전진한 밤.

승리의 깃발이 산정에 휘날리기도 전에
네 붉은 심장의 더운 피
흰 눈에 덮인 옛터를 적시어……
복쑤의 총창 앞세워 놈들을 몰아
청천강반에 죽음을 주었고,

다시 임진강 여울도 지난 재진격의 대오,
포화와 탄막과 불길로 덮인
전선에 찾아오는 봄—
이 봄 네 요람의 등성이 고향 마을
약산동대 진달래도 피어나리라.

송이송이 피는 꽃송이
붉게붉게 피는 진달래
전우여, 그대 청춘의 피 꽃으로 피어
지새는 밤, 하롱하롱 꽃잎 흩어져
무덤 우에 하나 둘…… 쌓이기도 하리니

언제나 우리 부대의 대열 속에
너는 살아 있다.
전우들의 총창이 승리로 부르고 있는
그 속에 너는 찬란한 우리의 깃발과 함께
남쪽으로 뻗은 길을 달리고 있다.

# 북방에 떠우는 노래

초연에 그스른 이마 우에
불꽃처럼 타는 붉은 별을 달고
만 리 길 포화 속을 헤쳐
자유를 안아다 준 쏘베트 병사.

시월의 불길, 혁명의 요람 속에
네바강* 포성을 들으며 태어난 사람,
첫눈 내리는 방어선에서 생각노니
그는 나와 같은 나이, 동갑동이였다.

그러나 두 젊은이가 걸어온 길은
영원히 만날 수 없는 평행선인 양 달랐다.
광명이 빛발로 솟는 땅에 자라난 그대와
치욕 속에 괴롬 속에 시달려 온 나는……

삐오넬 넥타이 날리던 어린 철을 지나
모스크바 햇볕 다양한 배움의 창가에서
쓰바스끼 시계탑 밑에 사랑을 남기고
조국 전쟁 싸움터로 총을 멘 쎄르게이여

* Neva 강. 러시아 서북부에 있는 강. 라도가 호에서 시작하여 발트 해의 핀란드 만으로 흘러 들어간다. 하구의 삼각주에 상트페테르부르크가 있다.

그대의 명랑한 웃음에서
행복한 우크라이나의 노래를 들었고
빛나는 눈동자에 켜진 사랑의 등불에서
피로 맺은 형제의 따뜻한 정을 느낄 때

너는 들려주었다. 용기와 희망에 대해서!
신선한 샘물처럼 기쁨이 솟는데
나는 맹세했노라, 투쟁의 횃불로
고통의 지난날을 밝혀 기쁨 속에 살리라!

싸움의 봉우리 넘어 북방 땅 바라보며
그대를 그려 자랑의 마음 띄우노니
새 지평선을 비추는 그대, 영웅의 뭇별과 함께
우리도 불길 속에 탄생하는 청춘!

떳떳이 나는 전우의 손길 흔든다.
지난날, 영원히 만날 수 없는 평행선 같았던
그대와 나, 두 사람의 보람찬 청춘이
승리의 길 우에 미래의 광망으로 비쳤노라.

# 새 선반기 앞에서

나는 청년 작업반장
승리로 돌아온 이 땅의
새 나라 노동 계급의 이름으로
자랑스런 돌격대의 영예를 지니고
무쇠를 깎아내는 선반공이다.

바이트*의 각도를 맞추어
후라치 핸들을 돌리면
선반은 고속의 성능으로 회전하고
쇳밥을 먹어 깎아 내릴 때
가벼운 음향과 함께 불꽃이 핀다.

불꽃에 비쳐 반짝이는
무쇠의 단면이 훈풍에 식어
빛나는 것을 볼 때마다
정밀하게 선삭되는 쇳몸에서
나는 젊은 날의 자랑을 느끼노라.

원쑤들의 모진 파괴로
철근 골격만이 지붕을 덮고

---

\* bite. 금속을 자르거나 깎을 때 선반 따위의 공작 기계에 붙여 쓰는, 날이 달린 공구.

콘크리트 담벽도 무너져 나간 공장에서
일으켜 세우는 복구의 노래
건설의 우람찬 교향악이 울리어라.

줄지어 늘어선 보르반*과 쎄빠,
무수한 기대들이 돌아가는데
나는 본다. 내 선반기 앞에 서서
다정한 손길로 뻗쳐지는
친선의 아름다운 깃발을 본다.

내 기대에 새겨진 이름
그곳에 뚜렷이 적혀 있다. '키로프'**라고,
딴 기대엔 '프롤레타리아'란 자호가!
이것은 수륙만리를 지나
보내온 소련 인민의 선물—

혁명의 불길 헤쳐 나온
노동 계급 지도자의 이름과
또 세계 근로자의 단결을
한 자 한 자에 아로새긴 이 자호에서
승리의 굳은 신심이 고동쳐 온다.

---

* 보링머신boring machine.
** Sergey Mironovich Kirov. 소련의 정치가(1886~1934). 10월 혁명 때 페트로그라드의 봉기를 지도했으며, 스탈린의 후계자로 지목되었으나 암살당하였다.

바이트의 날을 세워 깎아 내리는
강철이여, 이것은 우리의
꺾을 수 없는 승리의 의지!
쇳몸에서 불꽃 튀는 섬광으로 하여
젊은 날의 노력을 영광으로 비추리니

희망의 나라, 광활한 땅에로
우리의 인사를 훈풍도 싣고 가라.
키로프 공장과 프롤레타리아 공장,
친애하는 벗들에게
영웅의 땅 소식을 전하라.

## 마을의 인순이*


오늘 저녁은 봄갈이 경쟁의
총화를 짓는 밤,
오구작작 협조반 끼리끼리
마을 오솔길마다 떠도는 웃음소리 높고

민주선전실 방 안에 자리 잡으면
벽에 걸린 그림들은
평화의 나라 쏘베트
콜호스 전원의 즐거운 생활—

기름진 벌판을 달리는 뜨락또르와
풍양을 속삭여 고개 숙인 보리밭,
콤바인 우에서 손을 젓는 얼굴이
밀 향내 풍기듯 안기어 오는데……

—봄갈이를 예년보다 열흘 앞당겼고
　인순 동무네 작업반이 선참 끝냈소.
위원장이 보고하는 굵직한 목소리에
또렷이 붉어지는 인순이 얼굴.


| * 이 작품은 1954년 6월 《조선문학》에 발표된 「여맹반장 인순이」를 개작한 것이다.

그는 마을에 소문난 여맹 반장이라네.
새 해째나 가슴 깊이 간직한 사랑,
민청원이였던 그 총각, 싸우는
남쪽 고지 바라보며 고향 땅을 지켰네.

남몰래 그리운 마음 사랑에 불타
폭격 속을 싸워 가는 소식 적어 보낸 뒤
달포나 걸려 인순이 품에
전선에서 온 회답은 훈장 탄 사연—

승리의 첫해를 다수확 거두리라
폭탄 구덩이 메우고 논밭을 갈아
협조반 책임도 앞장선 인순이,
지난해 전사 총각 휴가로 돌아왔네.

탱크병인 그가 싸우던 이야기……
어느 날 밤, 동뚝에서 속삭이였지.
—전 뜨락또르 운전사가 될 테야요.
맹세코 헤어져 다시 봄이 왔어라.

봄갈이에 선참 이긴 즐거운 소식
이 밤으로 적어 보내려 돌아가는 인순이!
—그이, 부끄럽잖게 일해야지
다짐하는 머리 우에 별이 총총……

............

멀지 않아 이 마을에도
뜨락또르가 지평선을 달리고
물결치는 오곡을 거두는 콤바인
운전대 우에 인순의 얼굴이 웃으리니

노력이 철 따라 열매 맺고
흙 한 줌에도 기쁨이 스며 있는 땅!
천만의 손들이 향토를 지켜
복쑤의 연장 번뜩여 승리한 땅!

봄마다 생명의 푸른 싹 돋아나
상처 입은 대지를 덮는 곳,
두루미 날고 소쩍새 울어
짙어 가는 조국의 봄은 아름다워라.

# 고향의 가을

금빛 낟알 이삭 패여
곡파 만경 이랑마다 춤추고
무연히 기름진 땅 우에
오곡이 무르익어 물결치는 고향—

남향받이 아늑한 기와집
이영* 우에 실고추 널려
빨갛게 꽃처럼 고웁고
호박이 주렁주렁, 배추는 통이 져 가리.

콩밭머리 지나 지나
두덩 길에 뽕나무 잎 물들고
달 밝은 밤이면 모닥불 피워
오손도손 정다운 이야기 소리……

고향이여, 수확의 철이 왔구나.
총을 메던 어깨에 연장을 메고
조합의 작업반장—앞장에 싸웠고
기쁨의 열매 거두는 가을이!

* '이엉'의 북한어.

이슬에 젖은 논두렁에 들어서면
사각사각 소리 내어 흔들리는 벼 포기
벼 이삭 한 포기 손에 쥐고, 사랑의 마음
정들은 향토와 이야기하듯 물어본다.

—벼 한 톨이여, 말해 보라.
   지난봄 고향에 돌아와
   내가 해놓은 일들을……
   당이 부르는 길에 보답했는가.

그러면 이삭들도 살랑거리며
고개 숙여 기쁨을 나누어 주는 듯,
그렇다 고지에서 총을 멘 그날처럼
내 고향의 땅에서 힘차게 싸웠노라.

동구 앞 벌판을 꿰뚫어 흐르는
강물 끌어올리는 관개 공사도 끝내고
갈숲 우거진 진펄에 새논*을 풀어
논길 아득히 쏟아질 고향의 가을이여

당이 불러 협동의 길 우에서
조국의 땅을 갈아 눕히며
관리위원회 모임 때마다 괴로운 고비마다

---

* '신답新畓'의 북한어.

우리 당원들 앞장에 나섰거니

오늘 하루도 추수에 배 바쁘리라.
작업반 경쟁에 가을해가 짧아
그 속엔 볕에 탄 이뿐이 얼굴도 웃으며
볏단을 아름차게 안아 올리리. 쌓아 올리리.

금빛 낟알 이삭 패여
이랑마다 물결치는 내 고향
우리 젊은 날의 기쁨과 사랑도
협동의 길에서 열매 맺으리라.

# 방선에 선 초병의 노래

연봉은 백설이 점점이 덮여
고지의 새벽바람 아직도 차건만
봉우리 저 넘어 출렁이는 동해의 물결 소리
쪽빛 수평선이 가슴에 안겨 온다.

여기는 동부 방선의 초소
양지바른 등성이 흙 한 줌 헤치면
잔디 풀 싹트는 정다운 대지여
나는 따바리 가슴에 안고 초소에 섰다.

우리는 수류탄을 안고 벼랑을 허비며
가슴으로 적의 화구를 막아낸 사람들,
별빛도 비치지 않는 갱도 속에서도
젊은 심장이 찔레꽃처럼 불탔기에

달 밝고 은하 비끼는 밤,
찬 이슬 내린 전호의 아침,
증오를 탄창에 재워 불벼락 퍼부을 때도
사랑의 마음, 어머니 땅을 생각했노라.

포성 울어 총탄이 빗발쳐 날으는
화선 천 리에 지새운 날과 달을

전사들이 지킨 조국—자유의 땅!
오늘은 영광과 승리의 아침으로 밝아라.


돌아보면 능선을 넘어 그 어데뇨.
평양성은 구름 따라 몇백 리건만
전사들 가슴마다에 이렇게 가까운 이름—
우리의 수도여


밤을 모르고 건설의 음향이 울리는
평양 거리의 어느 화려한 청사,
당 중앙의 밝은 창가에는
이 아침도 한밤을 비추던 불빛이 새여 나리라.


그것은 당이 사회주의로 밝히는 등불!
노력의 열매와 행복의 등불을 지켜
나는 이 고지에 승리자의 총가목을 안고
초소를 지키어 서 있다.


고향 하늘, 풀 잔디 언덕길과 동구 앞 시냇물과
거기 두고 온 사랑하는 모든 것을 위하여
이 땅에 평화의 창공이 드리우기 위하여
조선의 청춘은 언제나 초소에 서리라.

# 손길

할머니는 예순을 넘는 생애를
마을에서 땅을 가꾸며 살았다.
봄마다 밭 갈아 가을에 거두는
아직도 싱싱하고 어지신 분이었다.

그이가 살아온 한생은
고난과 슬픔이 낙엽처럼 쌓인 지난날과
기쁨에 이삭도 물결치는 오늘의
기나긴 이 땅의 기록을 담았다.

옹이 백여 두텁게 거치른 손바닥은
마치 그이가 가꾸어 온 정든 대지 같다.
주름에 깊이 패운 연륜은
대지의 유구한 역사와도 같았다.

봄날 아침 이 조선의 할머니
벌판 넘어 달리는 북행 차를 바래며
─지원군 전사들이 가누나
밭갈이하던 채 연장 든 손을 흔드신다.

손길을 따라 회상이 떠올라라.
서해 바다 물결 소리 바람에 안기어 오는

마을 집이 원쑤의 폭격에 불타던 날,
그이를 업어 나른 지원군 전사의 모습이.

지둥 치는 불길을 헤쳐 나올 때
전사의 가슴을 폭탄 파편이 꿰뚫어
더운 피 땅을 물들이며
숨지우는 순간에도 미소를 띠운 젊은 얼굴—

할머니는 흙 내음새 배인 손으로
땅을 얼싸안듯 전사를 안았다.
고난과 기쁨의 오랜 생애를, 그 역사를 새긴
두 손길은 전사를 안고 놓지 않았다.

내 땅 받은 날로 웃음에 젖어
수많은 손자들을 길러 어깨를 쓸어 주었고
놈들이 고을까지 기어들었을 때
찾아온 저 나라 젊은이들을 맞이한 손길—

이 손길이 뜨거운 감사와
다함없는 사랑의 마음으로
중국의 한 전사를 안고 놓지 않은 것,
이는 바로 삼천만 조선의 손길이다.

## 단풍잎*

황철나무 우거진 산길을
어머니는 아기를 업고 걸어갔다.
서리 찬 마가을** 밤도 깊어만 가는데
어린것은 차갑게 언 다섯 손가락을
단풍잎처럼 펼치며 보챘다.

정든 고향 하늘 바라보며
증오에 사무쳐 북으로 가는 산길,
그날 밤, 이 길을 달려온 것은
이웃 나라 젊은이들—대륙의 전사,
등짐 지고 총을 메고 찾아왔었다.

두런두런 소박한 말소리, 귀에 설으나
유랑히 울리는 나팔 소리로
지원군이다! 밤길에도 얼싸안고
가까이 가까이 바라보던 그 눈동자에서
고향으로 밝혀진 길을 보았다.

—란아, 중국 사람들이 온다.

* 이 작품은 1955년 발간된 『영광의 한길』(조선작가동맹출판사)에 실린 것을 개작한 것이다.
** '늦가을'의 북한어.

어린 아기도 기쁨에 두 손을 내어밀고
전사들을 바라보며 웃음 웃었다.
새빨간 다섯 손가락을 펼쳐
단풍잎같이 고운 그 손을 흔들며.

이날로 우리의 고지마다에
그대들이 싸운 사 년─란이는 오늘
봄빛 짙은 환송의 역두에 섰다.
꽃다발을 한 아름 안고 숱한 사람들 속에서
저 산길에 만난 모습을 찾아보았다.

란이의 눈에 비친 얼굴은
모두 한결같이 웃으며 다정스러워.
─어머니, 왕 아저씬 없나?
─모두가 그 아저씨 같은
  지원군 전사란다.

벌써 나이 일곱 살, 다박머리 란이는
손에 든 꽃을 한 전사께 안겨 주었다.
─아저씨, 잘 가요.
조그만 손은 햇볕을 받아
꽃보다 곱게 물들었어라.

반짝이는 눈동자에
맑게 서리운 순정의 마음을

희망의 무지개로 수놓은 꽃다발……
두 손은 기차가 북으로 멀리 사라질 때까지
감사의 시그널인 양 올라만 있었다.

우리 전사들과 함께 그대들이 지킨
조선의 봉오리, 봉오리
불길 속에 자라온 어린이—
아름다운 이 땅의 미래를
형제여, 웃음으로 안고 돌아가시라.

# 전기로 불길 넘어

여기는 강철의 쇳물을
달구어 녹이는 주강 직장
백열하는 이천 도 전기로에서
쇳물이 철철 넘쳐흐르고
튀기는 불꽃…… 불꽃!

검은 작업경으로 들여다볼 때에도
백광으로 휘황히 빛나는
조국의 강철이여

운전반 쪽을 바라다보니
전기로 열도를 조절하던
순이―내 사랑하는 처녀가
창문으로 마주 보며 웃고 있구나.

나는 쇳물과 싸우며
새 나라 강철을 달구어 내는 사람,
쇳물은 심장에도 끓고 있어
조국 앞에 노력을 바쳐 가거니
바로 이 심장을 그 이름이 그대로
강철인 당에 바치리라.

그렇다. 한 삽의 콕스를 떠서
강괴를 쑤시어 불꽃이 백열할 때
우리의 자랑을 당 앞에 드리는 기쁨을
브리가다 동무들과 나누며
생각은 즐거운 희망에 찬다.


(……오늘 저녁, 순이와 둘이
　　돌아가는 황혼에 이야기하리라……)


—보람찬 우리의 생활과
　　빛나는 전망에 대해서,
　　언제나 변함없을
　　두 사람의 사랑과 함께
　　전기로를 지켜갈 데 대해서—.


우리의 청춘으로
그날마다를 불태우며
줄로 시간이 되어 노체에서
콸콸 쏟아져 내리는 쇳물, 쇳물이
백광으로 눈부시게 번쩍이는
그 너머 바라보리라.


사회주의 장엄한 승리의 길에서
새날을 비추는 아침노을과 더불어
영원히 찬란할 조국의

앞날을 보리라.

불사조처럼 폐허 우에 일어서는
건설장에 더 많은 무쇠를 주라고
당은 부르고 있거니
우리는 보내리라.
강철을!

아, 나는 무쇠를 녹이는
공화국의 용해공—
국토 삼천리에
광명한 태양이 비치기 위하여
우리는 강철로 이 땅을 덮고 다져 가리라.
승리한 역사의 새봄을!

## 붉은 별의 이야기[*]

그 어느 밤이었던가, 별빛마저
슬픔으로 비치며
꼬리를 물고 떨어지는 밤,
나는 태어났다.
가난과 고통을 보금자리로 하여……

어린 날은 괴로움 속에 지나
눈보라치고 바람 찬
겨울날 이른 새벽이었다.
놈들의 사나운 구둣발 소리에 잠을 깼을 때,
아버지가 수갑에 채워 끌려간 뒤,

다시 세월은 흘러 몇 해
아버지는 감옥에서 나왔다고 했건만
기다리는 집에 오실 줄 몰랐다.
―어머니, 아빠는 어데 갔나,
―애야, 늬 아버지는
　북쪽으로 갔다.

북쪽! 눈보라 치는 광야

| * 이 작품은 1955년 11월 《조선문학》에 발표된 것을 개작한 것이다.

울창한 밀림과 썰매의 방울 소리와
오로라가 낮보다 밝다는 곳,
북극성 우러르면 그리운 씨비리…….

북쪽—그곳은
붉은 처녀지!
아득히 하늘가를 바라다볼 때마다
비쳐 드는 신생의 대지여

괴롬과 슬픔에 잠긴 이 땅에서
나는 보았다.
시월의 횃불로 밝아오는 아침을
싸움의 피로 물들인
붉은 별을!

하여, 청춘의 날이 왔을 때
어두운 역사의 밤을 뚫고 나아가는
자랑찬 투쟁의 대오 속에서
그 가혹한 반동의 폭풍 몰아치는 날에도
희망의 미래를 가슴에 안았고

쇠살창에 눈바람 얼어붙는
긴긴 겨울밤, 감방 벽에
손톱으로 새긴 붉은 별—
혁명의 전우들이 교수대에 오를 때에도

마지막 불러 본 희망의 이름!

그 이름이 그대로 붉은 별인
해방의 전사들이 찾아온 날,
어머니는 기쁨에 겨워
더운 눈물을 흘리시었다.
―아들아, 네가
　어린 날로 그리워하던
　북방의 손님이 이렇게 가까이 왔구나.

고난의 오래인 연륜에
새겨진 주름살을 펴시며
한 번 더 북쪽 하늘 바라보심은
돌아오신다는 소식 전해 온
아버지 모습을 그려 보심인가,

―어머니, 제 마음 속에
　붉은 별은 언제나 살아 있었죠.
　자유와 희망의 등대처럼
　제 청춘을 밝혀 주었답니다.

그 자유의 별을
불타는 가슴에 지녀 온 청년이기에
조국이 성스런 싸움으로 부를 때
총을 메고 봉우리마다 정다운

나의 향토를 지키었노라.


화선의 불길 속에서
총탄이 다하고 연락은 끊겨
바윗돌 굴려 고지를 사수하는
고난에 찬 순간에도
우리는 네 이름을 불러보았노라.


붉은 별이여
세계가 승리의 아침노을을
스탈린그라드* 격전장에 타오르는
불길에서 바라보던 날도
네 이름 인민의 심장에 횃불로 빛나 올랐거니,


너 구원한 별이여
오늘은 인류의 창공에 높이 솟아
찬란한 광망을 뿌리며
미래의 여명을, 인류의 봄을,
평화와 자유의 깃발을 비춰라.


---

\* Сталинград. 러시아 볼고그라드Волгоград의 과거 명칭. 1925년부터 1961년까지 스탈린그라드로
불렸다. 제2차 세계대전 중 독일과 소련 간의 격전지로 유명하다. 이 전투는 제2차 세계대전의 가장 중요
한 전환점이 되었으며, 독일 패망의 원인이 되었다고 평가된다.

# 공장 지구의 봄밤

어데선지 훈훈히 풍기어 오는
해토머리 땅 내음새…… 싹트는 풀잎,
달무리도 용광로 불빛에
무색해서 흐리운 봄밤이다.

물결 소리 잔조롭게 기슭을 치는
바닷가 사택 거리 솔밭에 앉아
바라보면 아름답구나
장엄한 수남 지구의 봄밤이……

청진만 부두에 밤배가 돌아오는
고동 소리 멀리서 들리어오고
이 지구의 크낙한 심장인가
용광로 불길 황황히 타오른다.

─출선공들은 녹여낸 쇳물로
   당 앞에 충화를 지으리라!
불같은 토론을 하던 감격이
아직도 이렇게 더웁거니

은하 기우는 관모봉 넘어
인제 멀지 않아 우리 당의 투쟁과 역사를

승리의 기록을 금자로 아로새길
조국의 봄이여, 봄밤이여

뽑아낸 쇳물이 강판과 철균이 되어
건설장을 찾아 거연히 일떠설 때
나는 당 앞에서 말하리라.
—당이여, 우리의 총화를 받으시라!

그러면 가슴의 당증도 속삭이는가,
아름다운 우리의 오늘과 또한 미래를!
동해 바다 밤물결도 출렁이며
공장 지구의 새봄을 축하하노라.

## 철탑 우의 비둘기

푸실푸실 함박눈이 내린다.
제이호 용광로 앙상한 철균,
칠십 미터 높은 철탑 우에 내려서 쌓이는
한복판에, 둥지를 튼 비둘기 떼……

갈매기도 섬 기슭에 깃을 차렸을
눈 내려 쌓이는 겨울날,
비둘기 떼 구, 구, 구…… 울어예며
흰 날개를 펼쳐 무슨 이야기뇨!

하늘가 날아 돌며 수평선 우에
오는 봄을 속삭여 노래하는가?
비둘기야, 너는 그리운 숲 속에도 날아가잖고
풍기는 가스 냄새에도 정들었느냐.

쌍둥이 형제처럼 나란히 솟아오른
일호 용광로 복구된 날부터
그 옆에 이사를 와서 아침저녁
타오르는 불길을 바라보누나,

싸움의 날, 폐허의 공장을 지켜
철탑 우에 깃을 튼 슬기로운 새—

너는 오늘 노체공들의
정다운 벗, 둘 없는 동무다.

물어보자. 너도 회상하리라.
폭격의 불비 속, 가스탱크 호르다에
당의 명령을 지켜 기어올라
방산 파이프를 열고 쓰러진 청년.

리기수의 이름을 너도 부르라.
당의 아들, 그의 심장은 살았거니
복구의 날 노력의 열풍 일으켜 가며
우리는 싸웠다. 그의 뜨거운 심장을 이어 ―

용광로 드높은 부리다 우에
삭풍 우는 밤, 용접의 섬광 푸르고
폭격에 녹아 굳어진 쇳돌의 산더미를
까내는 정 소리, 아침으로 이어졌노라.

헝클어진 파이프에 생명을 부어 넣고
까마득히 솟은 로 천장까지 벽돌을 쌓을 때,
뜨거운 결의, 번개 치는 불꽃!
우리 노체공들 눈망울에 비쳤노라.

오늘은 쇳물 솟구치는 용광로
바라보며 비둘기도 구, 구, 구……

평화의 이름인 새여
자랑 높이 노래하는가.

둥그런 가슴, 따뜻한 네 심장으로
외치라! 고귀한 노력이 이룩해 놓은
이 땅의 건설을 다시는 허물 수 없다고,
언제나 평화로 맑으리라.

인제 봄이 오면 앙상한 이호로도
복구에 들어설 때, 훨훨 평양 하늘 찾아
전하여라. 우리의 맹세를!
당의 중앙에 인사를 전하라.

# 평화에 대하여

내 어리던 요람의 날
어머니의 따뜻한 품속
너그러운 사랑에 안겨
자장노래 들으며 자랄 때,

밝은 날, 햇살이 웃음 지으며
창문으로 들여다보는 아침,
흔들리는 초록빛 어린잎이며
이슬에 젖은 꽃망울에서 나는 보았다.

바로 그것이 평화인
아름다운 이 땅의 봄,
행복이 샘물처럼 귓가에 속삭이고
희망이 별처럼 앞날로 손짓하는 것을……

평화! 이 이름을 사람들은
나서 자라던 그날로부터 불러왔고
가슴속 깊이 가장 소중한 곳에
고이 간직해 온 이름이기에

싸움의 불비 속에서도
우리는 생각했노라.

평화로운 조선의 아침
승리의 봄이 돌아올 것을……

어찌 우리가 잊었으랴.
모진 폭격에 아늑한 마을이 불타던 날,
자장노래 불러 주던 어머니의
따뜻한 품을 잃어버린 아기의 슬픔을!

아침마다 창가에 피어나는 꽃인 양
웃음을 두 볼에 새기던 어린것—
저녁이면 샛별 같은 눈을 빛내던
사랑하는 아기를 빼앗긴 어머니의 눈물을!

이 아이들에게 자장노래를 찾아 주고
밤마다 고요한 안식과 아기의 숨소리,
밝는 아침 웃음으로 어머니 가슴에
안기어 오게 하기 위하여 우리는 싸웠나니

오늘 새봄이 돌아와
아동 공원에 떼 지어 뛰노는
아이들의 노랫소리 낭랑하고
꽃밭처럼 춤추며 바라보는 봄 하늘—

하늘 높이 하얀 비둘기 쌍쌍이
날려 보내는 어머니의 얼굴에

평화여, 희망의 노래로 비쳐라.
언제나 사람들의 가슴에 깃들어 있으라.

# 당의 부름을 들으며

오늘도 나는 대거리 앞두고
쩨흐로 나와 선반을 손질한다.
후라찌 핸들이며 바이트며
기대의 나사못 하나하나에도
손때가 묻고 정 들은 자동 선반기—

스위치 눌러 시동하는 선반이
가벼운 음향을 울리며 돌아갈 때
바이트에 가공물을 물리면
쇳밥을 먹어 깎이우는 강철이
반짝이며 빛나는데

더웁게 달아오른 쇳몸에서
나는 당의 부름을 듣는다.
—동무여, 불길 속에서
   달쿠어지는 강철같이 되라!
고귀한 당의 목소리 듣는다.

강철—이것은
무쇠 속에서도 자랑으로 빛나는 것,
용광로 백열하는 도가니에서
광재를 떨구어버린 순 철분이

평로의 불길로 다시 달쿠어져 나왔노라.

당은 그의 아들들을 불러 이렇게
뜨거운 불길과 싸움에서 투사로 기른다.
그렇다. 불 속에서 태어나는
새로운 인간인 우리
백광을 뿌리는 강철의 전사로 되리라.

희망의 미래로, 광명한 아침으로
이 땅 자유와 평화의 길에서
영원한 청춘으로 부르는 우리 당—
어머니 당이여, 받으시라
노력으로 바치는 우리의 선물을!

에어해머의 우람한 음향 속에
한 덩이 강괴를 두드리고
압연 로라*에서 시뻘건 강판을 뽑아낼 때
여기 바이트의 날을 세워 가며
쇳밥을 먹여 무쇠를 깎을 때,

그 하나하나의 노력이
당 앞에 드리는 맹세이니
우리는 매 분초마다 순간마다

* '롤러roller'의 북한어. 금속재의 두께를 줄이거나 평평하게 하는 데 쓰는 기구를 말한다.

고귀한 당의 목소리 들으며
승리의 깃발, 혁명의 깃발을 지켜 가리라.

# 이른 봄에

이 땅에도
멀고 먼 두메를 찾아가자.
마을 마을이 오늘은
협동의 길에 합쳐졌건만
아직도 한동네 이웃집이
벼랑길 사이 두고 바라다보는 곳,

하늘 아래 첫 동네
두메 산길을 톺아 오르면
바람은 숲 속에 설레이고
구름도 발밑을 흘러
별빛마저 손에 잡힐 듯 유난히 반짝인다.

지난날 눈 내리는 밤이면
굶주린 승냥이 울음소리
잣나무 숲에 처량턴 산골에도
새 살림이 기쁨으로 주렁지어
이 밤, 조합의 민주 선전실은
오는 봄의 전망에 흥겨워라.

─이 봄부턴 말이지요.
  언덕바지에 양사며 우사를 짓구

등세기 비탈엔 과수를 심죠.
또, 앞벌 자갈밭 황무지를
지난해보다 백 곱이나 일궈야 해요.
세포 위원장 열 오른 말에
사람들은 저마다 앞날을 그려 본다네.


마을 마을이 합쳐서
새 살림 조합으로 꾸려
첫해 첫 분배도 듬직이 받아
삼동 추위 대한인데 오히려 즐거워……
화롯전에 대통을 툭 툭!


방 안에는 벌써 새봄이 찾아온 듯
바라보는 얼굴에 불빛이 비쳐
즐거운 웃음이 새빨간 산열매처럼 무르익었네.


―우리 앞날은 더 좋지요.
압록강으로 흘러내리는
저 산골짜기 여울물을 끌어올려
인제 관개 공사가 끝나면
이 산마을에도 논을 풀구요……


―허, 거 무슨
옛말에 단샘이 솟아나구,
사시철 꽃 핀다는

희한한 얘기 같네그려.


사람들의 웃음소리 흔들리는데
선전실 한복판에 걸린
김일성 원수의 초상화도 미소를 지으시고
—그렇소, 이 땅의 어디나
　　모든 살림이 아름다워질 것이요.
말씀하시는 듯…… 굽어보신다.


밤도 북두칠성이 기울어
사람들 헤어져 갈 때
아직 더운 가슴으로 발걸음 옮겨
박 서방은 집으로 돌아간다.
눈길 밟아 산길을 오르면
마을 막바지 귀틀집이 다가온다.


삽짝문을 밀고 들어서니
아직도 화롯불에 감자서껀 구우며
왁자하니 떠드는 아이들—
웃음소리 가슴에 안겨 오는데
박 서방은 감사로 젖어 드는 눈망울을
통나무 바람벽에로 옮긴다.


깜박이는 등불 밑,
기쁠 때나 즐거울 때나

언제고 미소를 지으시며
정다웁게 내려다보시는
그이의 모습이 햇살마냥 비쳐 들어라.

이 밤따라 떠오르는
지나간 날의 회상을 더듬노니
그것은 뼈저린 고난이
수없이 쌓이고 쌓인 생의 기록—

박 서방…… 이 땅의
이름 없는 화전민의 한 사람이
슬픔과 괴로움으로 지내온 역사다.

정들은 벌가의 마을을 쫓겨
두메산골 막바지에다
돌바위를 일쿠고 부대를 파며
가꾼 감자 뙈기마저
왜놈 산림간수가 뺏어 갔거니
—뉘 허가루 땅을 팠어?
    이 망할 놈의 두상!
내리치는 채찍에 핏줄이 쭈루루……

박 서방의 불타는 눈은
아득히 뻗어 간 산발을 바라보았다.
우거진 태고의 밀림을 타고

압록강, 두만강을 넘나들던
빨찌산 용사들이 싸우는 이야기
들리어오는 곳—

장백의 산줄기 줄기마다에
항쟁의 횃불을 올려
산발을 주름잡아 싸우시는
김일성! 그 이름을 불렀노라.

어두운 밤, 마음에 새겨
그리운 이름이여
그분은 오늘
여기 두메산골 막바지
귀틀집의 한밤도 밝혀 주노라!

이 땅에도 조국의 북변
멀고 먼 두메를 찾아가자,
마을 마을이 오늘은
협동의 길에 합쳐졌건만
아직도 한동네 이웃집이
벼랑길 사이 두고 바라보는 곳,

하늘 아래 첫 동네
두메 산길을 톺아 오르면
바람은 숲 속에 설레이고
구름도 발밑을 흘러
별빛마저 잡힐 듯 유난히 반짝인다.

지난날 눈 내리는 밤이면
굶주린 승냥이 울음소리
잣나무 숲에 처량턴 산골—
조국의 북변 끝에도
새 살림이 기쁨으로 주렁지어
이 밤도 조합의 민주 선전실은
오는 봄의 전망에 흥겨워라.

—이 봄부턴 말이지요,
    언덕배기에 양사며 우사를 짓구
    등세기 비탈엔 과수도 심죠
    앞벌 자갈밭 황무지를

지난해보다 배 곱이나 일쿼야죠,
세포 위원장 열 오른 말에
사람들 저마다 앞날을 그려 본다네.

마을 마을이 합처서
새 살림 조합으로 꾸려
첫해 첫 분배도 듬직이 받아
삼동 추위 대한도 오히려 즐거워
화롯전에 대통을 툭툭!
바라보는 얼굴에 불빛이 비친다.

방 안에는 벌써 새봄이
찾아온 양 즐거운 웃음들이
새빨간 산열매처럼
무르익었다, 무르녹았네.

―우리 앞날은 더 좋지요
　압록강으로 흘러내리는
　저 산골짜기 여울물을 끌어올려
　인제 관개 공사가 끝나면
　이 산마을에도 논을 풀구요……

―허 거 무슨 옛말에
　단샘이 솟아오르구
　사시철 꽃 핀다는

희한한 얘기 같네그려,
사람들의 웃음소리
실내에 넘친다.

…………

밤도 북두칠성이 기울어
사람들 헤어져 갈 때
아직도 감격에 새로운 가슴으로
박 서방은 집으로 돌아간다,
산길을 오르면 마을 막바지
귀틀집이 눈앞에 안겨 온다.

삽짝문 열고 들어서니
아직도 화롯불에 감자를 구우며
오구작작 떠드는 아이들―
노래처럼 웃음이 흐르는데
박 서방은 감사로 젖어 드는
눈망울을 통나무 벽에 옮긴다.

즐거운 마음, 이 밤따라 떠오르는
지난날의 회상을 더듬노니
그것은 뼈저린 고난이
낙엽처럼 쌓인 생의 기록―

박 서방—이 땅 이름 없는
화전민의 한 사람인
그가 슬픔과 괴로움으로 지내 온
쓰라린 생활의 역사다!

정들은 벌가 마을을 쫓겨
이 두메산골 막바지에
돌바위 일퀘 부대를 파며
가꾸운 감자 돼기마저
왜놈 산림간수가 뺏어갔거니
—뉘 허가루 땅을 팠어?
　이 망헐 노무 두상!
내리치는 채찍에 핏줄이 쭈루루……

박 서방의 불타는 눈길은
아득히 북쪽 하늘 바라보았다
우거진 밀림을 타고
압록강 두만강 넘나들던
빨찌산 용사들이 싸우는
이야기 들려오는 곳—

장백의 산줄기 줄기마다에
항쟁의 횃불을 올려
산발을 주름잡아 싸워 온
항일 빨찌산! 그 이름을 불렀노라.

어두운 밤 북극성 우러러
가슴에 솟아나던 염원—
그 염원은 오늘
여기 두메산골 막바지
귀틀집에도 이루어졌노라!

이 땅의 끝에서 끝까지
아침노을 휘황히
광명으로 비쳐 비치는
노동당의 승리의 향도로 하여
여기 두메산골 협동의 마을에
영원한 봄 꽃피어 가노라
삼천만을 영원한 봄의 낙원으로 불러 이끄는
조선노동당!
오, 자애롭고 슬기로운 그 품이여.

—《조선문학》, 1956년 3월.

제5부 │ 새날의 찬가

# 나는 당의 품에서 자랐다[*]

사람들은 당을 가리켜 말할 때
어머니라고 사랑의 마음으로 부른다.
슬기롭고도 무한히 너그럽고
준엄하고도 자애로운 당,

내 또한 당을 생각할 때마다 말한다.
그 넓고 자애로운 품을 두고
이 어머니 품에서 나는 자랐노라고!

언제였던가?
벌써 열 몇 해 전
공장 지구 별빛 밝은 밤
내 감격과 흥분에 고동치는
심장 우에 붉은 당증을 안던
잊지 못할 입당의 날,

위대한 영웅의 대오 속에서
싸워 오고 자라 온 투쟁의 나날……
얼마나 간고하고 영예로운 날들이냐
얼마나 짧고도 긴 세월이냐

[*] 이 작품은 1961년 9월 《조선문학》에 발표된 것을 개작한 것이다.

바로 우리 당이 걸어온
영광의 기치 밑에, 승리의 길을 따라
아로새겨진 내 성장의 기록이여

지난날 천대받고 가난에 쪼들린
품팔이꾼의 집에 태어난
한갓 이름 없는 나를 품에 안고
혁명의 길에서 키워 준 어머니
아, 당은 나의 용기의 샘
꺼질 줄 모르는 희망의 별—

정녕 괴로울 때 기쁠 때
언제나 너그러운 가슴으로 안아 준 당,
나에게 무한한 용기와
지혜를 주고 길러 준 당이여

나는 영광스러운 당의 아들
흘리는 땀과 고귀한 노력으로
백열하는 무쇠와 강철의 분류로
사랑하는 조국 땅을 덮으며
천리마를 타고 달려가노라.

압연 로라에서 강판을 뽑으며
에어해머로 시뻘건 강괴를 두드리며
이 노력의 열매를 당에 드리노니

백만 동지들 노동 계급의 가슴마다
붉게 타는 당에의 충성—
하나로 뭉쳐지고 단합된 뜨거운 마음을
그 어떤 원쑤가 꺾을 수 있다더냐.

오, 장백의 밀림, 백두의 준령에
싸움의 횃불로 고난의 밤을 밝힌
혁명의 혈통을 이은 붉은 심장들
이 영원한 통일을 누가 가로막을 수 있으랴.

나는 자랑하노라.
당이 맡겨 준 전투의 초소
당이 맡긴 전투의 초소에서
그날마다 하는 일이
땀 흘리는 노력이
당의 위대한 사업의 자그만 치차
보이지 않는 나사못으로 된다는 것을!

내 오늘도 다짐하노라.
백만 동지들 전투의 대열에서
나의 부서를 지켜 당의 위임에 충실할 것을,
오늘도 내일도 먼 앞날까지
너그럽고도 따뜻한 당의 품에서
언제나 자라 가고 싸워갈 것을!

# 크낙한 그 이름을 동지라 부름은……

육중한 그림자를 물살에 비치며
강반에 높이 솟은 제지 공장
이 지구의 뒷골목에서 자랐고
이 공장의 초지기 앞에서
나이 들어 잔뼈가 굵어
반생을 늙어온 직장장 아바이—

지난해 이른 봄
이 공장을 찾으신 수령께서
초지 직장을 한 바퀴 돌아보시고
아바이를 웃음으로 바라보시며
—매우 애를 쓰시오
  양면지를 더 좋게 만들어
  인민들께 보내야겠소, 직장장 동지!

저녁 늦어 집에 돌아와
실험실 기사인 아들과 함께
밥상을 받고도 얼굴엔
마냥 웃음이 벙글벙글……

—애야, 글쎄
  오늘 그분께서

나를 동지라고 부르셨구나
─아버지, 우리께 오셔서도
　제 손을 잡아 주시며
　기사 동지! 이렇게 말씀했지요.

밤 깊도록 이날따라
두 세대의 가슴에 파동 치는 감격으로
잠 못 드는 눈을 들어
바라보면 미소를 띠우시고
내려다보시는 수령의 초상,
직장장 아바이 생각에 잠기네.

눈 덮인 밀림
어느 밀영의 밤
자작나무 타는 화톳불 곁에서
새 전투를 준비하시며
몇 밤을 잠 못 드시던 그이─

밝는 아침 먼 적구로
정찰의 임무를 띠고 떠나는
젊은 전사들 손을 잡고
오래 바래우시며 바라보시며
─동지들, 조심해 다녀오시오.

삭풍에 얼어붙은 국경의 밤

강을 건너 혁명의 참모부,
빨찌산 밀영을 찾아온 투사들과
국내로 보냈던 공작원을
초막에서 나와 마중하시며
……동지들, 수고하셨소
　　어서 들어들 오시오


휘몰아치는 반동의 폭풍과
겹겹이 둘러싼 일제 놈들 포위 속
눈보라 눈보라 뚫고 나아가며
고난에 찬 발자욱 자욱을 남기며
혁명의 투사들이
뜨거운 악수와 함께 주고받은
동지라는 가장 고귀한 말—


오늘 백만의 동지들이 뭉친 우리 당
당 회의 때마다 우리들은 말한다.
그이께서 제시하신 노선을 토의하며
그이가 주신 교시를 실천에 옮기며
"'김일성 동지! 우리는 맹세합니다"


아, 삼천만의 영도자이며
마음의 벗이며 스승인 이름
이 크낙한 이름을 두고
동지라고 부르는 자랑이여

한밤을 가슴 설레이며
직장장 아바이 더듬는 생각,
'김일성 동지!'
우리 당을 창건하시고 선두에 서신
그이를 동지라고 부르는
전투의 대열에서 싸우는 영예를 느끼네.

# 붉은 당증*

내 오늘도 눈을 감으면 생각나라.
지나간 어리던 시절이,
가시덤불에 찢기고 괴로움 속에 자란
어릴 적 눈물 나는 기억이……

바람은 숲 속에 잠자고
구름도 발밑을 흐르는 두메산골
자갈밭 부대를 파며 살았더란다.
내가 철들 때 아버지는
장백산맥 저 멀리
백두의 밀림을 찾아갔더란다.

가난과 고통의 쓰라린 눈물로 자라
나는 오늘 영광스런 당의 아들
조국의 강철을 깎는 선반공.

바이트가 불꽃 날리며 쇳밥을 먹을 때,
쇳몸이 반짝이며 달아오를 때,
가슴에 손을 얹으면 만져지는
심장 가까이 간직한 당증이여

| * 이 작품은 1960년 1월 《조선문학》에 발표된 「당증을 두고」를 개작한 것이다.

나의 생명이며 광명이며
영원한 미래인 당증!
붉은 책가위를 들치면 거기 적혀 있다.

백만 동지들의 이름에 섞여
자랑스럽게 적힌 내 이름이,
그리고 위대한 영웅의 대오
혁명의 대군단 속에서
전투의 단위를 알리는 당증 번호가!

또한 보라, 그 아래 쓰인
입당 연월일—
'1945년……'의 그 날짜를!
내 일생의 수많은 기억에서
가장 숭엄하고 영광스러운 날,
당의 품속에 탄생한 날이여

그러나 어찌 이날 비로소
당이 나를 길렀다 하랴,
어찌 당이여, 그날로
그대의 너그러운 품에 안겼다 하랴.

내 어린 날 빨찌산 찾아
싸움의 길에 떠나신 아버지 가신 곳,
장백의 준령을 우러를 때

그날도 비춰 준 광망이여
오, 붉은 당증,
영원한 투쟁의 노래
지금도 이렇게 심장의 고동과 함께
나의 당증은 속삭인다.


―동무여 고귀한 혁명의 전통을 이어
  당원의 영예를 눈동자처럼 간직하라!


내 언제나 성스러운
그대의 목소리 새기며 싸우리라.
불 속에 태어나는 불사조마냥
백광 뿌리는 강철과도 같이……

# 한 자루의 총을 두고

이 세상에는 수많은 총이 있다.
그러나 나는 여기 노래하노라,
이 나라 혁명의 불씨를 안겨 준
잊을 수 없는 한 자루의 총을 두고……

자그마한 한 자루의 권총이여
네게는 얼마나 많은 이야기가 담겨 있는가
이 총을 품으시고 그 어른께서는
눈바람 찬 압록강반 자그만 약국방
깜박이는 등불 아래 밤이면 밤마다
애국의 투사들을 만나시었다.

개놈들의 날카로운 눈초리도
알아낼 수 없는 깊숙한 곳에 간직한
귀중한 한 자루의 총—
이 총으로 반드시야 일제를 물리치고
조국의 독립을 찾으리란 불타는 염원,
크고 크신 뜻이 배어 있는 총!

크고 높으신 뜻을 이루지 못한 채
무송 객사에 임종하시는 마지막 순간
그 어른께서는 이 총을 머리맡에 내놓으셨다.

이 총으로 원쑤를 갚고
이 총으로 아버지 뜻을 이으라고
아드님 앞에 내놓고 유언을 남기시었다.

조국의 하늘에 비운이 서리운
칠칠암야 어두운 역사의 밤―
조선의 아침을 준비하시던 그 어른
발톱 끝까지 무장한 원쑤들을 두고
우리는 무기를 들고 싸워야 한다고!

그 뜻을 간직한 한 자루 총,
그 뜻을 이어 가슴에 새기며
우리의 수령께서는 젊은 청춘의 날
그 총을 품에 안고 싸움의 길에 올라
백두 밀림을 헤쳐 설령을 넘으셨더라.

넘으셨더라, 그이께서는
장백의 높고 낮은 봉우리와 골짜기
북방 만 리 피어린 유격의 해와 달을
무장 투쟁의 승리로 아로새기며
조국에로 뻗은 진군로를 열으셨거니

오, 빨찌산 투쟁의 고난에 찬 나날
그이께서 품에 간직하고 싸우신 총―
이 나라 혁명의 불씨를 안겨 준

한 자루의 총이여

# 안도 마을의 자그만 집

마을 언덕에 올라서면
손에 잡힐 듯 천지가 바라보이고
돌아보아 두루 백 리 수해에 덮인
고원 지대에 자리 잡은 안도 마을

옹기종기 몇 채의 귀틀집이 놓인
마을 한끝에 자그만 집 한 채,
깊고 뜨거운 사랑의 노래
거룩한 이야기가 깃든 집 한 채 섰네.

그해는 더욱 눈보라 사나와
겨울밤도 깊어 지새는 새벽까지
그이께서는 글을 읽으시고 또 무엇인가
깊은 생각에 밤을 밝히시었네.

이럴 때면 언제나와 다름없이
수령의 어머니께서 부엌에 내려와
소리 없이, 소리를 낼세라 치마폭에 감싼
장작 가치*를 꺾어 아궁에 지피셨네.

| * '개비'의 북한어.

밖은 눈보라 사납게 깊어가는 밤
위대한 투쟁의 앞날을 그려 보시며
—우리는 총을 메고 싸워야 한다!
다짐하시는 그이 모습 바라보시던 어머니……

오래간만에 길림에서 찾아오신
아들을 보시며 어머니는 깨달으셨네.
인제 원쑤를 치는 장엄한 싸움 길로
어머니 품을 떠나 멀리 장도에 오르실 것을,

그날로부터 혁명의 길에 올라
자랑찬 항일 유격전
무장의 대오를 이끌어 산발을 주름잡으신,
싸움의 첫 길을 열은 안도 마을이여

그날로 이역 풍상은 몇 해라 바뀌어
유격대 승리의 소식 들으시며
어머니는 안도의 자그만 집에서
언제나와 같이 화전을 두지며 살아오셨나니

어찌 잊으랴, 잊을 수 있었으랴.
눈바람 찬 밤, 바람 부는 새벽
그이를 생각하시며 어머니 하신 말,
—조국을 찾고야 돌아오라!

오늘 우리도 잊지 못해라.
위대한 조국의 아들을 생각하시며
고원의 언덕에 숨지우신 조선의 어머니를!
안도의 자그만 집을……

# 첫 유격대가 부른 노래*

우러르면 북방 하늘 멀리
만년 백설을 인 백두 연봉
아득히 솟아 빛을 뿌리고
항일 투사들이 부른 불멸의 노래
오늘도 울려오는 혁명의 성지—

연봉에서 뻗어 내린 험산을 톺아
수림을 누벼 백여 리 가노라면
이깔로 성을 두른 마을이 나타난다.

예가 바로 유서 깊은 안도 마을,
우리의 수령께서 젊으신 그 시절
길림과 무송에서 길 없는 길 더듬어
어머니 계신 이곳 드나드신
백두 고원의 자그만 마을……

예가 바로 그이께서
조국의 운명을 두 어깨에 걸머메시고
혁명의 길에 오르던 자랑 높은 지역—
항일의 첫 유격대를

---

| * 이 작품은 1964년 발간된 『청춘송가』(조선문학예술총동맹출판사)에 실린 것을 개작한 것이다.

몸소 묶으시고 이끄신 역사의 땅!

살 곳을 찾아 흘러 다니던 사람들이
이 산속에 모여 화전을 일쿠던 마을
그이가 마을에 찾아온 한때면
관솔불 둘레에 모여 앉아
조국을 찾을 이야기, 세상 돌아가는 이야기
사람들 가슴마다 투쟁의 불길을 지펴 주셨네.

아침저녁 백두산을 바라볼 때마다
그리운 조국, 정들은 고향의 하늘
언제건 돌아가리라 애타던 마음들이
한 번 그이 손들어 싸움의 횃불 치켜드시매
화산처럼 터졌더라, 불타올랐더라.

이 나라 첫 유격대 항일 빨찌산
처음엔 비록 도끼와 낫을 벼려 들었어도
자랑에 빛나는 혁명의 무장 대오여,
백설을 물들이며 은빛 빛나는 아침
성봉을 우러러 그들이 부른 노래여!

ㅡ동무들아 준비하자, 손에다 든 무장
  제국주의 침략자를 때려 부시고
  용진용진* 나아가세 용감스럽게
  억천만 번 죽더라도 원쑤를 치자!

그 노래, 장백의 산발을 타고 메아리치며
투쟁의 횃불로 동북 광야에 타번져 갔어라.

첫 유격대가 부른 그 노래,
압록 두만강 넘어 조국 땅에 울려왔거니
바로 그 노래, 오늘도 우리 가슴을 치는구나,
사랑하는 강토를 철벽의 요새로 다지고
온 나라가 무장하라, 우리를 부르는구나.

* 용감하게 나아가는 모양을 일컫는 북한어.

# 빨찌산의 봄

태고의 밀림, 장백의 산발
봄이 와도 흰 눈에 덮인
가파로운 령 길을 밟아
싸움의 길에 오르던 빨찌산들,

그 산발, 그 밀림에
봄빛 깃드는 어느 유격 근거지
어느 깊은 밀영에서
용사들은 행군을 멈춘 한때 그려 보았네.

저녁이면 아직도 차가운 숲 속
우등불 피우고 두리*에 모여 앉아
저마다 두고 떠난 고향 이야기
주고받으며 조국의 하늘을 바라보았네.

일제 놈들과 지주의 등쌀에 쫓겨
떠나온 곳이언만 마음에 잊지 못하는 곳,
진달래 피고 살구꽃 봉오리 열어
냇둑에 버들개지 눈 뜨는 고향의 봄을……

---

| * '둘레'의 북한어.

이럴 때 사령부 초막에서 나오신
그이께서도 이야기에 한몫 끼셨네.
그러며 들려주신 만경대 마을
어린 시절의 즐거웁던 가지가지 이야기—

물결 푸르러 아름다운 대동강반에
아직 이른 봄 배 띄워 숭어 잡던 일이며
또한 평양냉면이 천하 별미라시며
웃으시는 수령의 말씀 듣는 전사들,

전사들은 생각했더라,
피어린 싸움의 고개를 넘고 또 넘어
그이를 모시고 만경대 마음의 고향
평양으로 개선할 조국 진격의 날을!

아, 어둠에 짓눌려 신음하는 땅에
봄마다 강산은 예대로 아름다워
두고 온 고향에 인민의 새봄이
기쁨으로 꽃필 날을 그려 보았나니

오늘 영광스러운 조국, 승리의 봄
어찌 잊으랴. 혁명의 전사들,
심산의 가시밭을 붉은 피로 적시며
청춘의 가슴에 안은 빨찌산의 봄을!

고난의 어두운 밤을
희망의 등불로 밝힌 항일 유격전
만고에 자랑찬 혁명의 전통으로 하여
내 조국의 봄은 더욱 아름다워라.

# 나는 그 총을 메고 있다

분계선 가까운 고지의 영마루
나는 조국의 초소에 서서
총가목을 가슴에 안고 생각하노라.
이 나라 수많은 빨찌산 투사들이
한 자루의 총, 혁명의 무기를 얻기 위하여
고귀한 생명으로 바꾸며
싸워 온 간고한 투쟁의 나날을!

생각하노라.
저 마가을 첫눈도 내려
바람 차가운 북관 땅 끝을 적시며
사품치던* 두만강 나루터
여울물 흐름에 실려 간 말,
—동지들, 이 총을 받아 주!

혁명의 길에 다하지 못한
그 뜻을 품고 원한을 품고
오로지 밝아 오를 조국의 앞날을 내다보며
둘도 없는 목숨을 물결에 잠그며
울려온 마지막 목소리……

| * 사품치다. '물살이 계속 부딪치며 세차게 흐르다'를 의미하는 북한어.

그 순간에도 동지에게
손을 높이 들어 물려준 총이여
억천만 번 죽더라도 원쑤를 치라고
당부하던 투사의 뜨거운 목소리
오늘도 우리 가슴에 살아 있다.

아, 내 가슴에 안은
이 총이 바로
그날의 투사가 전해 준 총이 아니랴!

북만 원정, 고난의 길을 뚫고
조국으로 진격하는 행군,
진군로 앞장에 서시었던 그이께서
나어린 신입대원 한 전사의
총을 바꿔 메시고 걸어가시던 그 총—

어느 밀영의 밤
잠들은 전사의 곁에서
부러진 총가목을 손수 고치시며
한밤을 새우신 우리의 수령,
그분의 손길이 닿은 총!

나는 그 총을 메고
연연 뻗어 나간 조국의 고지
영마루에서 원쑤를 노려

여기 영웅의 초소에 서 있구나.

다시 한 번 젊은 가슴에
총가목을 지그시 눌러보면
차가운 총신에도 투사들의
체온이 배어 오는 이 총
혁명의 무기를 안고……

# 행복의 뿌리

아침 햇살에 빛나는 가로수 밑으로
보도를 가벼이 밟으며 걸어갈 때,
하루의 노력을 끝낸 저녁
황혼 깃드는 거리를 돌아올 때,

내 어느 때나 어데서나
문득 더워 오는 가슴에 손을 얹고
깊은 생각에 잠기고는 하노라.
보람찬 나날과 행복한 오늘을 두고……

오늘의 이 행복을 찾아 주려
싸워 온 항일 투쟁의 피어린 자욱
조국의 괴롭던 수난의 날에
혁명의 햇불 높이 나아간 빨찌산 투사들—

투사들이 걸어온 고난의 길이여
백두의 밀림을 헤쳐 준령을 넘어
백설을 요로 깔고 창천을 이불로 덮고
싸워 이긴 승리의 해와 달이여

빨찌산 싸움의 나날에도
행군을 쉬는 짬 우등불 피우고

두리에 모여 앉아 주고받은 이야기
전사들이 그려 본 조국의 하늘!

이 땅에 화창한 인민의 봄이
찾아올 조국의 자유와 해방을 위해
얼마나 오랜 세월의 고개 넘어왔던가,
얼마나 많은 고귀한 피를 흘려 왔던가.

수령께서 이끄시는
빨찌산 투사들이 걸어온 길 우에,
고난에 찬 피어린 자욱마다에
우리의 행복한 오늘이 열리었으매

내 어느 때, 그 어데서나
아침저녁 거리를 오고 갈 때도
문득 심장을 태우며 떠오르는 생각
뜨거운 생각에 잠기고는 하노라.

햇살마냥 가슴에 차 넘치며 스미는,
이 행복이 솟아난 뿌리를 두고,
그 뿌리에서 웃음이 꽃피고
기쁨의 열매 주렁지는 오늘을 두고……

# 마음의 등불*

다르륵다르륵 재봉기 소리
가볍게 울리는 직장 안은
언제나 처녀들 웃음에 넘치고
맑고도 즐거운 노래가 흐르네.

바늘귀 한 침 한 침 정성 박아
쉴 짬 없이 옷감을 누비며 부르는
그 노래, 백두의 눈보라 뚫고
빨찌산 여대원들이 부르던 싸움의 노래

노래 부를 때마다 마음 뜨거워
옷감을 누벼 가는 바늘 끝에,
천을 끊고 다루는 가윗날에
일편단심 뜨거운 마음이 괴여……

그때마다 일손을 재우네, 다그치네
……밀영지 초막집 부녀 재봉대
전사들의 군복을 꿰매고 누비며
소리 없이 재봉틀 돌리던 장백의 밤

| * 이 작품은 1963년 7월 《조선문학》에 실린 것을 개작한 것이다.

원쑤들이 달려들면 재봉틀 메고
수류탄 던지며 밀영을 옮긴 이야기—
그들처럼 일하고 그들처럼 살리라,
혁명의 여전사들을 처녀들은 생각했다네.

다름 아닌 이 노래 이 마음이
혁신의 불꽃을 날리게 했고
재봉틀 돌리는 일이 별다르랴만
쌍줄, 석 줄 누비기 창안도 낳았더라.

합숙의 밤, 모여 앉아 읽는 회상기,
불을 끄고도, 불을 끈 뒤에도
오히려 마음에 타오르는 투쟁의 불길
빨찌산 우등불이 햇불처럼 비쳤네.

정녕 그들의 앞길을 밝혀
희망으로 비춰 준 마음의 등불
오늘도 한마음 한뜻으로 뭉쳐진
붉은 집단은 일하며 노래하네.

## 노래의 주인공*

우리 시대의 가장 아름다운
인간들을 찾아 나는 다녔노라.
그때마다 이 땅에 나래 치는 천리마 기수들,
어데서나 만나지 않았으랴만
오늘 내 고향의 강반에서
나는 보았노라, 노래의 주인공을!

압록강 동뚝에 자리 잡은 피복 공장
무수한 처녀들과 아낙네들 사이에서
빨간 머릿수건을 쓴
수수하고 소박한 처녀,
건강하고 통통한 양 볼에 빛나는 눈동자,
키도 그리 크지 않고 목소리도 높지 않아
이야기 나눌 때도 말수 적은 작업반장 처녀—

천리마 휘장 두 개씩이나
가슴에 단 이 처녀에게
지나온 나날의 이야기 청했더니
—별게 있나요, 그저
　　서루 믿고 도우며 일했을 뿐이죠.

---
| * 이 작품은 1963년 7월 《조선문학》에 실린 것을 개작한 것이다.

짤막하게 대답하는 그에게
다시 물어 무엇하랴.
온 세상이 모두 아는 일,
자랑을 모르는 겸손한 얼굴에서
나는 보았네. 쌍줄 누비기라 재단법이라
혁신과 창조로 슬기로운 모습을……

당이 가리키고 시키는 일이라면
불처럼 뜨거웁고
사람을 믿고 너그럽게 이끌 줄 아는 처녀
출근율 낮은 아낙네 집을 찾아
물도 길어 주고, 빨래도 도와주고
고아로 자란 한 처녀에게
따뜻하고 밝은 빛을 안겨 준 사람.

바로 이런 사람을 두고
우리 시대의 영웅,
참된 공산주의 전사라 부르거니
얼마나 숭고한가, 나이 아직 젊은 처녀
높고 깊은 정신의 아름다움이여
당이 길러 낸 한 송이 꽃이여,

지난날 소소리 높은 봉우리처럼
아득히 솟아만 보이던

공산주의자란 이름!
오늘은 그 이름이 이들
소박하고 겸손한 모습에서 자라거니

내 우러르노라.
인간을 개조하는 천리마 기수
내 노래의 주인공을!
이 땅의 어데를 가나 만나 보는
수수하고 꾸밈새 없는 이런 사람들을,
노래로 부를 수 있는 행복,
노동당 시대의 가수임을 자랑하노라.

# 영변 아가씨 마음<sup>*</sup>

영변이라 약산 동대 옛 성터에
약산단<sup>**</sup> 비단 짜는 영변 아가씨,
얼굴마저 마음처럼 티 없이 맑아
언제 보나 웃고 있는 영변 아가씨.

이 처녀 다섯 해 자기 계획을
한 해하고 넉 달에 끝내었다오.
그러니 바로 지난해 춘사월
약산에 진달래 한창 철일세.

어떻게 그리도 빨리 앞당겨
책임량을 넘쳐 했나 묻질랑 마소.
떨기떨기 피는 진달래 송이
당에 다진 마음이 붉게 타올랐으니……

올해도 이른 봄, 봄은 찾아와
아가씨 마음에도 봄은 깃들어
손수 짜내는 진달래 꽃무늬

---

* 이 작품은 1959년 3월 《조선문학》에 발표된 것을 개작한 것이다.
** 藥山緞. 북한에서 생산하는 비단의 하나. 능직 바탕에 반대 효과의 짜임을 이용하여 진달래나 단풍잎과 같은 잔무늬를 놓아 짜며, 여성들의 치마저고릿감으로 널리 쓴다.

무늬 고운 약산단에 기쁨이 어렸네.

처녀의 마음엔 봄 한철만 아니라오.
사시철 넘치는 견직공의 자랑
진달래 꽃송이로 피어나거니
재빠르게 기대를 다루는 솜씨……

아, 내 고향 어데나 어데를 가나
이른 봄 진달래처럼 곱게 피는
소박하고 순결한 영변 아가씨 마음
이 나라 천리마 조선의 마음이라오.

## 대동강반의 아침

대동강 내 요람의 흐름이여
나는 네 푸른 젖줄기를 물고
용용히 흐르는 물결 소리
자장노래로 들으며 자랐다.

양덕, 맹산, 준령에서 찍히운
통나무 엮어 흘러내리던 뗏목,
뗏목꾼의 가락과 함께 들려오던
구성진 뱃노래, 노 젓는 소리……
나는 남포항으로 오가던
석탄 실은 뱃간에서 태어났다.

능라도 버들 숲 스치며
백은탄 여울을 감돌아
허구한 날 아버지 하염없이
노 젓는 소리도 구슬프게 들렸거니
어찌 탄가루에 묻힌 뱃전에서
어린 눈에 바라보던 강물이
아름다울 수만 있었으랴.

대동강이여,
지나간 날 네 흐름은

고달픈 이 나라 백성의 가난을 싣고
굽이쳐 흐르는 설음의 노래
눈물과 원한의 강이었다.

이렇게 주림과 가난과
슬픔의 누더기 속에 자란 나는
오늘 평양 건설의 기중기 운전공,
아침저녁 높은 운전대 창문으로
요람의 흐름 바라보노라면
잊지 못하노라.
강반에 맺은 가지가지 이야기를.

생활의 추억 속에서도 가장 숭엄한 날,
구역당에서 붉은 당증을
받아 들던 그날의 감격,
그리고 내 이 기슭에서
사랑하는 처녀와 꿈 많은 청춘의
봄밤을 지새며 바라보던 평양—

얼마나 아름다운가
물안개 서리운 강물에 비낀
초여름 햇살이 바다처럼 넘쳐
온 하늘과 땅에 가득 찼구나.

강이여 너는 보았으리라,

하루의 노력이 시작되는 새벽
강반에 솟은 아파트를 나와
갈림길에서 가족이 헤어질 때,
학교로 가는 어린것들이 가로수 밑에
나비처럼 춤추며 흔들던 손길을……

또한 저무는 황혼이면
강 언덕에 향한 베란다에서
아내와 어린 딸에게
지난날 뼈저리던 내 어린 시절의 이야기
옛말처럼 들려주며 들려주며
오늘의 행복에 겨워 웃는
우리 가족의 모습을!

아, 대동강, 대동강
오늘은 인민의 수도 한복판을 적시며
흘러내리는 역사의 흐름
내 기쁨의 노래도 싣고
영원히 푸르러 흘러가거라.

## 귀국선 첫 배가 닿으면

이역만리 아득한 저쪽
현해의 해협을 넘어 그대들 얼마나 기다렸더냐
애타게 애타게 가슴을 조이며
조국을 생각하며 오늘을 기다려 왔더냐.

돌아보면 눈물 나는 기억이여
부산 부두 안개 자욱한 어느 새벽
아니면 별빛도 없는 깊은 밤에
쪽배에 실려 고국산천을 뒤 두고
조선 해협 거친 파도를 헤쳐 간 그대들―

그대들이 피눈물 곳곳에 흘리며
표랑의 길 정처 없이 흘러간 땅,
이역의 하늘 아래, 시바우라* 포구에
부서지는 풍랑 소리에도
못내 그리움에 사무쳐 바라보던 곳

오사카, 나고야 거칠은 공장 거리
매연이 낮게 드리운 뒷골목
눈까비** 내리고 게다짝 소리 처량한

* しばうら. 芝浦. 일본 도쿄도 미나토 구에 위치해 있는 항만 지역.
** '진눈깨비'의 북한어.

낯설은 거리에서 품을 팔아 가며
갖은 천대 모진 멸시를 받으며
꿈에도 소스라쳐 그려 본 조국—

허구한 세월을 시달리고 쫓기우고
굶주리는 갖은 설움, 모진 학대 속에서
생지옥이라 철창 없는 감옥이라 불리우는
홋카이도 눈 내리는 거리,
탄광 마을 갱도에서 그려 본 조국이여!

공화국 깃발 자랑차게 날리며
인제 귀국선 첫 배가 그대들을 싣고
희망의 항로에 올라
출항의 고동 소리 높이 울리며
동해의 푸른 물결 헤쳐 오면

아, 니가타에서 뱃길 몇 천 리
갑판 우 테끼*에서 바라보는 하늘가
조국의 연해 수평선에 떠오르는
자유의 강토가 그대들을
다정한 손길 흔들어 맞아 주리라.

드디어 귀국선 첫 배가

* 데크deck. 배의 갑판.

닻을 내리고 부두에 닿으면 보리라.
해안선에 일떠선 건설의 모습
광명한 아침 해 솟아오르는
사회주의 조국의 아름다운 모습을……

이 모든 그리운 것을 바라보며
기다리는 아파트 숙소에 들어
깨끗이 단장한 방에 자리 잡은
가장집물과 포근한 잠자리—
그대로 안식의 꿈을 청할 때

형제여
귀국선 첫 배가 닿은 밤
우리 서럽던 지난날의 이야기
잠깐 두고 펼쳐 들자. 고마운 조국이
그대들에게 준 새 생활의 설계도를!

# 진달래

물 맑고 산 푸르른
나의 강토, 하늘과 땅을 비춰
깨끗하고 순박하게
소문도 없이 피고 지는 진달래.

낭떠러지 벼랑길 물살에 비치며
고향 마을 기슭에 붉게 타는 꽃송이,
나는 보노라. 몽우리 여는 진달래
송이마다 새겨진 전우들의 이야기를……

우리 전사들이 방선의 초소에서
조국에의 사랑을 불태운 꽃,
중국의 전우들이 불비 속에서도
조선의 봄으로 바라보던 꽃이여

여덟 해 전 서리 찬 마가을
산협에 물드는 단풍잎도
이 강을 건너는 용사들 마음을 알아선가
핏빛으로 지지우려 붉게 탔는데,

오늘 그 골짜기 그 강기슭에
진달래 애기 진달래도 피어나서

영웅들의 빛나는 은공을
송이송이 웃음으로 속삭이노라.

그대들이 우리 전사들과 함께
지킨 것은 이 땅의 자유, 이 땅의 행복,
또한 불타던 동방의 하늘에
찾아온 것은 두 나라 승리의 노래이니,

전우여 꽃다발을 안고 가시라.
평화의 아침노을 비낀
조선의 꽃, 조선의 마음
아, 진달래…… 삼천만의 마음을!

# '평양—북경' 열차

석별의 정을 안고 정을 남기며
떠나간 잊을 수 없는 사람
어느 무명고지 초소에서 만난 동무야
네 고향은 북경의 거리라 했지.

내 오늘 '평양—북경' 열차에
몸을 싣고 굴러가는 차륜의 음향을
귀 기울여 들으며 그려 보노니
전투에서 맺은 전우의 모습을!

바로 이 국제 열차의 종점
고궁의 돌담에 단풍 물드는 거리
낙엽 지는 보도 우를 거닐며
그대는 조선의 산하를 그려 보나뇨?

불러보면 두 나라의 수도는
얼마나 정다웁고 가까우냐?
6억 인민의 혁명 진지를 지켜 싸우며
거연히 솟아 있는 인민의 수도여

길은 비록 만 리라 떨어져도
두 줄기 궤도로 이어져 있듯이

우리 전우의 마음과 마음
승리의 한길에서 고동치고 있구나.

평양—북경을 오고 가는
기차의 바퀴는 그치지 않으리니
동무야 그대가 간절히 원하던
이 땅 통일의 날 다시 찾아오시라.

그날 열차는 고동 소리 높이
평양을 지나 남으로 남으로 달리리.
어제날의 분계선 푯말이 섰던 터전을 뒤에 두고
서울로 달리리, 부산으로 달려가리.

그때 우리 생각하자.
이날을 위해 두 나라 청춘들이
싸우며 지켜 낸 봉우리 봉우리에
새겨진 승리의 이야기, 영웅들의 이름을……

동무야 그때 우리 함께
조선 해협 저 멀리 태평양 바다로
쫓겨 가 버린 원쑤들의 패망의 길 바라보며
동방의 영원한 승리를 노래하자.

# 우리 시대의 청춘 만세!*

내 오늘 동해안에 솟아오른
비날론 건설장에 와서 노래하노라.
우리 시대의 영웅들인 노력의 전사들
그들의 위훈과 기적을 노래하노라.

그러나 감격에 넘쳐 뜨거운 마음을
가장 격조 높은 가야금 줄로 고르지 못해,
영웅 서사시의 기록으로 충만된
벅찬 투쟁을 노래할 선율을 찾지 못해,

내 머리 숙여 인사를 드리노라.
비날론 영웅들이여 그대들이 쌓아 올린
장엄한 기념비에 새겨진 많고 많은 이야기
어찌 내 노래에 모두 담을 수 있으랴.

찬가를 드리노라, 이 사랑스런 사람들
노동당 시대 청춘들의 소박한 모습,
영웅의 금별로 빛나건만 오히려 겸손하고 수수한
이 나라 공산주의 아름다운 꽃송이 앞에!

* 이 작품은 1961년 6월 《청년문학》에 발표된 '비날론시초' 중 하나이다. 《청년문학》지에 발표되었을 당시
에는 마지막 연 앞에 1연이 추가되어 있었다. 삭제된 연의 내용은 다음과 같다. "여기서 흘러나오리라./비
단필 필필이 나붓길 비날론이,/하기에 당 중앙은 축포의 꽃불을/하늘 높이 올려 그대들을 자랑하고 축복
했도다."

허리를 펼 수 없는 좁은 배수관 안에서
용접의 숨 막히는 스물네 시간을 싸운 사람,
고난이 앞을 막을 때마다 횃불을 추켜들고
혁명가를 부르며 앞장에 서서 나아간 '백두산 돌격대'—

무수한 기적의 창조와 새 인간의 군상 속
꽃나이 스물, 자그만 키에 애티 나는 웃음……
전사는 3층 벽체 8톤 기둥이 기울 때
화구를 막듯 와이어를 손에 감아 뻗쳐 섰더라.

오로지 당의 위임 앞에 심장을 불태운
바로 이 마음, 이 높고 귀한 뜻을
꾸밈새 없이 노래 불러 영웅들을 찬양하는
송가의 꽃다발로 드리노니

그대들이 진펄과 물웅덩이 우에
노력의 더운 땀으로 일으켜 세운 것은
이 나라 자손만대에 물려줄 행복의 탑,
영원히 불멸할 영웅들의 기념비!

내 오늘 동해안에 와서
노래하노라. 자랑하노라. 비날론 영웅들을!
삼천만이 화답하여 그대들을 부른 목소리
—우리 시대의 청춘 만세!

# 젊은 화학 기사의 꿈

실험용 플라스크에 용액을 넣으며
촉매 현상을 조용히 살피던
처녀 기사는 잠이 들었네
몇 밤을 새운 종합 시험에
지치고 피곤해 그만 잠이 소르르……

인제 날이 밝으면 시운전 아침
마지막 돌격전에 불꽃 날리며
번개 치는 삽자루, 용접의 섬광……
가솔린카와 기중기 돌아가는 음향이
건설장을 열풍처럼 휩쓰는데,

여기 화학 실험실의 밤은
조용하구나, 비날론 옷감을 짤
더 좋고 질긴 실을 만들어 내려는
과학자들의 숨소리만 흐르는데
처녀는 고향 길을 꿈에 보네.

……남해 바닷가 자그만 언덕
울타리에 감나무 선 초가집
길로 자란 대숲에 가리운
담장을 날으듯 넘은 처녀

늙으신 어머니를 와락 껴안았네.


—이게 어찌 된 일이냐?
—어머니, 급행차로 막 내렸어요.
　첫 남북 직통 열차를 타고요
—정말 꿈만 같구나, 네가 오다니.
처녀의 품에는 비날론 비단필 한 아름……


기사 처녀는 자랑하네.
돌로 비단을 짜는 자랑
세계에서 제일 큰 비날론 공장
일으켜 세운 가지가지 이야기,
공화국 품속에 화학 기사로 된 이야기—


—어머니 어서 입어보세요.
—내사 평생 비단 구경 못 했는데
　늙마에 이걸 어떻게 입늬. 허허……
만져 보고 쓸어 보며 행복에 젖는 어머니
그 품에서 안개처럼 비날론이 날아가누나……


……깨어나니 애꿎은 꿈이었구나.
처녀의 애타는 마음의 꿈,
삼천만 염원이 오고 가는 통일의 꿈,
처녀는 바라보네. 실험실 창가에
물드는 동해의 아침노을……

동해 바다 물결 따라 내려가면
그리운 남해 수평선이 보이는
고향 집 어머니 부디 편안히
오래 오래 살아 기다리시라 바래는
처녀의 눈앞에 펄럭이는 비날론—

비날론이여 어서 흘러나오라.
젊은 화학 기사의 꿈을 담아,
꿈 아닌 부산행 직통 열차를 타고
무늬 고운 비단 옷감을 안고
고향으로 찾아갈 그날을 위하여!

## 조국 땅 삼천리를 비날론으로


철부지 내 어리던 날,
몇 날째 굶주린 창자를 쥐고
목화밭에 김매는 엄마를 따라
황토 긴 비탈 밭고랑에서
저무는 황혼 노을빛을 바라보았다.

배고픈 여름 저녁
하얗게 열린 목화꽃 송이마다
먹어도 못 본 흰 입쌀밥으로 보였고
어린 마음은 바랬다.
옛말에 나오는 기적이나 요술처럼
목화송이가 금시 이밥으로 되어졌으면……

엄마가 피땀으로 가꾼 목화밭
탐스러운 송이로 만든
무명 적삼 한 벌 얻어 입지 못한 채
토스레*를 걸치고 떨던 지난날이여

내 오늘 이 땅의 청춘으로 자라
동해안에 성곽처럼 일어서는

---

* 어저귀·아마·삼 따위의 섬유를 삶아서 굵고 거칠게 드린 실로 짠, 좋지 못한 천을 가리키는 북한어.

비날론 건설자의 영예를 지니고
5층 방사 직장 높은 기둥 트라스*에 서서
용접의 섬광, 불꽃 날리며 바라보노라.
수평선에 밝는 아침 햇살에 비친
비날론 행복의 노을빛을,

불러보면 그 이름이 그대로
아이들 웃음이며 처녀들의 꿈이며
어머니들 기쁨의 노래인 비날론,
마지막 돌격전에 들어선
이 광대한 터전 화학 섬유 기지에
이룩될 기적의 창조, 비날론—

억년 흉풍을 모르고 계절도 없이
사시절 20만 정보 목화밭에서 나오는
하얀 솜마냥 피어날 비날론 폭포수가
쏟아져 나오리라. 7개년 계획의
첫 고지에 꽃 피는 5월
무지개 비끼며, 아름다운 꿈을 싣고……

내 어리던 지난날의 이야기
벌써 이 땅에는 아득한 옛말로 되고
사람마다 행복한 웃음에 젖는

---

* truss. 직선으로 된 여러 개의 뼈대 재료를 얽어 짜서 지붕이나 교량 등의 도리로 쓰는 구조물을 가리킨다.

아, 노동당 시대, 영원한 청춘의 세월
우리는 쏟아지는 비날론 폭포수로
사랑하는 조국 삼천리를 덮으리라.

그렇다. 온 삼천리강토를!
내 슬프던 어린 날마냥
쓰라린 피눈물에 젖어
굶주려 쓰러지며 거리를 헤매일
남녘 형제들에게도 보내어 주리니

사랑하는 아이들에게 아름다운 꿈을,
처녀들의 마음에 기쁨의 노래를,
눈물도 마른 어머니들께 행복의 웃음을
찾아 주자, 안겨 주자. 조국의 하늘땅이
푸르러 밝은 웃음과 노래로 덮이게……

# 마산포 제사공 누나들에게

어느 날 한 장의 신문을
펴 들고 나는 보았다.
남해의 수평선이 한눈에 안겨 오는
마산포 바닷가
거기 자리 잡은 제사 공장 누나들
싸움에 일어선 소식을.

마산포는 그리운 내 고향
구 마산의 선창을 지나
고개 하나 넘어서면
바라보이는 자그마한 공장 그림자—

내 어리던 날의 이야기였다.
보름달처럼 얼굴 둥근
우리 집 누나가 빚값에 팔려
달 밝은 가을밤 울며 울며
공장 담 안으로 들어갔었다.

그래도 빚을 갚는 날에는
사철 맨발 벗고 노는
어린 동생에게 고무신 한 켤레
사 보내 주마고 이르고 가더니

또다시 가을밤 보름달이
누나의 얼굴처럼 둥글게 비쳐도
아무런 소식 한 장 없던 누나……

그해 겨울 눈 내리는 저녁
기침을 짖으며* 집에 돌아와
쓸쓸히 죽어 간 우리 누나,
누나의 한 많은 넋이
오늘도 잠들지 못해 누워 있을
내 고향 마산포 바닷가……

해안선에 솟아 있는 공장에서
일제 때보다 더 가혹한 착취와
모진 고역에 쓰러지고 있을
내 고향 제사공 누나들아,

너희들은 드디어 일어섰구나.
보얀 안개마냥 햇볕 가리운
떠도는 솜 가루와 먼지에 싸여
턱턱 숨이 막히는
하루에도 그것은 열 몇 시간
실을 뽑느라 시달리던 누나들이……

| * 짖다. '기침하다'의 북한어.

지옥 같은 공장의 담벽 안
감옥살이하듯이 갇히운 채
마음대로 문밖에 나서지도 못하고
자유 잃은 꽃나이 누나들이
얼마나 참고 참아 왔길래
소리소리 분노로 외치는 거냐.

마산포는 사월 봉기의
도화선에 불을 달은 영웅의 땅,
굴할 줄 모르는 내 고향 사람들이
피 흘리며 쓰러진 거리─

바닷가 모래 강반에
이른 봄 봄마다 피어나는
동백꽃 붉은 꽃잎처럼
제사공 누나들 뜨거운 마음이여,
싸움의 불씨를 안고 타올라라.

항쟁의 영웅들 흘린 피
헛되이 짓밟고 인민을 속이는
군사 파쑈 악당들을 향해
노한 파도마냥 외치며 나아갈
내 고향 누나들아.

너희들 꽃다운 몸이

그대로 투쟁의 도화선이 되어
남녘땅 형제들과 함께
타올라라, 싸움의 불길로!

# 수풍의 밤에

발전소의 밤은 깊어 가는데
처녀는 배전반 메타를 바라보네.
무수히 반짝이는 붉고 푸른 등불
신호등 등불을 지켜보는 기수 처녀—

메타가 날마다 올라가는 평양선
조국의 수도를 몸 가까이 느끼고
메타가 가리키는 공장 지구에서
노력의 기쁨에 밝는 새벽을 그려 보네.

밤이나 낮이나 별 떼처럼 깜박이며
명멸하는 배전반 등불
등불에 비쳐 처녀의 마음은 달리네.
어두운 남녘땅 거리와 마을을 찾아……

그날마다 전해 듣는
서울의 뒷골목 판잣집에 등불도 없이
캄캄한 방에서 주린 창자를 쥐고
굶주려 누웠을 사랑하는 형제들 모습이여.

처녀의 젊은 가슴에 품은
애타는 염원과 꿈이 있어,

그들의 어두운 마음을 찾아 밝혀 줄
광명한 불빛을 보내고 싶어……

나서 자란 고향은 아니건만
그림처럼 아름답다는 남해 기슭까지
제 손으로 보내는 전류가 삼천리를 흘러 흘러
희망으로 비칠 새날을 그려 본다오.

통일의 등불이 남녘 집집의
창문을 휘황히 비추는 날
부산, 목포의 아름다운 이름이
배전반 메타에 새로 새겨지리.

그날, 조국의 전류는
처녀의 꿈을 싣고 넘쳐흘러
암흑의 땅 구석구석을 밝히며
아침노을로 비춰 주리.

# 남해에 부치다

나는 남해 바닷가
어느 자그만 마을에
육순 넘은 늙으신 어머니와
나이 어린 동생을 두고 왔다.

쪽빛 짙은 수평선이
눈앞에 안겨오는 곳
감나무 해마다 열매 익고
봄이면 동백꽃 피는 내 고향—

내 동해안 공장 지구에 와서
벌써 몇 해뇨. 마음 즐거울 때도
오히려 사무치는 고향 생각을 담아
푸른 파도에 실려 보냈거니

네 물결 출렁이며 흘러 흘러
남해에 이르면 전하거라.
이 나라 젊은 청년의
어머니 그리는 마음을……

늙으신 허리 구부리시고
마을 뒷산에 올라 칡뿌리 캐기에

손톱이 모지라지고 피에 젖었을
주름 잡힌 어머니 모습!

어머니가 아직도 고향에 남아
살아 있다고 누가 다짐할 수 있으랴,
어느 미군 살인귀의 흉탄에 맞아
숨지우지 않았다고 어찌 말할 수 있다더냐.

그 어머니 고난 많은 품에서
오늘은 청년으로 자랐을 내 동생이
시방쯤 어느 항쟁의 거리에 서서
북녘 하늘 광명으로 우러르고 있는가.

그리움에 타는 마음 다시 한 번
고향의 바다를 불러보면
남해의 물결도 노호하며 규탄하는 것 같구나,
그리며 속삭이는 아름다운 이야기―

네 기슭에 원쑤들의 그림자 사라진
그날에사 감나무 열매 주렁지고
동백꽃 봄이면 기쁨으로 피어날
내 고향에도 새봄이 온다고……

남해여 전하라.
바로 그날에는 이 아들도

다도해 섬 둘레에 찾아오는 봄
어머니 품을 찾아갈 것을!

## '동백단' 이야기

직포공 처녀들이야 기술자는 아니건만
기대를 돌리며 저마다 생각한다오.
질 좋은 새 품종 만들란 당의 가리킴
마음에 새겨 새 무늬도 그려 본다오.

비둘기 모양을 짜면 '평화단'이요.
무궁화 새겨서 '통일단'이라,
더 좋고 더 고운 옷감을
사람들께 입히고 싶어 애타는 마음—

나서 자란 고향이 남해 바닷가
이른 봄 춘삼월 동백꽃 피는
어느 자그만 마을이라던 직포공 처녀도
가슴에 새겨 보네. 새 무늬, 새 옷감……

(내 고향 남해 바다 푸른 수평선
    잔잔한 물결처럼 새파란 바탕에
동백꽃 붉고 붉은 꽃송이
    송이송이 무늬 돋구면 어떨까?)

처녀는 생각하네. 짜내는 오리마다
고향 하늘 그리운 마음을 담아

새 무늬 아롱아롱 고운 비단 천
천 이름은 또한 '동백단'이라 불렀으면……

지금도 남해에 횃불을 비춰 비추며
처녀의 고향 사람들 함성 올리며
자유를 불러 싸움에 일어서서
흘리는 피에 젖어 동백꽃 붉게 타리니

아, 직포공 처녀의 마음을 짜서
이름도 아름다운 동백단, 동백단—
'이 땅에 찾아올 통일의 새봄,
어린 적 소꿉동무 찾아가 입혀 주리……'

## 단죄하노라, 아메리카를!

내 조국의 절반 땅에
오만하게 기어든 두 발 가진 승냥이
아메리카 식인종들은
징그러운 터럭손에 카빈과 부로닝*과
잭나이프를 시시로 휘두르며
추잉검을 쩝쩝 씹으며 너털웃음을 친다.

우리의 어린 소년이 쓰러지는 것을 보고
여인들이 멸시와 능욕에 몸부림치는 것을 보고
할아버지가 트럭에 깔려 숨지는 것을 보고
피보다 진한 포도주 잔을 들고
승냥이의 혓바닥처럼 뻘건 입을 벌려 웃는 놈들

이놈들이 '자유세계'의 신사 제씨
펜타곤이 길러 낸 미국 고용병들이다!

놈들은 이십 세기 식인종의 무리
북미주의 원주민을 도살하던
조상의 피를 이은 포악한 야수
놈들은 뉴욕과 시카고 밤거리를 쏘다니던

| * 장총의 한 종류.

깡패 두목 알 카포네의 후손들—

이놈들이 월 스트리트의 억만장자들
태평양을 건너 보내온 교형리들이다!

사람을 죽이되 총으로 쏠 뿐 아니라
불에 태우고 차바퀴로 깔아뭉개고
목을 달아매고 갓난 애기를 짓밟고
흙구덩이에 생매장하는 놈들
그놈들은 조선 인민이
한 하늘을 머리에 이고 살 수 없는 원쑤!

총질 칼부림 강도질
갖은 행악질을 다하는 무뢰한들
놈들은 대낮에 패를 무어 떼를 지어
한 부락을 깡그리 습격하는
뻔뻔스럽고 철면피하고 피에 주린
집단적 날강도, 해적의 무리!

단죄하노라, 더욱 오만하고 뻔뻔스럽게
더욱 포악하고 파렴치하게
우리 조선 사람에게 도전해 오며
군화 소리 쩌벅쩌벅 남녘땅을 지리밟고*

| * 지리밟다. '지르밟다(위에서 내리눌러 밟다)'의 북한어.

핵무기와 로켓을 끌어들이는
양키들 죄악의 모든 것을!
총 과녁으로 맞아 죽은 소년의 이름으로
삼단 같은 머리채를 짤리운 여인의 이름으로,
셰퍼드에 뜯기워 쓰러진 농민의 이름으로,
피 묻은 아메리카를 우리는 단죄하노라.
　　　이 모든 저주와
　　　　　다함없는 증오와
　　　　　　　사무치는 원한으로!

# 역사의 추물

오늘까지 인류 사회는
수많은 폭군과 추물과 괴뢰와
배신자의 무리를 알고 있다.
그러나 그 어느 때 어데서나
이렇게 징그러운 인간쓰레기를
역사의 페이지에서 찾아볼 수 없노라.

지금까지 우리 역사는
간신과 음모자와 사기한과
인민을 팔아먹는 역적을 보아 왔다.
그러나 그 어느 시대에도
박정희—이놈처럼
무지하고도 타기할 매국노
민족 반역자의 이름을 기억하지 못하노라.

개에겐 그래도 한 주인을 따라
제 주인에게 충성하는 습성이 있건만
이놈은 단번에 두 주인을 섬기는 개—
이놈은 나라를 팔아먹되
두 상전에게 도매로 떼 맡겨
굽신거리며 송두리째 내주는 매국노!

어제날엔 일본 천황의 적자로
피에 주린 군도를 꽁무니에 차고
만주 광야를 쏘다니며 꼬리 저었고
오늘은 양키의 빵조각 받아먹으며
흉악한 정탐배로 길들은
군복 입은 깡패 두목……

보라, 한낮에도
밝은 저 태양빛이 두려워서뇨
검은 색안경으로 두 눈을 가리운
이 철부지 군사 망나니를!
군복을 벗고 실크해트에 연미복
'대통령' 감투에 '무궁화 대훈장'
제 딴엔 격식을 차리느라 했건만
개꼬리마냥 엉덩이에 삐죽이 내어민
군도와 부로닝 권총 자루를!

배우지 못한 무지야 어디 가랴.
'대통령' 취임식에서 갈팡질팡
제 앉을 자리도 못 찾아 헤매다
한다는 취임사 한마디
다름 아닌 '승공통일'의 외마디 소리,

입으론 '자주경제'를 고아대며
미국 상전의 '원조'에 매달려

달러를 애걸복걸하는 이놈,
허울 좋게 '특사'란 명목으로
침략의 게다짝을 질질 끌며
이 땅에 기어든 일제의 두목을
애비라고 부르는 놈,

박정희—이놈은
국적도 없고 족보도 모르는
추물 속의 추물이다.
이놈은 미국 승냥이의 피를 지니고
사무라이의 넋을 고스란히 이어받은
역사의 추물이다!

아메리카가 길러 낸 미친개
일본 군국주의가 낳은 사생아—

인류의 역사가 일찍이 보지 못한
이 더러운 추물을
개 패듯 때려잡아야 한다.

쓸어버려라, 군사 파쑈를!
다시 항쟁의 폭풍 속에
타오르는 인민의 분노로,
화산처럼 터지는 증오의 불길로!

## 일어서는 싸움의 전구여

앉아서 그대로 죽느냐?!
일어나 원쑤와 싸우느냐?!
그대들은 드디어 투쟁에 일어섰다.
바람 불고 눈비 내리는
스산한 남녘의 거리거리를 휩쓸며
일제히 쟁의에 들어선 싸움의 전구

참고 참아 오던 울분을 터쳐
쌓이고 쌓였던 원한을 터쳐
싸우는 남녘땅 우리의 노동 계급
사랑하는 형제들아
그대들은 원쑤들의 상판대기 앞에
요구 조건 들이대고 용감히 일떠서서
나아가누나, 모진 탄압의 총검을 뚫고.

어찌 더 참을 수 있었으랴.

기아 임금에 얽매여 쓰러지는
고된 노동의 나날
빨릴 대로 빨리우고 빼앗기운 그대들
물가는 천장 모르고 올라만 가는데
몇 달째냐, 밀린 삯전도 받아 보지 못하고

생사의 기로에서 헤매는 그대들……

이 절박한 빈궁의 밑창에서
생존의 권리와 자유를 위하여
핏발이 선 노한 눈들이
한번 싸움의 발구름 높이 나아갈 때
아, 남녘땅 가는 곳마다 거리와 거리마다
황황히 타오르는 항쟁의 불길이여,
일어서는 투쟁의 전구여!

영용한 남녘의 노동 계급이
파업을 선포하고 싸우는 거기
기관구와 차고에 고동 소리 멈추고
동맥이 끊겨 교통은 마비되리라.
돌아가는 피댓줄도 멎고
광산과 탄광의 지하 땅굴 속
징그럽게 울려오던 동음도 침묵을 지켜
원쑤들은 치를 떨며 전율하리라.

그대들의 싸움은 정의의 투쟁
그대들의 힘은 무궁무진하거니
형제들아 억세인 노동자의 두 주먹으로
본때를 보이자.
생존의 자유를 위해 일떠선 그대들을
총검의 테러로 위협하는 미제 양키들에게,

보여 주자, 손에 손을 잡고 싸우는
그대들 위력한 단결의 힘을!

눈비 내리고 바람 찬 겨울
스산한 거리에 날리는 깃발
앞세워 나아가는 곳,
남녘땅 가는 곳마다 어데나
그대들 싸움의 불길 속에
멀지 않아 찾아오는 봄—

아름다운 인민의 봄을
이 땅에 가져오기 위해
자유를 부르는 투쟁의 봉화
요원의 불길처럼 번져 가는 싸움의 전구여

일어서는 전구마다에
다시 한 번 터지거라, 불타거라.
그대들 영웅적 전투의 대오가
선두에 서서 나아가는 인민 봉기로,
폭풍처럼 온 남녘땅을 휩쓸
항쟁의 새로운 사월로!

## 조국 땅 어데를 가나

조선은 어디나 산이 많은 나라
솟아오른 봉우리와 뻗어 나간 산맥
산은 산마다 광맥이 덮여
은하처럼 빛나는 아름다운 땅—

진달래 철 따라 피었다 지고
산열매 철 따라 익어만 가고
아름드리 나무나무 다옥이 우거져
하늘을 치받들고 무성한 산, 산……

—산을 잘 이용하라!
창성 땅을 찾으신 수령께서
두메 사람들을 자연과의 투쟁에로 부를 때
산아, 너는 태고의 비밀을 열어 놓았더라.

그날로부터
산을 정복하는 천리마 대군단이
발구름 소리 울리며 나아가는 앞에
산은 산마다 황금의 멧부리로 솟아,

오늘은 조국 땅 어디를 가나
살기 좋은 행복의 요람,

창성뿐이랴. 모든 산골 마을들이
당의 햇살 받아 활짝 꽃피는 땅이여

이 나라 변강 희령 땅에도
이름 높은 백살구 더욱 향기 풍기고
백두 고원 삼지연 언덕마다 열매 익는
들쭉이 무진장한 보물을 자랑하거니

아 이 땅의 어디를 가나
그이께서 찾아가시지 않는 곳 있으랴.
그이 발길 닿지 않은 땅
어디 한 치인들 있으랴.

첩첩한 산발이 하늘을 가리운 두메에도
행복의 노래 높은 나의 조국—
내 오늘 비래봉 기슭에서 노래하노라.
너그럽고 자애로운 어머니 품을!

# 두메에 황금철이 왔소

올해도 지난해도 해마다
수상님께서 찾아오셨소.
옛날에는 이름 없던 자그마한 산촌
창성골에 그이 몸소 오시었소.

내야 이 산속에 나서
산과 함께 산처럼 늙었소만
이런 희한한 일, 이런 고마운 일,
바쁘시고 귀하신 몸을
평양성은 구름 타고 천 리인데
내 예서 수상님을 뵈었으니……

여기서도 고구마 온상을 내고
가루에 우유를 섞어 과자를 만들어
산골 아이들이 즐겨 먹게 하라,
농장마다 젖소 염소를 길러
젖물이 철철 넘쳐흐르게 하라시며
환하게 웃으시던 모습, 그 음성!

그분께서 들려주신 말씀 마디마다
천지개벽 하늘땅이 열렸구려.
그이께서 옮기시는 발자국 자국마다

기적이 샘처럼 솟는구려.

자, 보시오. 산밭마다 우거진
산열매 향기, 저게서 술이 솟고
가을볕에 빨갛게 여무는
고추는 그대로 홍보석이라,
산은 산마다 벌은 벌마다
이렇게 무르익는 좋은 시절—

이 심심 산촌에 황금철이 왔소.
그이 밝고 밝은 웃음
따뜻한 햇살로 비쳐 들었소.

그 빛 골고루 받아
골짜기 바위틈에 억년 잠자던
머루, 다래 열매들이 꿈을 깨고
정녕 그 빛을 받아
칡덩굴, 노박 줄기마저 천으로 짜지니
이 아니 전설의 도원향이리오.

그분의 햇살 비치는 황금산
때는 좋은 시절, 황금의 철
내 예서 오래오래 살고 싶소이다.
수상님 모시고, 그이를 노래하며……

# 창성 향토지

오랜 옛날부터 내려오는
우리네 향토의 기록
이는 먼 조상 때부터 이 땅에서
사나운 자연의 폭압과 싸워 온 이야기,
이는 소박한 인민들이 이 고장에서
모진 착취에 억눌리던 생활의 역사—

무한히 아름답고 더없이 정다운
향토, ……나서 자란 땅이여.
여기 두메에도 멀고 먼 두메산골
이 나라 북변 첩첩 산속
창성 땅의 한 많은 눈물의 역사 속에
들어 보라, 그 한 토막 이야기를!

오랜 연대기를 들추어 보면
창성골 고을이 옮기기두 한두 번이랴.
그러나 잊지 못할 일제 때의 일—
대륙을 침략하는 발판으로
압록강 우에 놈들이 수풍댐을 세울 때
벽동 창성 옛 고을이 물에 잠겼더란다.

태고로 흘려내려 푸른 물줄기

압록강이 수풍호 호수로 되어
강안의 수많은 마을과 마을이
온통 수몰지로 물속에 가라앉아 잠긴 날
사람들은 땅을 잃고 집을 잃고
정든 고향을 쫓겨 유랑의 길에 올랐더란다.

하마 고향을 두고 멀리 떠나지 못해
새로 옮겨 온 고을을 따라
비래봉 기슭 가파로운 산밭에
다시 부대를 파고 화전을 일쿠며
쪼들리는 살림에 눈물도 말라
메마른 땅에 울며 살아왔더란다.

오늘도 거울같이 잔잔한 수풍호를
배 띄워 지나가면 맑은 수면 밑에
바라보인다는 백학루 지붕의 그림자,
옛 창성 뒷산에 흰 학이 내려앉은
전설이 잠자는 누각마저 지난날 이야기
눈물과 고통과 가난의 역사를 말하노니

황금산을 찾는 사람들이여
잊지 말라. 오늘이 행복하고 즐거울수록
향토지에 깃든 눈물 나는 이야기를,
그리고 말하라. 자라나는 새 세대들에게
창성골이 지나온 역사의 한 토막은

또한 우리 조국이 겪은 수난의 기록임을!

# 낙원산수도*

문지령 아득한 고갯길 넘어서면
성굴령 벼랑이 앞을 막는 산길
산길 굽이굽이 영마루에 올라서니
눈앞에 안기는 비래봉 높은 봉우리……

예가 바로 황금산 자랑 많은 곳
굽어보면 벽동과 동창으로 가는 길이
갈라지는 산턱에 자리 잡은 창성은
오붓하니 정다운 자그만 마을인데

때는 초가을 심심 산촌에도 좋은 시절
머루 다래 돌배랑 산열매 무르익어
그윽한 향기 떠도는 골짜기마다엔
젖소 울고 토끼 무리 져 뛰노는 산골

물어 보자. 무릉도원 예 아니뇨?
다름 아닌 낙원 동산 산수도로다.
산과 물이 아련히 그림처럼 떠오르니
한 폭의 아름다운 그림이로다.

---

* 이 작품은 1979년 발간된 『해방후서정시선집』에 재수록되었다. 『해방후서정시선집』에서는 '그이', '수상
동지' 등의 시어가 '수령님', '어버이수령님'으로 개작되어 있다.

어찌 산과 물이 좋아서만 낙원이랴.
오랜 세월 버림받던 산열매로
맛 좋은 발효주 만들어 마시며
사람들은 불로주라 부르니 그림 속의 신선 같아라.

하얀 차돌을 돌돌 굴리며 흐르는
강물을 끼고 자리 잡은 공장들마저
우리 시대 산수도 새 풍경을 보는 양
진정 아름다워라, 황금산의 오늘은.

즐거움 넘치는 새 살림 속에
기쁨으로 꽃피는 노래의 동산―
아 그이는 창조하셨네.
이 궁벽한 산촌에 낙원산수도 한 폭.

굽이굽이 높은 벼랑길 감돌아
찾아오신 수상 동지께서는
한낱 색깔과 선으로가 아니라 인간의 생활로
여기 금빛 찬란한 낙원을 펼치셨구나

# 문지령 고갯길

문지령 가파로운 고개 넘어
지난날 장마당이 서는 삭주골까지
가고 오면 산길 팔십 리
해가 긴 여름날도 이른 새벽에
집을 나와 별을 이고 돌아온 길……

철 따라 거둔 산골 농산물
아낙은 머리에 이고 사내는 등에 지고
터벅터벅 걸어가던 지난날이여.
오래지도 않은 전날엔 돌아오는 밤길
호랑이 울음소리 들렸다는 문지령 고개—

어느 해였더뇨. 이 고개로
천천히 달려오던 승용차 한 대.
그날도 장터로 가는 농민들 지나는 옆에
문득 멈추고 차에서 내리신
수상님께서 한 농민과 말씀하셨네.

—어데로들 가시는 길이요?
—네, 삭주까지 장 보러 갑지요.
—아니 이 먼 산길을…… 고생하시겠소
이렇게 말씀하시며 눈을 들어

멀리 비래봉 영마루를 바라보신 그이

인민의 괴로움을 몸소 느끼시고
삼천만의 슬픔과 기쁨을
한 가슴에 안으시고 같이 나누시는 그이
그이께서는 생각에 잠기셨네.
문지령 언덕 고갯길에서……

이 척박한 심심 산촌 두메에도
행복을 안겨 주실 전망을 그려 보시며
또 하나 위대한 구상을 더듬으셨으니
벌써 그날, 첩첩히 물결쳐 나간 산발마다
황금산의 오늘을 가슴에 새기셨더라.

몇 됫박 안 되는 낟알을 이고 지고
산길 팔십 리 걸어가고 걸어오던
인적 드문 문지령 고개 우에 멈춰 서시어
오래 떠나실 줄 모르던 우리의 수령!

문지령 문지령 높고 낮은 언덕
네야 그날의 모습을 간직했으리니
오늘은 보리라. 이 고개 넘어 넘어
황금산의 보물을 가득히 싣고
삭주골 수매소로 달리는 트럭의 행렬을!

아, 그이 펼치신 크나큰 구상이
황금의 동산으로 꽃핀 이 고개
고갯길 넘는 버스에서 나는 만났네.
햇볕 따갑게 비치는 차창으로
밖을 내다보시던 할머니 한 분—

—할머니, 어데루 가시는 길입니까?
—대학 다니는 손주딸이 자꾸 오래서
  평양 구경 떠나는 길이우다
즐거운 듯 바라보시는 가을 하늘에
행복을 싣고 수리개 한 쌍 훨훨 떠가네.

# 황금평에 부치는 편지

오늘은 최 영감네 집에서
새 집들이한 즐거운 저녁
이 기쁨을 어데다 먼저 전할까?
—옳지, 어데 어데 할 게 있나
　황금평에 있는 사돈께 알려야지……

최 영감은 큰 발견이나 한 듯
성수가 나서 며느리 보고 말했네,
—애야 네가 우리 집 자랑을
　한번 본가에 편지로 쓰거라
—원 아버지두…… 호호호
—글쎄 너의 집과 우리 두 집이
　걸어온 일이 생각나서 그러누나 허허.
…………
편지 사연 불러 주며 더듬노니
지나간 날의 쓰라린 기억이여.

황금평에 사는 박 첨지네
황금산에 있는 최 영감네
두 노인은 올해 환갑을 맞은
한 고향내기 동갑이란다.
같은 마을 이웃집에서 자라

같은 해 겨울 고향을 쫓겨
살길 찾아 헤매 다닌 두 집이란다.

생각하면 눈물 나는 생의 기록
쪽박을 차고 북으로 흘러가다
두 집이 서로 서로 길은 다르나
하마 조국 땅 등지고 발길 옮겨지지 않아
이 압록강 기슭에 머물렀더란다.

박 첨지네 자리 잡은 곳은
풀포기도 노랗게 시들어 마른다고
황초평이라 사람들이 부르던 곳
그때만도 온통 진펄에 덮여
갈밭만 길로 자라 무성하던
압록강 하류의 자그만 섬이었더라.

최 영감 흘러 닿은 곳은
두루 돌아보아 그악한 산발
높은 령에 가리워 하늘도 좁아라
한숨으로 살아가던 두메산골……
부대를 파고 자갈밭 뚜져
반생을 괴롬 속에 살아왔더란다.

전날에야 이 궁벽한 산골로
어느 벌방 처녀가 시집오겠다고

꿈엔들 생각이나 했으랴만
오늘은 벼농사로 이름 높아
가을이면 금빛 이삭 물결친다는
황금평 처녀가 시집을 와서
황금산 자랑을 편지에 적네.

'……아버지, 올해 우리 농장에선
제가 기른 젖소 수입만으로도
현금 분배가 곱절 되리래요……'

이루 어찌 다 적을 수 있으랴,
많고 많은 그 사연을
—애야 편지 끝에 쓰거라
　　사돈 첨지 환갑엔
　　황금산 불로주를 보낼 테니
　　이 좋은 세상, 고마운 땅에서
　　구십 환갑까지 오래 살아 보잔다구!

## 고추 풍년

여기 창성골에서도
깊은 골짜기에 자리 잡은 마을로 오신
수상님께선 농장 사람들을 만나셨네.
살림살이 이야기 낱낱이 들으시며
농사 계획도 하나하나 같이 세우시던 그이

참깨 기름 비벼 먹는
풍미 그윽한 맛에 대해 말씀하시고
산골에선 벌을 많이 치라시며
꿀벌통 놓을 자리까지 마련해 주시며
—어디, 이 고장에서 고추를 심어
　　한번 창성 고추장을 자랑해 보시오

농장 사람들과 무릎을 맞대시고
마주 앉아 구수하게 들려주신 말씀—
—고추씨 기름도 맛이 있소,
　　참기름처럼 똑똑 떨어서 먹는 거요
　　씨는 모두 다 기름이 있거든……

이 산속에서 한생을
늙어 온 이 고장 노인네들도
미처 몰랐다네, 생각지 못했네.

돌무지 자갈밭 산비탈에야
그저 옥수수나 뿌리고 고구마나 캐 먹던
옛 풍습대로만 살아온 그네들이라
고추를 심을 생각인들 어찌했으랴.

그러나 오늘 황금산 어데나
등세기에 가꾼 고추밭에
따가운 가을볕 받아 다롱다롱
빨갛게 열린 열매가 주렁주렁―

알알이 익은 고추는 속삭이누나.
이 고장 사람들 뜨거운 마음을 담아
그이께 드리는 감사의 노래를!

## 산촌의 노동 일가

고작 몇 해 전까지도 이 고을
산기슭을 감돌아 흐르는 영주천 물소리
물소리만 한가로이 산울림 하더니
아침마다 울려온다, 높은 고동 소리가

강을 끼고 늘어선 공장들에서
하루의 보람찬 노력에로 부르는
고동 소리에 맞추어 신작로가 메이게
노동의 대군단이 나간다, 진격한다.

모두들 흥성흥성 들끓으며
갈림길에서 헤어지는 한 가족도 있어
아버지와 아들, 남편과 아내가 마주 웃으며
다짐을 두누나, 오늘도 일을 더 잘하자고!

달라진 것은 어찌 산천뿐이랴
대를 이어 호미로 밭뙈기나 뚜지던 사람들
어제날 부엌에서 돌아가던 아낙네들
이 사람들이 오늘은 어엿한 노동자—

내 이 사람들 행진곡에 발 맞춰
마음 흥겨워 돌아보는 공장들

이름 높은 식료 공장 찾아가면
우유 과자를 굽고 술을 고는 그윽한 향내……

양조장에서 한창 머루 다래 짓이겨
저장통에 잠그던 늙은이 한 분 만났네.
이야기 끝에 신신당부하는 말
―집에 꼭 오슈, 내 발효주를 대접하리다

어느 날 저녁 노인 댁을 찾으니
저녁상 앞에 놓고 단란한 한때,
나는 보았네. 두루 돌아다닌 공장에서
만났던 낯익은 얼굴들, 잊지 못할 모습들을.

천 잘 짜기로 소문난 직포공 처녀
제지 공장 6급 기능공 됐다던 아바이
마대 공장에서 걸싸게 일 잘하는 아주머니
모두 한 상에 앉아 맞아 주누나.

―이거 시인 동무가 오셨구만
　　자 인사들이나 하라구 어서……
인사가 소용 있으랴, 손주딸에서부터
삼대 온 식구들과 벌써 구면인 것을.

이 두메의 노동 일가가
권하는 대로 나도 술 한 잔 들었네.

노동당 시대에 태어난 새 인간들
우리 노동 계급을 위해 축배를 들었네.

좋구나, 지방 공장 영예 게시판에
제각기 덩그마니 나붙었던 이 사람들을
한 집에서 만나 한 가족인 양 허물없이
웃어가는 산촌의 밤이여

제6부 산문

# 목장의 소*

　어느 해 봄철이었습니다. 어떤 번화하여 가는 조그만 도시의 촉동 너머로 나무 덤불이 융성한 곳에 커다란 목장이 있었습니다. 목장 주인은 매우 욕심 사나운 사람이었고 순하고 젖 잘 나오는 암소가 여덟 마리 있었습니다.

　어느 날 아침.—동녘 하늘에는 구름을 빨갛게 물들이며 해님이 힘 있게 떠오르는 새벽이었습니다. 밤의 피곤함을 없애려 암소가 깊은 잠에 들어 있을 때 옆 칸에서 송아지의 배고파 우는 소리가 애처롭게 들려왔습니다. 이 소리에 눈을 깨인 암소는 같이 우는 듯한 소리를 길—게 내뽑았습니다.

　어제저녁부터 젖 못 먹은 어린 송아지가 배고픔에 밤새도록 자지 못하고 지금 호소하고 있는 것이었습니다. 이 소리에 암소는 가슴이 터질 듯이 아들에 대한 사랑이 북받쳐 안타까움을 참고 잠깐 기다리라고 소리치고 있는 것입니다.

| * 발표 당시 저자명은 '이용만'이다.

'아, 이것을 어쩌나. 저 애는 어제부터 젖을 빨지 못하여 얼마나 배고 플는지. 기다리라고 하였건만 잠깐 있으면 또 주인이 젖을 모두 뺏어 갈 테니……'

이렇게 한숨을 내쉬며 한탄하고 있을 때 털석털석 하는 소리를 내며 젖 짜는 사람이 통을 들고 들어왔습니다. 처음에는 안 째우겠다 덤볐으나 암소의 발에는 쇠사슬로 꽁지운 몸이라 별수 없었습니다.

한참 째우다 비명을 내며 말하였습니다.

"여보, 당신은 너무도 심술이 과하지 않소. 내게는 엽전 한 닢 안 주고 젖을 짜 가면서 조금도 남겨주지 않으면 애기는 어찌하우. 지금 배고파 우는 소리가 들리지 않소. 조금이라도 남겨주구려―."

이 말을 듣고 있던 그 사람은 하얀 젖이 묻은 손을 멈추고 암소의 얼굴을 쳐다보며 말하였습니다.

"글쎄 여보시오. 당신은 내가 젖 짜니까 괴롭게 하는 사람인 줄 알겠수다. 허나 나는 살기 위해 이 목장에 들어와 적은 삯전을 받아가며 일한답니다. 짜내는 젖은 모두 주인의 것이랍니다. 이 젖을 어린애들을 시켜서 시내에 돌리고 많은 돈을 남기며 당신에게는 맛없는 음식과 우리에게는 몇 푼 안 되는 겨우 식구가 살아나갈 눈꼽쟁이만치의 삯전을 주는 게랍니다. 이 봄에 우유 가져다 달라는 곳이 늘어서 그만치 암소를 사와야겠는데 이제 돈 내기는 아깝고 제 욕심에 맞는 소가 없어서 당신들의 젖을 그만치 더 짜서 채운답니다. 그 때문에 당신은 이렇게 고생하는 것이외다. 젖을 남겨두다가 사나운 주인 눈에 들키면 큰일 난다우. 해도 오늘은 조금 남겨주리다."

"네 고맙습니다. 똑똑히는 깨닫지 못했어도 기억하고 잊지 않으렵니다."

절을 꼽박꼽박 하니 송아지 있는 데 끌어다 주고 나가버렸습니다. 배고파 울던 송아지들은 어미 소를 보고 기뻐서 달려들어 엷은 입술을 젖에 대고 눈을 꿈벅꿈벅하면서 빨기 시작하였습니다. 하얀 배를 나들나들거리며 빨고 있는 송아지를 본 암소의 눈에는 눈물이 그렁거리었습니다. 젖 짜는 사람에게 감사와 아들의 기쁨에 감동된 것입니다.

그래서 그 말을 되풀이하였으나 유치한 머리로서는 풀지 못하였습니다. 그저 옳은 말이라고만 생각되었습니다. 남겨주었다 하여도 주린 배를 채울 아무것도 없었습니다. 오히려 전보다도 더ー 달고 달은 젖 맛이 입에 남아 입을 다시고 있었습니다.

"애야, 이제 그만큼 먹었으면 꾹 참아라. 이제 또 저녁에 올 테니까."

"엄마, 그래도 배가 자꾸 꿀꿀 하는데 젖이 그전에는 많더니 왜 그리 적어졌어?"

"애, 사람들이 짜다가 먹는단다."

"사람은 젖만 먹고 사나?"

"그럴 수 있니. 밥을 먹고 살지만 부잣집에서는 젖을 짜다 먹지."

"그럼 우리가 배고파하는데 모두 가져가? 응?"

"그러게 말이다. 그 사람이 무어라든가. 주인이 제 욕심 채우려 가져간다더라."

이렇게 애정을 띤 말을 바꿀 때였습니다. 밖에서 주인의 노기를 잔뜩 품은 날카로운 소리가 들려왔습니다.

"이 녀석아, 나를 속이려도 그리 허술히 넘어갈 줄 아느냐. 똑바로 대야지 경친다."

"네 저저ー 암소의 젖을 남겨주었습니다."

"그것은 왜 남겼어? 네 녀석이 훔쳐 갈랬지?"

"그럴 수가 있겠습니까. 송아지가 어제부터 못 먹어 배고파하기에 남긴 것입니다."

여기까지 들은 암소는 분명히 젖 짜는 사람이 들켜서 욕을 먹는 줄 알았습니다. 송아지도 짐작하고 웅크리고 가슴을 놀리고 있었습니다.

"흐흐흥 무어 어째. 그러다가 목장 노릇은 어찌 해먹어? 송아지는 무얼 사날쯤 굶어도 죽지 않아."

이 호령과 같이 채찍이 내리는 소리가 외― ㅇ 하고 들렸고 '철썩―' '앗―' 하는 아픔에서 나오는 소리가〔편자〕소에게는 벼락같이 들렸습니다.

암소의 가슴은 찢어지는 듯이 아프고 뼈가 부서지는 듯 쓰라렸습니다. 방금이라도 '안타까우면 그 사람 대신 나를 때려주시오.' 하고 외치고 나가고 싶었으나 어쩔 수 없었습니다. 이러는 사이 주인은 그 사람을 끌고 가버렸습니다.

이제야 주인이 얼마나 못나고 자기들을 못살게 구는 줄 깨닫고 주먹을 쥐고 이를 갈았습니다.

햇발은 동천에 걸렸습니다. 따뜻하게 암소 있는 우리의 들창을 뚫고 비쳐 듭니다. 햇볕 간 것을 보고 밥 먹을 때를 짐작합니다.

'벌써 시간이 거진 되었구나. 우유를 돌리고 아이가 돌아올 때인데⋯⋯.'

그러자 맥없는 다리를 옮기며 생각에 잠긴 낯으로 아이가 들어왔습니다. 이 아이는 항상 쾌활히 뛰어 들어오곤 하더니 오늘은 달라서 암소는 무슨 일이 또 생기었구나 하고 가슴을 두근거리었습니다.

매나한 벌판으로 풀 먹으러 나갔습니다. 암소는 한참 풀을 뜯어 먹다 고개를 들고 옆에 앉아 멍―하니 흰 구름 가는 곳을 바라보는 아이에게 물었습니다.

"아, 여보소. 당신은 왜 그리 좋지 못한 낯을 하고 있소. 무슨 일이 생겼소?"

"음. 오늘 젖 짜는 어른이 젖 남겼단 탓으로 주인이 노해서 내쫓으련 단다."

"뭐요. 내쫓기운다구요? 내 젖을 남겨주었다구."

"아 그러니 참. 감추었다가 어디 그 주인 눈이야 피할 수 있니. 그래 들켰단다."

"그러면 여기서 내쫓기면 식구는 어찌 되겠소?"

암소의 마음은 불쌍함과 미안함과 불안이 잠겨 그 사람 식구를 물었 습니다.

"그 집 네 식구는 거리에서 굶주리려야 한단다."

"아—니. 우리 애기가 젖 좀 남겼다구 손해야 무엇 있겠소. 내 젖을 그냥 짜면서 어쨌단 말인고."

이렇게 분하여서 말하였습니다.

"그렇단다. 여태 네 젖으로 모아왔고 벌어먹다 사정도 보지 않는단 다. 어른을 시키면 돈을 많이 주어야 하잖니. 젖 짜는 일도 애들에게 시 키려고 그런단다."

아이의 양 뺨은 능금같이 빨개졌습니다.

"그러면 그것을 가만두어 두겠소?"

"가만두어 둘 수가 있니. 이제 우유 돌리려 나간 ×하고 모여서 서로 이야기했단다."

(1행 생략)

"우리 소들도 당신네와 같이 해볼까 보우."

"아 × 잘 말했다. 너희들만 해봐서는 이기지 못하나 우리와 손잡으 면 기어코 이긴다."

이 아이는 기쁨에 넘쳐 이길 것을 믿었습니다.

"그러면 내가 이제 들어가 딴 소에게 이르겠소이다."

"응. 꼭 바란다."

아이는 큰 소리로 힘 있게 봄 동산을 향하여 부르짖었습니다.

"옳다. 우리 뒤에는 소까지 왔다. 이제는 기어코 맞서볼 차례다. 내일은 힘을 보여줄 차례다."

이 소리에 합하여 암소는 고함쳤습니다.

"옳다. 내일 보자. 꼭 보자. 우리에게는 뿔이 있다. 내 젖으로 부른 배를 찔러볼 차례이다."

이 소리는 봄 하늘 위로 우렁차게 울려갔습니다.

—《별나라》, 1933년 5월.

# 보다 개성적 세계의 탐구에로!

### —11, 12월호 시 작품을 읽고

오래간만에 신인들의 시 작품을 읽고 느끼게 되는 것은 우선 그 형상적 기량이 높아졌다는 점이다. 항시 느껴왔지만 확실히 근간 새로 나오는 신인들의 수준이 일정한 단계에 오른바 매우 기쁜 일이 아닐 수 없다.

신인은 새것의 개척자가 되어야 한다. 그러므로 우리는 새로 나오는 시인들에게서 처음엔 비록 기교에서 우수하지 못하더라도 어덴가 번쩍하는 개성적 특질을 먼저 찾게 되며 기대한다.

그것은 광맥 속에 파묻힌 보석과도 같이 처음엔 잡돌과 흙에 씌워 있지만 선별하고 닦으면 닦을수록 휘황한 빛을 뿌리는 그것이다.

따라서 신인들은 문학 창조의 고난에 차고 험난한 길에 들어서는 탐구의 첫걸음부터 자기의 목소리, 시인의 개성적이며 독자적인 세계를 들고 나오기 위해 노력해야 할 것이다.

문학은 언제나 창조적이며 비반복적이며 개성적인바 오늘의 위대한 현실에 상응하게 시대정신의 높이에 서서 창작적 앙양과 개화를 위하여 신인들이 각기 개성적 세계를 개척해줄 것을 바람이 자못 크다.

《청년문학》11, 12호 지상에 발표된 시들 중에서 농촌 주제의 시편들이 많은 비중을 차지하고 있다.

이것은 첫째 신인들이 당 정책에 민감하다는 것을 말해 주며 둘째 자기가 처한 생활 속에서 주제를 탐구하고 소재를 선택한 진실성이다.

도시가 농촌을 지원하며 전 당이 농촌 건설에 역량을 집중하는 현 시기 당의 노선에 충직하게 이런 쩨마*의 작품들이 많이 나오는 것은 반가운 일이며 앞으로 더욱 왕성하게 창작해야 할 것이다

신인들이 공장과 더불어 농촌에서 생활하고 있는 만큼 생동하는 산 현실 속에서 느끼고 관찰하고 체험한 소재를 두고 노래하는 것은 매우 좋은 일이 아닐 수 없다.

특히 기성 시인들이 농촌 출신이 적거나 직접 생활을 체험한 시기가 오랜 만큼 이 방면의 좋은 시들을 신인에게서 기다리게 된다.

이달 전체 시편들 중 또한 농촌 주제의 시들이 비교적 우수하고 재능을 보여주고 있다. 그러므로 이런 작품들을 중심으로 몇 마디 하기로 한다.

×　　×

배승경 동무의 시 「종다리」가 인상적이었다라고 하는 것은 이 시가 가지는 독창성과 서정의 진실성에서 온다.

시의 주제는 종다리를 통해서 그에 의탁하여 전변하는 사회주의 농촌―땅에 대한 자랑과 여기서 살아가는 무한한 기쁨을 노래한바 이러한 주제, 이런 형식의 작품은 이미 많이 나왔고 자칫하면 일반적인 상식의 세계에서 벗어나기 어려운 소재이다.

그럼에도 불구하고 이 시가 일정하게 성공하고 매혹을 느끼게 하는

---

| * тема. '테마'의 러시아어.

원인은 어데서 오는가? 그것은 극히 보편적인 소재를 통하여 내용을 새로운 각도에서 포착하고 시인의 내면적 열정으로 충만되게 끌고 나가 새로운 빛을 던져주고 있기 때문이다.

우선 이 시의 흐름이 산만하지 않고 서정적 호흡이 일관되어 있으며 시상의 밀도가 매우 긴박하다. 이것으로 하여 한 편의 서정시를 통한 시인의 내면세계가 개방되어졌다.

구체적으로 작품을 분석해 보자.

> 지종지종…… 지종지종……
> 종다리 하늘 높이 날아올라라
> 오르다 허공에 원을 그리고
> 원을 그리다가는 또 날아오르는
> 저 조막만 한 가슴이
> 무엇을 안으려 함이뇨
> 그 무엇과 이야기하려 함이뇨

이렇게 시작되는 첫 연부터 무리가 없이 직접 시인이 종다리를 통해 노래하려는 주제—사상에 돌입하고 있다. 따라서 여기서는 시인이 종다리를 객관적으로 보는 게 아니라 둘이 하나로 융화되어 종다리가 시인의 서정 토로로 되고 있다.

왕왕히 농촌 주제 시편에 서경 묘사가 많이 전제로 쓰여지고 「종다리」에서도 그렇게 되기 자칫 쉬운데 그걸 극복하고 시인이 말하려는 서정의 세계에 직접 침투한 점이 좋았다.

그래서 시인은 장황한 설명이나 해설이 아니라 바로 그가 노래하려는 주제 사상인 오늘의 농촌 현실을 "태양도 천 년 가꾸려다 못 가꾼 땅"

이라고 읊었다.

　약간 상징적이기는 하지만 함축성을 가진 시적 표현을 계속 반복하는 수법으로 시인의 주정을 집중시키고 인상을 강하게 한다. 즉 다시 4연의 첫 줄에서 "태양도 천 년 가꾸려다 못 가꾼 땅"이란 같은 표현을 중첩 반복하고 마지막 연에 가서

　　　아무렴, 태양보다 빛나는 땅
　　　이 땅 우에 비낀 볕살도
　　　우리의 웃음보다는 밝지 못한
　　　진정 빛 밝은 이 땅으로……

라고 위대한 당의 테제가 가리키는 농촌의 오늘과 미래를 노래하였다. 더욱이 결구에 가서 다시 종다리에 의탁하여 곧추곤추 쏜살같이 떨어진다.

　"태양에서 태양으로 온다"로 맺음으로써 태양과 대지를 비유했고 태양에 대한 어휘, 표현을 반복하여 서정의 밀도를 강하게 했다.

　뿐만 아니라, 하늘 중천에 날아오른 종다리가 "저 조막만 한 가슴이 무엇을 안으려 함이뇨"라고 형용하면서 첫 연에 제시해놓고 5연에 가서

　　　태양을 마주 향해 높이 오르는
　　　저 조막만한 가슴에 터질 듯한 노래를 안았다.
　　　종다리 종다리 아득히 솟아올라 사라졌나?
　　　세상 그 어디나 굽어봐도 이 땅이 더 좋은 듯
　　　뚝 떨어져 내리누나, 종다리가 온다.

라고 노래함으로써 시인의 감정이 앙양된 절정을 유감없이 표현하였다.

여기서 유의해 봐야 할 점은 종다리의 조막만한 가슴이란 표현을 태양이란 어구와 더불어 반복 구사하여 강조하는 수법으로 인상을 강하게 안겨주었다는 것이다.

얼마나 소박하고 진실하면서 좋은가! "조막만 한 가슴에 터질 듯한 노래를 안은" 종다리—이것은 바로 시인 자신의 모습이며 절박한 서정적 감정인 것이다.

이렇게 시 「종다리」는 서정시가 가지는 구조에 시적 감정의 밀도를 집약해서 시종일관 서정적 주인공—시인 자신의 내면세계를 열어주었다.

때문에 비록 짧은 서정시이나 우리 시대의 전변하는 대지에 대한 찬가를 감동적으로 벅차게 노래한 좋은 시가 되었다.

이 동무에게서 좋은 서정 시인으로서의 싹을 보는 것은 기쁜 일이다. 그것은 시 창작에서의 진지한 태도, 사물에 대한 개성적 파악과 생활을 사랑하는 열정에서 온다고 본다.

나로서는 이 한 편만 보아서 더 무어라 말하기 어렵지만, 보건대 이 시인은 자기의 개성적 세계를 계속 발전시키면서 금후 창작에서 보다 구체적 생활 측면을 이런 진지한 태도로 끝까지 열정적으로 노래해 주기 바란다.

다음 오진흥 동무의 시 「귀향」과 「농민의 감사」 2편을 놓고 보면 첫 번 시는 5행시로서 규격이 째이고 표현 수법이 능란하며 어휘 구사도 자연스럽다.

하늘 반쯤 가리운 구름 사이로
쏟아지는 햇빛에 반짝이는 구슬비
넓고 넓은 들판에 푸른 언덕에
시원한 봄 소나기 지나가는 비……

라는 첫 연의 출발도 소박하게 고향의 풍경을 묘사하며 좋게 나오고 전 5연의 시에 노래하려는 감정을 순탄하게 읊었다. 확실히 이 동무는 시를 다루는 솜씨가 능숙하며 흐름도 유창한바 이는 많은 습작 과정을 거쳤다는 것을 말해준다.

길지 않은 5행 6연의 서정시에 고향으로 돌아오는 전사의 감정을 제시하면서 결구에

............

어데선가 몰려온 훈풍이 옷자락을 흔들며
—아들이 와요, 아들이 와요!
소식처럼 서둘러 마을로 가네

라는 구절로 끝맺으므로 시의 여운을 안겨주고 있다.

이런 점으로 미루어 이 동무는 자기의 감정이 무제한 노출되고 방사되는 것을 무척 고려하는 듯하다. 응당 서정시는 그 짧은 형식의 특성으로 하여 시에 내포하고 표현하려는 주제―사상을 직선적으로가 아니라 함축성 있는 시적 형상을 통해 보여주어야 한다.

이 시는 이런 좋은 점을 가지고 있으나 전체로 서경 묘사가 많은 데 비하여 주인공의 감정 세계, 생활이 덜 안겨온다.

귀향하는 서정적 주인공의 내면세계를 새로운 측면, 각도에서 포착하지 못했기 때문에 일반적 인상에서 더는 나가지 못한 것 같다.

'고향에 돌아오는 소원 무엇이랴?'라고 시에서 자문해 놓고 결국 "네 우에 꽃을 피워 맺히우는 열매라네"라는 말로 그쳤는바 이런 표현 자체

가 시적 깊이가 없고 안일한 감을 준다.

감정의 절정을 이루는 이 대목이 이렇게 추상적이기 때문에 마지막 연 결구의 연에서 시인이 말하려는 것이 매우 약화되고 어덴지 서운한 느낌을 받게 된다.

시인—서정적 주인공이 고향에 대하여, 또 고향에 돌아오면서 느끼고 사색하고 감격하며 호소하려는 사상적 감정의 핵이 약하게 됐다고 본다.

「농민의 감사」도 표현이 능란하고 어휘 구사가 다양하며 시적 흐름이 무난하다.

시의 주제는 당에 대한 감사의 노래인데 이 사상—감정을 역시 직선적으로가 아니라 대지의 자연과 결부시켜 비유하며 노래했다.

회화적 색채가 풍부한 형상으로 자유롭게 서정을 전개시킨 데도 이 동무의 재능을 엿보이게 한다. 그러나 이런 째마의 시는 이미 많은 시인들에게서 노래된 내용이며 수법이다. 그러기에 아무리 좋게 노래되었더라도 결국 기성 시인의 경지에서 벗어나지 못하고 새로운 것을 주지 못한다.

이 동무는 좀 더 시상을 심화시키기 위하여 대상에 육박하는 기백과 사색의 탐구가 필요하지 않을까? 이 점에서 「종다리」의 작자와 좋은 대조가 된다. 서로 개성적 특질을 살리면서 호상 좋은 특성을 배우고 본받으면 한다.

최명원 동무의 「농악 소리 울린다」와 「소낙비 지나가고」에 대하여……

나로서 말한다면 두 번째 시가 좋았다. 짧은 형식에 얼마나 많은 생활이 담겨져 있는가! 소박한 감정과 표현, 그대로 흙 향기와 거름 냄새가 푹 배어 흐르는 것 같다.

이 동무의 특성은 풍부한 생활 체험에서 오는 소박성이겠다.

............

한 줄기 내리려는가 허리를 펴니

쏴 ─ 어느새 동 너머 옥수수밭 지나

급작스레 퍼붓고 지나가는 한 소나기

이렇게 시작되는 이 시는 생활의 단면을 잘 포착하여 한 편의 전원
시─풍물 시첩의 한 토막을 보는 것 같다. 물론 서정시로 논할 때 전반적
으로 객관적 묘사에 그치고 소재를 서정의 세계에까지 끌고 가지 못한
점은 있으나

풍년의 북소리인 양 우레 소리 드르르─

소낙비는 춤을 추며 산 넘어가네.

란 구절로 끝난 이런 형식의 시도 금후 농촌 쩨마의 시 창작에서 많이 나
와야 할 것이다.

그런데 「농악 소리 울린다」는 시상이 통일되지 못하고 서술적으로 설
명하는 산문화의 경향이 ××하다.

첫 연부터 어떤 시적 계기를 지어 주지 못하고 막연히 회상하는 대목
을 서술한 데 지나지 않는다.

이렇게 된 데다 덕삼, 춘보 두 사람에게 향한 '나'의 감정이 분열되고
하나의 시적 흐름으로 통일되지 못했다.

차라리 덕삼이 아들이 새납*을 잘 분다고 했은즉 그 한 사람을 대상
으로 그의 아들을 통한 오늘의 현실을 보여주었더라면 한다. 그래야 시

| * 태평소.

상이 집중되고 구체화될 수 있을 것이다.

짧은 서정시에 두 사람의 세계를 동시에 제시하려는 것도 무리하지만 그것을 서정적 주인공의 내면세계를 시적 형상을 통해서 보여주지 못하고 이야기를 서술할 때 산문화의 위험한 경향에 떨어지고 만다.

그러기 이 시엔 파탄이 많다. 덕삼, 춘보가 "시퍼런 도끼날을 비껴들고 달려갔다"는데 어느 때 어떤 환경에서 무엇 때문에 그랬는지 구체적인 계기가 없으므로 당황케 한다. 이것도 너무 많은 이야기를 짧은 서정시란 그릇에 담으려는 데서 기인된다.

교훈은 산문화의 경향을 극복해야 하며 한 편의 시에 많은 이야깃거리를 넣어 서정을 고갈시키지 말아야 하며 시적 초점을 파고 들어야 한다는 것이다.

이 동무의 생활을 사랑하는 감정, 풍부한 현실 체험과 낙천적 희열을 소박하게 읊는 개성적 특성을 살려주기 바란다. 오로지 유의할 것은 소박성만으로는, 또한 생활 체험 자체로서는 시가 되지 않는다는 점이다.

창작에서 생활 감정을 시적 세계에까지 끌어올려 승화시키며 형상화 과정에서 서정적 운율과 함축을 잊지 말아야 한다.

이상으로 신인들의 시에 대하여 느낀 바를 허물없이 찾아오는 동무와 서로 원고를 펴놓고 담화하듯 적어가노라니 지면이 초과되었다. 그래 나머지 시편들에 대한 인상은 생략하고 몇 마디 일반적인 경향에 대한 느낌을 적는다.

×　　×

처음에도 말했지만 요즈음 신인들의 수준이 전반적으로 높고 각기 자기의 목소리로 현실에서 체험한 생활 감정을 소박하게 노래하려고 한다.

따라서 주제에서도 추상적이 아니고 구체적이며 형상에서도 시를 알고 다룰 줄 아는 것은 기쁜 일이다.

그런데 이달 시편들을 통해 감촉되는 점은 아직도 독자적 개성의 세계를 보여주지 못하고 생활에서 보다 새로운 것을 탐구하지 못하고 있다.

이것은 11, 12호 시 전반을 읽고 깊이 인상에 오래 남는 시들이 적은 것으로도 증명된다. 일정한 수준엔 올랐는데 무난하다는 정도로 이렇다 할 새 신인을 발견한 홍분을 못 느끼게 된다.

그 원인이 어데 있겠는가? 대개 두 가지로 나눌 수 있는바 우선 한 편의 서정시에서 서정적 주인공의 내면세계를 탐구하고 시상을 심화시키려는 노력이 부족한 점이며 또한 형상화 과정에서 거의나 산문화 경향에 빠져 있는 데 기인된다.

시에서 주제—사상은 감정의 구체성을 통하여 표현된다. 또한 생활 현실과 이야기도 서정적 주인공의 내면세계를 통해서 보여준다.

때문에 서정적 주인공—시인의 부단한 탐구와 대상에 대한 깊은 사색이 필요하고 이를 통해 한 편의 시에서 시상을 심화시켜야 할 것이다.

이를 위하여 무엇보다도 시에서 포착된 소재를 시인의 감정을 통해 여과시키고 시적 세계로 승화시키는 노력, 일정한 탐구와 모색의 과정이 필요한 것이다.

많은 체험의 축적과 오랜 감정의 누적이 폭발되어 노래하지 않을 수 없는 절박한 감정으로 될 때 비로소 좋은 서정시 한 편을 얻는 것이다.

이런 창조적 고민과 험난한 행로를 통해서만 개성적 세계는 형성되고 더욱이 신인으로서의 독자적 개성을 보이게 된다.

그러기에 신인에게서 우리가 요구성을 높이는 것은 비록 첫출발에서 표현이 유창하고 능란하지 못하더라도 깊은 사색과 탐구를 통한 개성적이며 독자적인 성격인 것이다.

이는 창작 태도와 관련된다. 한편의 시를 쓰기 전에 그 시인이 모대기고 느끼고 모색한 자욱이 보일수록 거기에는 시인 자신의 개성적 얼굴이 나타난다.

다음 이달 시편 중 전반에 걸쳐 농촌 주제 외의 시들에서도 공통적으로 느낀 바는 산문화의 경향인데 이는 우리 시문학에서 요즈음 논의되고 경계하는 점이다.

그런데 특히 신인들의 시에서 이 문제를 논하게 되는 것은 형상의 안일성에서 온다고 나는 본다.

시는 어디까지나 운율을 통한 감정의 표현이다. 운율이라는 것은 비단 형식에만 국한되는 것이 아니다. 즉 정형시의 규격을 통한 운율 조직도 있고 자유시의 내재율도 있다.

시에서 감정의 기복을 따르는 흐름과 호흡이 격할 때 이미 시는 운율을 잃어버린다. 자유시라고 하더라도 언어의 음향, 연과 행의 연결과 배치에서 오는 감정의 흐름과 밀도가 산만하고 약할수록 그만큼 인상을 주지 못한다.

요즈음 신인들의 시에서 창작적 경향은 거의나 이런 점을 고려하지 않고 산문적 서술 형태거나 설명에 떨어지고 있다.

좀 더 고전시를 연구하고 우리 시문학의 우수한 시들이 가지는 서정적 특성—민족적 운율과 시적 호흡에서 배워야 할 것이다.

그렇지 않을 때 시는 균형을 잃고 흐름이 깨여져 조화를 이루지 못한다. 따라서 소설의 한 토막을 줄만 떼서 놓은 것 같으며 외국 시의 번역을 읽는 감을 준다.

더욱이 시적 흐름과 호흡을 무시할 때 감정의 기복과 파동을 통한 서정이 안겨오지 못하고 인상이 집중되지 못한 토막글로 되든가 잡다한 형상의 나열에 그치게 된다.

이것은 결국 형상화 과정에서 서정시의 특성인 감정의 집약화와 표현의 함축성을 잃어버리고 산만성을 초래함으로써 안일한 창작 태도로 된다.

좋은 시는 어디까지나 선명한 인상을 가지고 오래 읊어지는 시일 것이다. 이것은 단지 형식 문제에 그치지 않는다. 시인의 개성, 정열과도 관련되는바 시적 세계에로의 부단한 탐구와 침투에서 얻어지는 것이다.

이상에서 지내* 높은 요구성에서 말한 바 없지 않지만 이는 신인들에 대한 기대가 크기 때문이며 현재의 수준에서는 능히 해결할 수 있기 때문이다.

—《청년문학》, 1966년 1월.

---

| * '너무'의 북한어.

# 시의 주제를 탐구하는 길에서

## ―「낙원산수도」를 두고

「낙원산수도」는 창성을 노래한 시초이다. 즉 황금산으로 전변된 두메 산골의 이야기를 주제로 한 것이다.

그런데 산에 대한 시편들을 놓고 바닷가에 와서 쓰게 되는 것도 기연 이라고 할까? 더욱 편집자의 분부대로 시에서 주제를 탐구하는 문제를 중심으로 생각하게 되니 안 그렇겠는가.

요즈음 나는 해변의 모래불을 산책하면서 많은 것을 생각한다.

바다에 대하여 , 아름다운 향토와 산천에 대하여…….

송단을 두고 말하더라도 얼마나 좋은가. 파도가 흰 거품을 물고 부서 지는 백사장을 끼고, 두루 몇십 리―가도 가도 끝 모를 솔밭 우거진 동 해의 명승지 송단. 송단松端이란 이 푸른 솔밭이 끝 간 곳에 자리를 잡은 고장이라고 이름 지었을 것이다.

옛사람들이 이것을 노래해 창송대월蒼松帶月이라 읊었다거니 때마침 초가을이라 달빛 아래 울창한 솔밭이 뻗어 띠를 두른 듯 펼쳐졌다.

이곳에 같이 온 몇몇 시인들과 더불어 시에 대한 이야기를 주고받으 며 주제를 탐구하는 데 대해서도 말해보았다.

어떤 벗은 말하기를 "나는 요즈음 바다에 대한 시를 쓰려고 생각하는데 많은 상이 떠오르면서도 자기로서 무엇인가 새로운 것을 붙잡지 못하고 있다. 천 년 전에도 사람들은 바다를 읊었다. 그런데 자기의 것을 찾아야지 않겠는가."고 창조적 고민을 피력한다.

바다를 노래한 시의 주제는 바다일 것이다. 허나 바다를 보는 매개 시인의 각도는 같지 않다.

바다를 통해서 그 시인이 무엇을 보여주고 말하려 하는가, 무슨 이야기를 어떻게 오래 했는가. 여기에 주제의 구체적 측면이 있다.

또한 시인의 개성—사상과 체험과 성격 및 사색을 통해서 주제는 제각기 다르게 개성적으로 나타난다.

시인이 자기 개성적 세계를 거쳐 그 주제에 새로운 의의를 부여하고 새 세계를 개척할 때 문학적으로 가치 있는 주제가 될 것이다.

즉 여기에 주제에서 이르는바 시의 발견이라는 것이 있다.

쏴쏴 기슭에 부서지는 파도 소리는 태고로부터 같은 곡조를 되풀이하는 상싶다. 그러나 어제도 오늘도 그 음조를 듣는 사람에게 제각기 새롭고 다른 느낌을 안겨주고 다르게 들리는 바다의 노래! 단조로운 듯하면서도 천변만화하는 바다의 비밀!

실로 문학의 주제도 이런 것이다. 바다를 노래했다고 하여도 바다 일반이 아니라 시인이 보여주려는 사상, 이것이 바로 매개 작품이 가지는 문학적 주제이다.

다시 말하면 바다라는 소재를 통해서 조국의 자연, 고향에 대한 사랑, 또는 풍랑과 싸우는 인간의 운명 등등 구체적 측면으로 나타난다. 이렇게 작품에서의 주제는 개성적이다.

그런데 이 주제는 손쉽게 얻어지는 게 아니다. 왕왕히 현실 생활에서 시인이 포착하려는 주제가 처음엔 몽롱하고 명확히 떠오르지 않을 때가 많다.

소재는 좋은데 여기에 자기주장, 사상을 부여하지 못하고 모색한다. 이 모색과 탐구를 거쳐 주제가 형성된다.

때문에 문학에서의 주제를 탐구하는 길은 현실 생활의 광활한 대해의 밑바닥에 뿌려져 있는 진주를 캐는 작업과 같다고 할까? 이 부단한 탐구, 긴장된 노력을 거칠 때 주제는 비로소 광채를 발휘한다. 즉 생활의 본질을 탐색하는 시인의 모대김을 통해서 탄생한다.

그러면 바다의 이야기는 이만하고 산으로 돌아가자. 내가 「낙원산수도」를 쓰던 황금산을 찾아가자.

창성 땅을 찾은 것은 1960년 초가을이었다. 국경 도시 신의주의 부두에서 발동선에 몸을 싣고 압록강을 거슬러 오르며 벌써 눈앞에는 전변된 창성의 모습이 떠올랐다.

삭주에서 창성골까지 버스를 타고 성굴령 고개를 넘어서니 다시 문지령 험한 산길이 가로놓였다. 이 두 고개가 아흔아홉 고개라 한다. 흔히 굽이굽이 높은 고갯길을 양장구곡이라고 하는 표현이 있지만 험준한 산발이다.

자동차가 겨우 령을 넘으니 우뚝 비래봉 소소리 높은 봉우리가 솟았는데 그 밑에 자리 잡은 자그만 고을이 창성이었다. 우리 일행은 첫날 첫걸음부터 황홀했다. 가는 곳마다 펼쳐지는 새 세계—산간 마을의 변모된 현실에 압도되고 말았다.

우선 골짜기를 감도는 영주천 기슭을 따라 수많은 공장들이 일떠선 것이다. 오늘에야 창성군의 모습을 누구나 다 알겠기에 구구히 묘사하지 않겠거니와 그때만 해도 지난날 사람 못 살 곳으로 알려진 심심 산촌 산간벽지에 일어난 변모는 놀랍지 않을 수 없었다.

이런 변화, 이런 기적이 수상 동지께서 몸소 다녀가신 지 불과 2년 남짓한 사이에 이루어진 것이다.

여기서 받은 인상이 너무 강렬했다고 할까, 너무나 많은 소재와 새로운 이야기에 흥분했다고 할까, 어떻든 현실 생활에서 얻은 감격을 가라 앉히지 못하고 말았다. 이것은 돌이켜 보건데 나뿐만이 아니었으리라. 그때 같이 갔던 동무들도 모두 그랬던바 인차 쓴 시들이 잘해서 황금산에 대한 찬가라고나 할는지, 일반적인 감격과 현상을 노래하고 소개하며 시인의 주정을 토로하는 데 그쳤다.

내가 그때 쓴 시「비래봉 기슭에서」를 놓고 본다 하더라도 어떤 구체적인 초점이 없이 황금산 전반에 대한 이모저모의 특징을 나열하고 서술해 가며 시인의 주관적 주정을 노출시킨 데서 결국 좋은 시가 되지 못하고 말았다.

내가 왜 이런 예를 드는가 하면 현실에 대한 인상이 아무리 강하고 주관적 의도가 좋았다 하더라도 주제가 성숙되지 못했을 때 열매를 맺을 수 없다는 것이다.

나는 창성에서 돌아와 소재들을 정리하기 시작하였다. 그러나 아직 소재는 소재대로 있고 사상과 감정이 용해되지 못한 채 날이 흘렀다.

본시 나는 농촌 생활을 많이 해보지 못한 만큼 이 부문의 시편도 적거니와 창성으로 갈 때도 그처럼 큰 기대까지는 못 가졌었다.

그런데 보고 느끼고 감수한 현실—창성의 모습은 강하게 남아 있고 시초로 엮을 수 있는 몇몇의 소재들은 종내 잊을 수 없었다.

사정으로 이 소재를 품은 채 약 2년이 지나갔다.

그사이도 창성 시초를 잊은 적은 없었다. 기회가 있을 때마다 창성에 대한 자료와 관련된 글이면 무어나 따두고 읽어보며 소재를 넓히고 심화시켜 온 것은 사실이다.

그래 이번에는 우선 처음 흥분이 가라앉고 일정한 거리와 위치에 서서 자기의 눈으로 주제 및 소재를 다룰만한 여유가 생겼다. 이때 비로소 이러저러한 소재들을 종합하고 선택하여 내가 이야기하려는 사상의 핵을 발견할 수 있는 서광이 비쳤던 것이다.

이것은 또한 주제가 성숙하기까지는 일정한 시간이 필요함을 말해준다. 즉 현실의 다양하고 복잡한 흐름 속에서 시로 노래하려는 주제—사상이 시인의 정열로 여과되고 연소되어 감성화될 때 좋은 시가 나온다.

때문에 하나의 주제를 잡을 때 너무 초조하게 덤비지 말고 익혀야 할 것이다. 그렇다고 모든 시가 오랜 시일, 일정한 기간을 반드시 거쳐야 되는 것은 물론 아니다. 짧은 시일 내에 쓴 시가 성공할 수도 있다.

이때에도 창작하는 시간은 짧아도 이미 시의 주제를 얻기 위한 시인의 누적된 감정, 축적한 체험이 풍부했기 때문에 성공하는 것이다.

즉 노래 부르지 않을 수 없을 만큼 그 주제가 시인의 내부에서 성숙되었고 탄생을 재촉할 때 비록 짧은 시간에 썼다고 하더라도 끓어 넘치는 정열이 형상의 옷을 입힌 것이다.

요는 좋은 시의 탄생을 위해서는 어디까지나 주제 탐구에서부터 진통기를 겪어야 함을 말한다. 그러기에 우선 주제를 끝까지 꾸준히 탐구하고 모색하며 심화시켜야 한다.

무릇 좋은 시란 손쉽게 얻어지지 않는다. 한 시인의 창작 계열에서도 일상적인 긴장된 창조적 노력과 부단한 사색, 풍부한 체험을 축적하는 길에서 몇 편의 좋은 시를 진주처럼 캐게 된다.

이렇게 해서 주제를 포착하고 상을 익힌 뒤에 그 주제에 형상화 과정을 통하여 감성적 옷을 입히는 작업이 시작된다. 그런데 주제를 탐구하는 길은 이 형상화 과정에도 계속되는 것이다.

다시 말하면 주제가 작가—시인의 머릿속에서 익는 데 끝나지 않는다. 한 편의 시를 완성하는 과정에서 주제가 살기도 하고 못 살기도 한다. 또한 주제의 중심 방향이 달라질 때도 있고 시인에게 주제가 항거하기도 한다.

이것은 문학적 형상화의 복잡한 과정을 말해주는 것이다. 때로 시인이 처음에 생각한 대로 나가지 않고 글을 쓰고 다듬는 행정에서 자기도 뜻하지 않은 시상을 발견할 때가 많은바 바로 이는 형상의 독자성을 말한다.

쑥스러운 대로 내 작품을 놓고 그 주제의 탐구—형상화 과정에서 느낀 몇 가지 문제를 이야기하겠다.

창성 시초를 구상하며 맨 먼저 쓴 시가 「낙원산수도」였다. 이 시는 시초의 첫머리에 놓일 시로서 전반적인 창성의 모습에서 내가 말하려는 중심 주제를 제시하려는 의도였다.

창성 시초의 일관된 주제는 역시 사회주의 제도하에서 당의 영도 밑에 전변되는 산간 마을의 새로운 생활이다.

그런데 수많은 소재들이 제각기 자기의 매력을 가지고 있는 데서 이것을 통일시키는 기본 사상의 중심을 찾아야만 했다. 그것은 무엇인가? 산간벽지에까지 황금산으로 꽃피게 하신 수령의 영도의 현명성이다. 이에 대한 인민의 끝없는 감사와 흠모를 시인이 대변하여 노래하는 것이다.

그러나 이는 아직도 일반적 명제다. 이것을 어떻게 감성화된 서정을 통하여 개성적 내면세계를 개방하면서 새로운 것을 발견할 것인가.

처음 시 「낙원산수도」는 시인이 본 창성 땅의 자연과 생활을 한 폭의 그림으로 표상하며 여기에 변모된 산촌의 풍경과 사람이 우리 시대의 아름다운 산수도를 펼쳤다고 노래하는 데 그쳤던 것이다.

이것만으로써는 무엇인가 부족했다. 그야말로 한 장의 그림을 보듯 서경적 묘사에서 더 나가지 못하고 그저 무난하고 안온한 시편에 불과

했다.

무엇이 부족한가? 찾지 못하고 안타깝게 생각하던 나머지 시초의 기본 사상―주제인 수상 동지의 영도, 현지 교시와 관련시켜 보았다.

그래 결구에 가까운 두 연을 얻었는바

즐거움 넘치는 새 살림 속에
기쁨으로 꽃피는 노래의 동산―
아, 그이는 창조하셨네,
이 궁벽한 산촌에 낙원산수도 한 폭
굽이굽이 높은 벼랑길 감돌아
찾아오신 수상 동지께서는
한낱 색깔과 선으로가 아니라 인간의 생활로
여기 금빛 찬란한 낙원을 펼치셨구나.

이 결구 마지막 연이 있음으로 해서 비로소 시가 새로운 각도로 광선을 비치게 되었다.

물론 잘된 것은 못 되더라도 역시 한 편의 시가 살아나는 대목이 여기에 있고 서정시의 핵이 나온 것이 아니겠는가? 이것은 기쁜 일이었다. 창조적 기쁨이라고 할까, 모대기다 찾아낸 진주를 얻은 기쁨이 아닐 수 없었다.

내 시의 계열에서 시초 「낙원산수도」가 그리 떨어지지 않는다고 한다면 첫 시의 인상과 주장이 매개 시편들을 끌고 나갔기 때문이리라.

원래 자기 시를 놓고 이러저러한 말을 하는 게 쑥스러울 뿐 아니라 창작 경험이라고 하지만 각별히 남다르게 쓸 이야기가 있을 리 만무하다.

시 쓰기를 좀 오래 다루어왔다고 하는 내 자신 아직 창작에서 확신을 가지기는커녕 갈수록 스무산이라 시 창조의 밀림을 헤매고 있다.

그러나 내친걸음이니 좀 더 주제에 대한 이야기를 중심으로 전개해 보자.

시 「낙원산수도」의 끝 두 연이 없다면 주제에서도 고작 새 창성에 대한 송가, 변모된 산촌의 모습을 노래한 시로 그쳤을 것이다.

두 연의 결구로 하여 주제가 명확히 떠오른바 수령의 영도의 현명성을 시로써 천명하는 시가 되었다.

이렇게 형상화 과정에서 주제에 새로운 의의를 부여하기도 하고 두드러질 수도 있다.

주제—사상을 해명하고 시인이 자기주장을 내세우는 데 논리나 서술 또는 설명으로가 아니라 시적 형상으로 표현해야 한다. 그것도 시인의 개성적 내면세계를 통하여 독창적으로 새로운 발견이 있어야 할 것이다.

첫 시가 어지간히 되니 다음 시편들은 비교적 순순히 풀려나왔다. 본시 소재가 새롭고 풍부한 만큼 시상도 자연스럽게 흘러나왔다.

「문지령 고갯길」은 첫 시에서 제시한 주제를 더욱 구체적 형상과 계기를 설정해 천명한 시다. 바탕에 깔린 생활은 문지령 고개를 넘어가고 넘어오는 창성 사람들의 어제와 오늘을 보여주면서 수령의 원대한 구상이 실현되는 오늘의 기쁨을 노래하려고 했다.

이 시에서 오늘의 모습을 어떻게 표현할 것인가. '황금산의 보물을 가득히 싣고 고개 넘어 달리는 자동차의 행렬'이라든가 고작해야 머루다래 산열매 따는 처녀들, 구름처럼 흐르는 목축의 떼…… 등등 상식적인 현상을 나열한댓자 시로서 맞아떨어지지 못한다.

생각던 나머지 서정적 주인공인 시인이 평양으로 가시는 할머니를 버스 안에서 만난 장면을 넣었다.

―할머니 어데루 가시는 길입니까?

　―대학 다니는 손주딸이 오래서

　　평양 구경 떠나는 길이우다.

　즐거운 듯 바라보시는 가을 하늘에

　행복을 싣고 수리개 한 쌍 훨훨 떠가네.

이로써 행복한 오늘의 생활에 대한 상징을 주었다.

　요컨대 주제란 시인의 의도를 노출시켜도 안 되고 잡다한 소재에 파묻혀도 안 된다는 것을 말하고 싶었다. 이런 예로서 「창성 향토지」를 들 수 있다.

　나로서는 창성의 쓰라린 고난 많은 과거의 역사를 노래함으로써 황금산 시초의 서시 형태로 배합하려 하였다. 발표된 것은 따로였지만 창성 주제의 시편들을 엮어나가는 데 기본 전제로 설정했다.

　그러나 성공하지 못하고 말았다. 왜 그런가? 이 시는 적지 않은 기간을 포함한 과거 역사와 자연과 사건을 서술하는 형식으로 끌고 가다 보니 시의 초점이 희미하고 시인의 주관적 의도만 노출되었기 때문이다.

　차라리 시편 속에 창성에서 오래 살아온 서정적 주인공을 통하여 그가 지나온 과거를 더듬는 회상으로 했다 하더라도 좀 더 소박하고 진실하게 되지 않았을까?

　결국 구체적 계기를 통하여 시인의 내면세계를 개방하지 못하고 소재에 끌려갔을 때 좋은 시가 나올 수 없는 것이다. 또한 시인의 주정 토로가 시적 계기도 없이 추상적 개념에서 벗어나지 못할 것은 자명한 일이다.

　여기에서 교훈은 한 편의 시를 쓸 때 그 주제를 살리기 위한 구체적 계기를 찾아야 한다는 것이다. 이 구체적 계기는 현실 생활과 인간 감정의 다양한 화폭 속에서 발견된다.

내가 이상에서 약간 지루하다 하리만큼 말한 것을 결론지어 보자.

시 창작의 첫 작업 공정은 주제의 탐구에서 시작된다. 주제란 무엇인가? 시인이 한 편의 시에서 무엇을 말하려고 하며 보여주려는가 하는 주장이며 내포하고 있는 내용—사상이다.

주제는 개성적이다. 같은 주제라고 하더라도 문학적으로 형상화된 주제는 매 시인의 체취, 스찔,* 성격에 따라 다르게 표현된다.

이것은 또한 시인의 풍부한 생활 체험과 현실에 대한 관찰, 부단한 사색, 축적된 감정과 사상의 높이에 따라 각이하게 된다는 것을 말해준다.

따라서 주제의 탐구는 일상적인 긴장된 노력 과정에서 얻어진다. 좋은 주제를 잡게 되는 것은 이러한 부단한 탐구의 결실이며 수확일 것이다.

다시 말해서 일반적 주제란 없다는 것을 명심할 필요가 있다. 흔히 그 시의 주제를 말할 때 이것은 사회주의 건설이요, 이것은 조국 통일 등등 임의로 해석한다. 그러나 엄밀한 의미에서 이런 것은 주제를 중심 내용에 따라 범주상 분류하는 방식에 불과하다.

때문에 시에서 주제가 명확하고 뚜렷하며 선명해야 한다. 일반적 명제에 따라 막연히 쓴 시는 시적 초점이 희미할 뿐 아니라 사상의 심도도 없고 독창적 발견도 있을 수 없다.

새롭고 참신한 주제—이것은 벌써 그 시의 개성적 성격이 두드러졌다는 것을 말한다. 구체적 계기에서 포착된 주제는 생활적 소재를 있는 그대로가 아니라 시인의 내면세계를 통하여 질적으로 변화시키고 서정적 감성에까지 승화시켜야 한다.

이렇게 말하기는 쉽지만 실지 창작에서 쉬운 일이 아니다. 한 편의

---

| * стиль. '문체'를 뜻하는 러시아어.

시에 시인의 개성적 세계, 독창적 스찔, 새로운 발견을 얻는다는 것은 참으로 힘들다. 한 시인의 창작 계열에서도 좋은 시가 그리 흔한 것이 아니다. 때문에 더욱 좋은 시를 낳기 위해서는 부단한 탐구와 노력이 필요함을 말해준다.

신인이란 문학의 새 세대이다. 우리 시의 보물고에 새로운 재부를 들고 나와 풍부하게 화랑을 장식해 줄 사명을 지니고 있다. 실로 이런 데서 신인에 대한 요구성도 강하고 높아지는바, 시의 젊은 세대들이 제각기 풍만한 현실 체험과 부단한 사색으로 개성적이고 독창적인 세계를 개척하자.

창을 열고 바라보면 가없이 푸른 동해 바다가 한눈에 안겨온다. 잔잔하다가도 노호하며 파도치고 끝없이 푸른가 하면 다시 검푸르게 폭풍을 안고 설레이는 바다! 이것이 바로 시의 세계이며 신인들의 기백일 것이다.

바다 같은 풍만한 서정을 안고 장엄한 낭만을 지니자. 영원히 정지를 모르는 청춘의 정열로 시를 쓰는 세계—젊은 시절이 부럽다.

—《청년문학》, 1966년 2월.

# 북의 시인 안룡만

_이인영

1

    식민지 시대에 문단에 나왔음에도 불구하고 안룡만의 생애나 활동상을 확인할 수 있는 자료는 그리 충분하지 않다. 1935년 일간지 신춘문예에 당선된 다음 소개된 간단한 이력과 해방 후 북한에서 간행된 개인 시집의 발문, 그리고 1960년 조선작가동맹출판사가 발간한『현대조선문학선집 11』에 수록된 작가 소개를 토대로 요량이 가능할 따름이다. 개인 시집의 발문과『현대조선문학선집 11』에 소개된 전기적 사실 사이에 다소의 차이는 존재하지만, 이들을 종합하여 안룡만의 생애 및 해방 전후 활동상을 재구성해 보면 다음과 같다.

    안룡만은 1916년 1월 18일 평안북도 신의주 진사리에서 태어났다. 1956년 간행된『안룡만 시선집』발문에서 김우철은 "혁명가인 그의 아버지 안병찬 선생은 3·1운동 이후 해외에 망명하여 투쟁하다가 그가 일곱 살 나던 해, 쏘중 국경 도시인 만주리에서 왜경에게 피살되었다."고

적고 있는데, 이에 근거한다면 안룡만의 아버지는 1881년 평안북도 의주에서 출생하여 변호사로 활동한 안병찬으로 추정된다. 안병찬은 1910년 안중근, 1911년 이재명의 변론을 담당한 것으로 알려져 있으며, 1919년 대한독립청년단 총재를 역임하고 1920년 상해 임시 정부에서 암약하다가 1921년 만주에서 피살되었다고 전한다.(김효전, 1997년)

이같이 결코 평범할 수 없는 가정 환경에서 성장한 안룡만은 신의주에서 보통학교를 졸업하고 1928년 삼무중학교에 입학하지만, 1929년 광주학생운동의 여파로 발생한 동맹 휴학 사건에 연루되어 출학당하고 만다. 범속치 않은 가정 환경과 중학 시절의 경험 때문이었을까. 일찍이 식민지 현실과 계급 모순에 눈뜬 청년들이 그러했듯이 안룡만 역시 계급문학에 대한 관심으로 습작 활동을 시작한다. 출학 후 고향에서 소일하던 소년 안룡만이 창작에 첫발을 내딛게 된 것은 '국경 프롤레타리아 아동문학연구회'와 동인지 활동을 통해서였다. 안룡만이 김우철, 이원우 등과 더불어 조직한 '국경 프롤레타리아 아동문학연구회'는 참여자들의 연령이 15세 전후였던 것으로 보아 전문적인 문학 연구 활동으로서의 성격보다는 문학에 뜻을 둔 어린 소년들의 치기 어린 창작 동호회로서의 성격이 강했을 것으로 판단되며, 모두 4호까지 발간되었다고 전해지는 동인지《별탑》역시 그러한 성격에서 크게 벗어나지 않았으리라 여겨진다. 당시 안룡만 등이《신소년》과《별나라》에 기고하고 있는 작품 수준이 이를 뒷받침한다. 그럼에도 불구하고 문학회 및 동인지 활동은 안룡만 시 세계의 사상적 방향을 일찌감치 결정짓는 계기가 되었다는 점에서 주목할 만하다.

이후 안룡만은 경성의 명동에 위치한 양화연구소에 1년 반 정도 다녔으며, 역시 1년 반가량 일본에 머물렀다고 한다. 북한 기록에 의하면, 안룡만은 도일하여 '일본전국노동조합협의회' 등에서 활동하였다고 하는

데, 그가 정확히 언제 일본으로 건너갔는지, 조직 내에서 실제로 어떠한 임무를 담당했는지에 대한 자세한 내용은 현재로서는 확인하지 못하였다. 고향에서의 문학회 활동이 일본의 압력에 의해 오래 지속될 수 없었다는 기록과 경성 거주 기간을 고려할 때, 북한 자료 사이의 불일치에도 불구하고 도일 시기는 1931~1932년경으로 어림짐작할 수 있지만, 일본 내 활동상과 관련해서는 체험적 요소가 반영되었을 것으로 추정되는 그의 작품 외에는 전무한 형편이다. 다만 안룡만의 일본에서의 체험은 그의 본격적인 시작 활동에 내적 동력이 될 뿐만 아니라 그의 전체 시 세계에서 원체험으로 작용한다. 뒤에서 살펴보겠지만, 안룡만이 해방 전 발표한 작품들은 모두 일본에서 이루어졌을 것으로 짐작되는 노동 운동 체험과 조직 활동을 주요 제재 및 소재로 삼고 있으며, 이를 모태로 한 작품들을 해방 후에도 여럿 발표하고 있기 때문이다.

2~3년간의 일본 생활 후 신병 치료를 목적으로 1934년 초 귀국한 안룡만은 그해 봄 전국을 휩쓴 카프 맹원 검거 사태 가운데 피검되었다가 가을에 출감하였다고 전한다. 역시 안룡만이 카프와 어떤 조직적 연계를 맺고 있었는지에 대해서는 알려진 바 없는데, 귀국 직후였으므로 설사 관련이 있었다 하더라도 피검의 사유가 될 만한 활동을 하였을 것으로는 간주되지 않는다. 안룡만이 해방 전 김우철, 이원우 등과 교류하고 있었다는 점을 참고로 할 때(특히 김우철과는 해방 후에도 문학 사업을 함께하는 등 문학적 동지 관계를 유지해 간다.) 그에 따른 결과가 아니었는지 추측할 따름이다.

안룡만이 문단 중진들의 극찬 속에 신예로서 주목받기 시작한 것은 1935년 《조선중앙일보》와 《조선일보》 신춘문예에 동시에 당선되면서부터이다. 일본에서의 노동 운동 및 조직 활동 체험을 형상화한 시 「강동의 품—생활의 강 아라가와여」를 두고 당시 《조선중앙일보》 신춘문예 심사

위원이었던 박팔양은 "기성 시인에 비해 손색이 없는 세련된 수법을 보여줄 뿐만 아니라 임화의 단편서사시를 읽는 듯하다."는 평과 더불어 안룡만의 등장을 "실로 한 개의 경이요, 동시에 의외의 수확"이라는 말로 높이 평가하고 있다. 또한 임화는 "조선프롤레타리아 시의 최초의 발전을 볼 수가 있다."고 말하면서 그의 시를 "진실한 낭만주의의 전형적 일례"라고까지 상찬하고 있다.(임화, 1940년)

하지만 문단의 기대와는 달리 이후 그의 활동은 빈약한 수준에 그치며, 나아가 1940년부터 해방되기까지 안룡만의 행적은 공백 상태로 남아 있다. 지금까지 확인한 바에 의하면, 안룡만의 해방 전 발표작은 신춘문예 당선 이전에 발표한 습작품 수준의 동시나 동화를 제외하면 모두 5편이다. 그중 3편이 당선작인 것을 감안한다면, 안룡만의 해방 전 발표작은 고작 2편에 지나지 않는다. 또 당시 일간지에 실린 몇몇 평자들의 글을 종합해 볼 때, 안룡만은 1940년을 전후로 하여 거의 문단 활동에 나서지 않았던 것으로 추정된다.

그렇다면 촉망받는 신진으로서 화려한 데뷔를 하였던 시인이 불과 몇 해 지나지 않아 문단에서 자취를 감추다시피 하게 된 사정은 무엇인가. 이와 관련해서는 다음과 같은 해석이 가능하다. 먼저 2차 도일 가능성과 그로 인한 작품 활동의 어려움을 꼽아볼 수 있다. 북한 자료에 따르면 안룡만은 1938년 재차 도일하여 니혼 대학 예술과와 메이지 대학 신문과에 적을 두었다고 한다. 하지만 이는 현재로서는 신빙성 여부를 확정하기 어려운데, 식민지 말기 일본 거류 조선인의 경우 징병이나 징용으로부터 자유로울 수 없었다는 점을 염두에 둔다면 이 시기에 그가 일본에 거류하고 있었다고 보기에는 미심쩍은 부분이 적지 않기 때문이다.

좀 더 무게를 둘 수 있는 것은 안룡만의 거취이다. 당선 당시는 물론이요, 당선 이후에도 안룡만은 고향인 신의주에 주로 거주했던 것으로 보인다. 신의주 출신이면서 계속 그곳에 머물고 있는 시인이 경성 중심의 문단 활동에 활발히 참여하기란 당시로서는 수월치 않았을 것이다. 기등단 작가임에도 불구하고 안룡만이 1939년 《동아일보》 신춘문예에 거듭 응모하고 있는 것에서 시인이 처한 대내외적 상황을 유추해 낼 수 있다.

마지막으로 시인 의식의 빈곤을 들 수 있다. 안룡만의 해방 전 발표작들은 모두 일본에서의 체험을 시화한 것이다. 식민 지배국에서의 노동운동 참여라는 독보적인 경험은 안룡만의 해방 전 작품들의 특이성과 참신성을 보장하는 근거가 되었다. 하지만 시인은 등단 이후 객관 현실과의 접맥 속에서 개인적 체험의 외연을 확장해 가는 작업을 보여주지 않는다. 이 같은 시인 의식의 한계가 활발한 문단 활동에 장애가 되었을 가능성도 없지 않다.

안룡만의 행적은 해방 후 보다 명확해진다. 그는 1945년 9월 설립된 조선프롤레타리아문학동맹에 일원으로 참여하였을 뿐만 아니라 같은 시기에 신의주에서 김우철 등과 함께 《서북민보》를 창간하였고, 1946년에는 조선공산당 평안북도위원회 기관지 《바른말》 편집에 관여하였으며 첫 시집 『동지에의 헌사』를 상재하였다. 즉 안룡만은 해방 이후 줄곧 신의주 및 평안북도에 머물면서 북한 프롤레타리아 문학 건설에 일익을 담당했던 것으로 보인다. 따라서 안룡만을 월북 시인으로 규정하면서 그의 월북 시기를 1948년으로 추정하고 있는 일부 남한 연구 결과는 수정되어야 마땅하다.

북한에서 안룡만은 한국전쟁기에 평양에서 활동했던 것 외에는 주로 압록강 유역에 거주하면서 북조선 문학예술총동맹 평안북도위원회 위원장을 지냈고, 『나의 따발총』(1951년), 『안룡만 시선집』(1956년), 『새날의 찬가』(1964년) 등 3권의 시집을 더 발간하는 등 북한 내 중견 작가로서의 지위를 확고히 한다. 특히 체제의 정당성과 그에 대한 투철한 신념을 기저로 하면서 전쟁 승리에의 의지를 그려내고 있는 「나의 따발총」은 북한 문학사에서 "영웅적 불패성, 용감성과 대담성을 시인의 격동적인 내적 체험 세계의 진실성을 통하여 보여"준 수작으로 칭송되며, 누구보다 충실히 당 문예 창작 방법을 수용하고 있는 전후 복구기 작품들 또한 "당에 대한 충직성, 노동계급의 강철의 의지"를 영웅주의적으로 형상화해 낸 것으로 평가받는다.(사회과학원 문학연구소, 1959년) 또한 그의 전쟁기 작품은 대표적인 북한 문학으로서 이기영, 윤세중의 작품과 더불어 소련에 번역 소개되기도 하였다.

이후에도 체제 찬양시와 풍자시를 발표하며 지속적인 작품 활동을 하던 안룡만은 1969년 10월 이래 더 이상 작품을 발표하지 않는다. 정상적으로 활동하던 북한 작가가 갑자기 문단에서 사라진 경우에는 두 가지로 그 이유가 압축될 수 있다. 정치적 제거와 사망이 그것이다. 안룡만의 경우는 후자일 가능성이 높은데, 해방 후 진행된 북한 문인들의 일련의 숙청 과정에서 드러나는 몇 가지 특징들, 이를테면 남한 출신이거나 카프, 또는 소위 소련파나 연안파와의 관계에서 안룡만이 상대적으로 자유로웠다는 점이 전자의 가능성을 적게 하기 때문이다.

이와 같이 안룡만은 식민지 시대에 화려한 스포트라이트를 받으며 문단의 기대주로 등장하였으며, 해방 후 북한문학사에서도 중요 작가로 거론될 만큼 분명한 문학사적 거취를 남긴 시인이다. 하지만 식민지 시대에는 중앙 문단과 소원한 관계를 유지하고 있었고 분단 이후에도 주로 평안북도나 압록강 지역에 머물면서 북한 문단의 정치적 헤게모니로부터 비켜서 있었다. 이는 역사적 전변과 정치적 격변의 소용돌이 가운데에서도 안룡만이 명맥을 보전하며 창작 활동을 지속할 수 있었던 까닭일지 모른다.

2

근대 시인들 가운데에는 습작 시절 동시를 창작한 예가 적지 않으며, 심지어 기성 시인으로 활약하다가 아동 문학으로 전향한 경우도 있다. 전자의 대표적인 시인이 윤동주와 정지용이라고 한다면, 후자의 범례로는 백석을 들 수 있다. 물론 이들이 동시 혹은 아동 문학 창작에 몰두했던 이유는 같지 않으며, 또 아동 문학 창작을 겸하는 예가 시인들에만 국한되는 것은 아니지만, 시인들의 경우 운율과 리듬을 속성으로 하는 시의 장르적 특성상 동시에서 시 혹은 시에서 동시로의 전향이 보다 가능했을 것으로 보인다.

안룡만의 경우도 이와 다르지 않다. 안룡만은 시인으로 데뷔하기 전 4편의 동시와 1편의 동화를 발표하고 있는데, 비록 습작품의 수준을 크게 웃도는 것은 아닐지라도 안룡만 시 세계의 일단이 예비되고 있다는 점에서 주목할 만하다. 안룡만은 그의 초기 습작품에서부터 노동자 계급 또는 피착취 계급의 현실에 대한 깨달음을 주된 제재로 삼거나 각성된 주체를 등장시킴으로써 계급주의적 목적성을 지향하고 있는바, 이는 「가버린 동무야」와 「제비를 보고」에서 잘 드러난다.

난 흐르는 강물 / 돛대 달은 뱃머리 바라보며 / 햇볕을 마음껏 받으며 / 높은 콘크리―트 담벽에 지대고 있다 / 저편 공장 높은 굴뚝 / 푹푹 뽑는 연기가 무던히 희구나 // 막, 성이 나 죽겠다야 / 네가 가버릴 줄 꿈에도 몰랐단다 / 지금처럼 쉬는 시간 / 종시껏 넌 말 안 했지 / 네래 키워줬었든 난 / 네 말을 지키며 동무들과 사귄다 / 먼저 아이들을 사랑하구 / 친해 두었다는 네 말을 지키려 // 무엇보담 한 애를 끌자 / 그래 난 영호와 친한단다 / 그 애는 벌써 알어져 / 같이 모여 책도 본단다 / 친한 애를 끌자니까 좋아

하더라 // 너는 언제나 올 테냐 / 근심 말구 잘 있거라 응 / 이 공장은 내가
있으니 안심해라 / 난 죽어도 네 말을 / 끝까지 끝까지 지켜볼 테다

—「가버린 동무야」 부분

녹았다 또 얼은 / 얕은 눈을 사박사박 밟으며 / 햇놀 보아 지붕이 / 빨
갛게 물들어진 십자거리를 빠져 / 오늘 밤―일곱 시! / 모여 의논할 철의
집을 향한단다 // 잠깐 후―기다리는 애들게 / 말할 예정 세우노라 머리는
혼잡하다 / ×× 나빠복 바지 / 프린트 ××는 두 손 꼭 쥐어지고 / 열 올
라 능금같이 붉힌 볼 / 이른 첫봄의 저녁! / 싼들한 바람 스치며 희롱하드
라 // 이제껏 전선에 앉아 / 재재거리던 제비 한 마리 / 바람을 양쪽에 가르
며 / 내 귀 옆을 래레게 지나친다 / 아아 삼월이라 남쪽에서 / 북국의 첫
봄―찾아든 제비! / 날개 포동거리며 사래치는 까만 몸뚱 / 보고 있다 문
득 저 땅 봄 생각이 드구나 // 일본―모맹옷과 / 조선―흰옷 섞어 / 쾌활한
얼굴 왔다 갔다 하구 / 기쁨에 넘치는 말소리 / 움직이는 공기에 가득 찬
본부― / 피오닐 회관에서 / 늬들과 팔씨름 겨누며 / 안 지겠다 땀 흘리든
즐거운 시절 생각난다야

—「제비를 보고」 부분

「가버린 동무야」와 「제비를 보고」는 당시 계급주의를 표방하던 대표
적인 아동잡지 《별나라》와 《신소년》에 각각 1934년 1월과 1933년 5월
발표되었다. 「가버린 동무야」의 발표 당시 저자명은 '이용만李龍灣'이지
만, 안룡만이 생존하고 있던 시기인 1960년 발간된 『현대조선문학선집
10』(조선작가동맹출판사)에서 식민지 시대에 '이용만'과 '안용민安龍民'의
이름으로 게재되었던 일부 작품들을 안룡만의 것으로 바로잡고 있는 것
으로 보아, 해방 전 이 둘을 저자로 하여 발표된 작품들은 모두 안룡만 작

으로 보인다. 이 두 작품은 소년 노동자가 노동자 비밀 회합을 조직해 가는 과정을 시적 제재로 삼는다는 점과 안룡만 특유의 시적 방법, 즉 개인적인 체험과 그에 대한 회상이 작품의 토대가 된다는 점에서 공통적이다.

「가버린 동무야」에서는 '동무'의 도움으로 각성된 시적 화자가 동무가 떠난 후 그를 대신하여 공장 동료들의 의식 개혁 작업에 앞장서는 과정을 그리고 있다. 시적 화자는 아마도 조직 활동가인 것으로 추측되는 동무의 조언과 그가 나를 '키워주었던' 방식을 좇아 동료들과 사귀면서 "죽어도 네 말을/끝까지 끝까지 지켜"보겠다고 다짐한다. 여기서 '나'의 각성의 내용이나 시적 화자가 지키겠노라고 다짐하는 '동무의 말'이 구체적으로 무엇인지는 뚜렷하지 않다. 하지만 소년 노동자들의 현실 인식의 확대 및 이를 통한 연대의 필요성을 어렴풋이나마 드러내려 한 점은 분명해 보인다.

「제비를 보고」에서도 동료들과의 비밀 모임에 참석하러 가는 시적 화자가 등장한다. 「가버린 동무야」의 시적 화자가 동무를 통해 새로운 소명 의식을 지니게 된 인물이라고 한다면, 이 작품의 시적 화자는 「가버린 동무야」의 동무 격에 해당한다. 동료들과 나누어 읽을 문건을 간직한 채 그들에게 할 '말'을 준비하며 상기된 얼굴로 약속 장소로 향하는 시적 화자에게서는 옅은 흥분과 기대감이 배어 나온다. 여기서 시적 화자에게 상기와 기대감을 불어넣는 것은 일본에서의 조직 체험과 그에 대한 회상이다. 일본에서 체험한 공산 소년단 일원으로서의 추억은 역동성 넘치는 생기로 시적 화자에게 기억된다. "쾌활한 얼굴", "기쁨에 넘치는 말소리", "움직이는 공기" 등의 시어에서 엿보이는 활기는 곧 조직의 정당성과 그에 대한 신뢰를 함축하며, '회관의 처마 밑'에서 공산 소년단원들과 함께하던 '제비'는 어린 소년단원들의 강한 결속과 승리에의 믿음을 상징한다. 이같이 밝고 기운찬 과거의 기억이 현재 시적 화자가 조성해 가는 소년부의 성공 역시 보장하는 것임은 두말할 나위가 없다.

　당시 계급주의를 지향하는 작품들이 부당한 착취를 일삼는 자본가나 지주에 대한 분노와 저항, 그에 따르는 투쟁의 정당성과 성공에의 확신을 주로 다루면서 계급 의식 고취를 목적으로 하고 있었던 데 비한다면, 위 두 작품은 이상 실현을 위한 건강하고 생동감 넘치는 어린 소년들의 활동을 형상화하고 있다는 점에서 색다르다. 게다가 위 작품들에서 제시되고 있는 소년 노동자들 간의 비밀 회합이 무자각적이며 자연 발생적인 모임이 아닌 계급 현실 파악에 기초한 노동자 계급의 연대 확충을 시사하고 있다는 점과 발표 지면이 소년들을 독자층으로 하는 아동 잡지였다는 점은 이들 작품이 당대의 전선적 과제를 소년층에게까지 확대하려는 의도를 내포하고 있는 것은 아닌가라는 추정을 가능하게 한다.

　한편 안룡만이 1930년대 초반 도일하여 일본 내 다양한 노동자 조직에서 활동하였다는 기록을 참작할 때, 위 두 작품에서 전개되고 있는 상황은 시인이 일본에서 직간접적으로 겪은 체험의 일부인 것으로 보인다. 이와 같이 회상을 통하여 개인적 체험을 시화하는 방식은 안룡만의 해방 전 시 세계에서 자주 발견되는 시인 특유의 시적 방법이라 할 수 있다. 그런 점에서 「제비를 보고」는 안룡만 데뷔작의 소년 버전이라 할 만한데, 의식적 주체로서의 기원을 일본에서의 체험에 두고 있다는 점에서 그러하다. 뒤에서 자세히 살펴보겠지만, 안룡만의 해방 전 시 세계를 지배하는, 강한 신념과 주체 의식을 바탕으로 암묵적으로나마 현실적 전망을 모색해 가려는 시적 태도는 이미 시인의 습작기 시절부터 마련되어 있었던 것이다.

　이와 더불어 시인이 자신의 경험을 형상화하는 과정에서 눈여겨보아야 하는 것은 조직이나 단체 구성원들 간의 강한 결속의 원인을 사상적 이념적인 것에서만이 아닌 생활 속에서의 끈끈함과 인간적 관계 속에서 찾고 있다는 점이다. "깨여진 화로 끼고 / 찬 다다미방에서 속삭이며 / 검둥개처럼 눈 오는 거리에서 / 패를 짜 눈싸움하든"(「제비를 보고」) 기억이야말로 삶의 원동력이요, 동지애의 원천인 것이다.

요컨대 안룡만이 문단 데뷔 전 발표한 동시들에 나타나는 이 같은 특성들은 그의 해방 전 작품들을 이해하는 데 중요한 실마리를 제공한다. 물론 시적 주제를 구체화하는 요소들이 잘 드러나지 않는다는 점과 그로 인해 작품의 밀도가 떨어진다는 점, 시적 화자가 소년으로 설정되어 있음에도 동시적 면모가 두드러지지 않는다는 점 등의 한계가 없는 것은 아니다. 하지만 당대 계급 문학 진영이 지향했던 문예 창작의 목표를 감안할 때, 이는 비단 시인만의 것이라 하기 어렵다. 그보다 안룡만의 동시에서 주목하여야 할 것은 시인이 일관되게 지니고 있었던 계급 현실에 대한 문제의식을 자신의 체험을 시화하는 과정 속에서 드러내려 했다는 점이며, 이로써 그의 시 세계의 일단이 발아되고 있었다는 점일 것이다.


3


이제까지 확인한 바에 따르면, 안룡만의 해방 전 시 작품은 모두 5편이다. 미발표작 2편이 더 있지만, 이는 해방 후 북한에서 발표되었으므로 개작되었을 가능성이 높다. 안룡만의 해방 전 시 작품은 모두 일본에서의 체험을 바탕으로 하고 있는데, 그의 데뷔작인 「강동의 품—생활의 강 아라가와여」에 나타난 밀도 높은 서정성은 당시 그에게 쏟아진 관심이 과장이 아니었음을 가늠케 한다.

가장, 매력 있는 지구였다. 강동은…… / 남갈南葛의 낮은 하늘을 옆에 끼고 아라가와〔荒天〕의 흐릿한 검푸른 물살을 안은 지대다. / 수천 각색 살림의 노래와 감정이 / 먼지와 연기에 싸여 바람에 스며드는 거리―이곳이 내 첫 어머니였다. // 내가 사랑튼 지구―강동…… 아라가와의 물이여! / 세 살 먹은 갓난애 적…… 살 곳을 찾아 북국의 고향을 등지고 현해탄에 눈물을 흘리며 가족 따라 곳곳을 거쳐 닿은 곳이 너의 품이었다. / 누더기 모멩옷 입고 끊임없이 사이렌이 하늘을 찢는 소란한 거리 빠락에서 / 맨발 벗고 놀 때 '석양의 노래'를 너는 노을의 빛으로 고요히 다듬어주었다. // 아빠, 엄마가 그 콘크리트 담 속에서 나옴을 기다리며 / 나는 아라가와의 깊은 물살을 바라보았다 / 너는 내, 어린 그때부터 황혼의 구슬픈 어려운 살림의 복잡한 물결의 노래를 들리어주었다. // 내가 컸을 때 강가에 시들은 풀잎이 싹트고 낮게 배회하는 검은 연기 틈에 따뜻한 볕이 쪼이는 봄― / 나는 아라가와의 봄노래가 스며드는 금속의 젊은 직공으로 오야지―그에게 키워 상임에까지 올랐다. 곤란한 몇 해를 겪어서.

―「강동의 품」 부분

　「강동의 품」은 북한에서도 안룡만의 대표작으로 손꼽힌다. 이 작품은 『현대조선문학선집 11』 외에 1955년 간행된 『1920~30 시인 선집』(조선작가동맹출판사)에도 식민지 시대 주요 작품으로 소개되고 있으며, 북한 문학사에서 "인간의 운명에 대한 깊은 관심과 애정의 억누를 수 없는 줄기찬 분류가 생동하는 형상 속에 표현되고 있다."(사회과학원 문학연구소, 1959년)고 평가받는다.

　어린 시절 부모를 따라 일본의 조선인 특수 지구이자 공장 지구인 '강동'에 정착한 시적 화자는 고국으로 돌아온 지금에도 그곳을 흐르던 강인 '아라가와'를 잊지 못한다. 아라가와는 시적 화자에게 "수천 각색 살림의 노래와 감정", 그리고 "어려운 살림의 복잡한 물결"을 들려주면서 시적 화자가 고향인 "알루[鴨綠]강의 흐름을" 그리워하는 젊은 노동자로 성장할 수 있도록 이끌어주었다. 아라가와에서 "곤란한 몇 해를 겪"으며 "금속의 젊은 직공"이 된 시적 화자는 일본의 여러 지구를 전전하며 노동 운동으로 짐작되는 '사업'에 투신하였고 그 과정을 통해 노동자의 계급성을 깨우치고 삶의 실천 방향을 획득할 수 있었던 것이다. 그러므로 모종의 새로운 임무와 사명을 띠고 고향에 돌아온 것으로 보이는 시적 화자가 아라가와를 잊지 못한다는 것은 아라가와에서의 체험과 기억, 즉 계급 현실에 대한 자각과 노동자로서의 의식을 고향에서도 이어가겠다는 의지와 다짐의 다른 표현일 터이다.

앞서 언급하였듯이 「강동의 품」은 당선 당시 여러 평론가들의 극찬을 받았다. 아마도 그 이유는 「강동의 품」이 암시적이나마 노동 운동에 투신한 전위를 시적 화자로 등장시키고 있음에도 과격함이나 생경함보다는 짙은 서정성을 바탕으로 한 정서적 울림에 집중하고 있기 때문일 것이다. 이 작품이 거친 분노나 저항의 구호가 아닌 젊은 전위로 성장해 가는 시적 화자의 삶과 의식의 잔잔한 형상화에 할애될 수 있었던 것은 압록강과 아라가와, 두 강의 대비와 이를 극대화하는 회상의 수법에 기인한다. 시적 화자에게 압록강이 생물학적인 고향이며 어머니라면, 아라가와는 정신적 고향이자 어머니이다. 또 아라가와가 노동자로서 가혹한 현실에 맞설 기반을 제공해 준 곳이라면, 압록강은 그 신념과 이상을 실현하는 궁극의 장이 된다. 아라가와를 바라보며 압록강을, 압록강을 앞에 두고 아라가와를 그리워하면서 시적 화자는 두 강이 어우러져 빚어내는 단단한 내면과 의지의 소유자로 성장할 수 있었다. 이러한 시적 의미는 강의 은유적 속성과 결합함으로써 읽는 이로 하여금 한 편의 서사시를 대하는 듯한 장대함과 안으로부터 솟구치는 정서적 승화를 경험하게 하는 것이다. 이와 같이 「강동의 품」은 계급주의적 목적성을 적극적으로 지향함에도 당대의 계급주의 문학에서 으레 노출되는 추상적인 관념의 나열이나 당위에의 강조 대신 한 개인의 삶에 육박해 오는 고난의 현실과 그 현실에 주체적으로 대응해 가는 태도를 그림으로써 같은 노선의 문학들과는 일정 정도의 선을 긋는다고 할 수 있다.

한편 회상의 수법은 안룡만의 해방 전 다른 작품들에서도 동일하게 드러나는 시인 특유의 시적 방법이다. 이때 회상은 「강동의 품」에서와 마찬가지로 지금 여기의 의미를 강화하고 시적 화자의 신념과 의지를 굳건히 하기 위한 장치로서 활용된다. 회상의 내용이 시인이 직간접적으로 체험했을 법한 노동 운동이나 조직 활동에서 연유하고 있음은 물론이다.

> 노을이 빨갛게 타는 저녁은 오리강 두던에 / 벽돌 오층이 쨋쨋이 비춰는 지구地區의 골목길 어떤 집에서 등잔불 아래 꽃피우려는 이야기가 있었다. // 꽃은 피고 화변花瓣은 날르고 / 살림의 입김에 무르녹는 거리에 꽃은 퍼져 / 골목에 선 포플러여! 개굴이며 돌담에도 사랑은 뜨거워 이끼[苔]를 덮었다. / 그리하여 단풍이 지지우리는 가을날도 시들 줄 몰라 / 낙엽 지는 하반河畔에는 젊은 손들이 엮는 꽃으로 수놓아질 무렵— // 드디어 눈보라는 꽁꽁 얼음장으로 붙었다 / 꽃순도 향내를 잃어…… / 오오 사랑하는 요람 지나간 날의 빛나는 꿈의 화환은 반도 짜지 못했건만 / 눈 속에도 싹은 트리라! 내 고향 북국에도 유빙이 흘러 흘러 / 젊은 꽃들아 네들의 향물은 덮이운 얼음장을 깨치려 가슴의 입김으로 넘치게 흘러라.

> —「꽃 수놓던 요람」 부분

위의 작품에서 시적 화자는 알 수 없는 이유로 인해 고향을 등지고 타향에서 조직 사업에 임하고 있던 중 고향에서의 기억을 떠올린다. 인용 부분은 이 시적 화자의 회상 부분에 해당하는데, 회상의 내용을 종합해 보면 과거 고향에서 시적 화자와 동료들이 "등잔불 아래 꽃피우려는 이야기"는 "눈보라"에 의해 "꽁꽁 얼음장"이 되어버리고 "젊은 손들이 엮는" "빛나는 꿈의 화환"은 사그라져버린 상태이다. 하지만 시적 화자는 그들이 고향에서 품었던 '뜨거운 사랑'과 꽃을 피우려는 "살림의 입김"이 다시 소생하리라는 것을 믿어 의심치 않는다. 현재 이곳의 "집단의 정열"로 피어오르는 "젊은 꽃들"이 '얼음장을 깨치는 가슴의 입김'으로 고향에 새로운 "싹"을 틔울 것이기 때문이다. "조춘의 분수령"을 넘은 오늘 시적 화자는 시들어버린 고향의 꽃이 다시 움트리라는 믿음을 재확인한다.

과거의 고난이나 시련 가운데 다져진 오늘에의 소명감, 또는 현재의 책무와 소임 속에서 강화되는 과거에의 기억은 앞서 살펴본 「강동의 품」에서와 매한가지로 위의 작품에서도 동일하게 드러난다. 뿐만 아니라 「강동의 품」이 압록강과 아라가와를 매개로 한 회상의 수법을 이용하고 있다고 한다면, 「꽃 수놓는 요람」에서는 꽃을 매개로 과거를 현재로 불러들인다. 이처럼 과거와 현재는 회상을 통해 서로를 의미화하고 강화함으로써 시적 화자에게 미래에의 희망과 이를 가져오려는 신념과 의지로서 자리매김된다.

1937년 발표된 「생활의 꽃포기」 역시 시적 화자가 "성서" 지구 "무장야"에서의 체험을 회상하며 "압강 지구" 동료들에게 그날의 일들을 들려주는 방식을 취하고 있는데, 이 작품에서 두드러지는 것은 동지들 간의 우애와 사랑이다. "잠도 편안히 못 자"는 "참말로 곤란한 사업"을 함께하던 조선인 동지들 간의 소박하지만 신뢰 넘치는 정과 그 안에서 싹튼 "분회의 레포" "옥"과의 짧은 사랑은 시적 화자에게 "아름다운 / 삽화의 한 가닥 서정"으로 반추된다. 그리고 '오월의 기념일'과 봄을 물고 오는 '제비의 지저귐'에 오버랩 되는 '옥의 미소'와 회로 향하던 길목에서 부르던

'옥의 휘파람'은 "강남의 꽃들을 한 아름 엮어 아름다운 꽃다발로 만들"려는 시적 화자의 소망으로 전환된다.

이상에서 살펴본 바와 같이 회상의 수법을 토대로 한 개인적 체험의 시화는 안룡만의 해방 전 시 세계의 특징이라 할 수 있으며, 이는 당대의 계급주의 문학에서는 보기 드문 서정적 감동과 진정성 있는 호소력을 획득하는 원동력이 된다. 서술 투의 지루한 상황 묘사나 지나치게 암시적인 시어 처리, 그리고 등단 시인의 것으로는 보기 어려운 투박하고 서툰 표현들이 간혹 눈에 띔에도 불구하고 그의 시가 문단의 이목을 집중시킬 수 있었던 이유는 체험의 형상화에 따른 정서적 밀착과 현실감에 있었을 것이다.

하지만 그의 해방 전 발표작이 모두 체험을 기반으로 하고 있다는 점은 시인 의식의 빈약성을 보여주는 한계로도 작용한다. 주관과는 다른 객관 현실로 파고 들어가 문제의 외연을 확장하거나 새로운 문제의식으로 나아가지 못한 채 개인의 사적인 체험의 시화에 머무는 것에서는 시 세계의 성숙을 기대하기 어렵다. 계급주의 문학의 힘은 현실에 대한 총체적인 인식 결과와 개인의 주관적인 관점을 결합시킴으로써 이 둘의 변혁과 발전을 이끌어내는 데 있기 때문이다. 안룡만의 작품이 계층적 체험에 뿌리를 두고 있음에도 노동 쟁의나 공장주와의 투쟁, 갈등의 요인 등은 보여주지 않으며 식민지 근로자로서의 자각 또한 드러나지 않는다는 한 평자의 말은(김윤식, 1984년) 안룡만의 해방 전 시 세계가 안고 있는 이 같은 한계에 대한 정확한 지적으로 보인다. 나아가 이러한 취약점은 안룡만이 해방 전 미미한 활동에 그칠 수밖에 없었던 사정과 전혀 무관하지 않을 것으로 생각된다.

## 4

안룡만의 본격적인 시작 활동은 해방 이후 이루어진다. 안룡만은 해방 직후부터 1969년에 이르기까지 약 25년간 북한에서 중견 시인으로 활동하면서 모두 4권의 시집을 발간하였다. 이러한 성과는 식민지 시대에 등단하여 분단 이후에도 명맥을 유지한 북한 시인들 가운데에서는 꽤 이례적인 경우라 할 수 있는데, 이는 그가 해방 후 20여 년간 지속된 북한 내 정치적 암투와 문인들의 숙청 과정에서 몸을 보전한 몇 안 되는 작가군에 속하기 때문일 것이다.

주지하다시피 북한에서 문학은 지배 이데올로기를 선전하고 전파하는 주요 수단으로 간주된다. 문학은 사회주의 체제의 토대를 확립하고 그것의 견고한 확장을 위한 도구 이상의 것이 아니다. 북한 문학의 목적은 체제 전략과 당적 구도에 의해 인민 대중을 교양하고 그들의 혁명성과 정치 의식을 고양시키는 데 있으므로 문학의 자율성은 인정되지 않는다. 북한 평단이 북한 문학 형성 초기부터 끊임없이 자연주의 경향이나 형식주의, 부르주아 퇴폐 문학을 척결하기 위한 사상 투쟁을 전개해 온 것은 이에 기인한다. 서정시는 '나'가 아닌 '우리와 공통되는 아我', '나의 감정'이 아닌 '우리의 감정', 그리고 '자기 시대, 자기 조국과 인민의 생활을 포괄하는 크나큰 사상'을 담아내야 한다거나(전동우, 1961년), '서정시는 내부적 정서의 흐름이 아닌 외부적인 사회적 실천과 역사적 사변들과 항상 연결되어 있으며 그것으로부터 환기된 정서다'라는 주장은(엄호석, 1957년) 이러한 북한 문학의 성격을 단적으로 보여준다.

따라서 북한 작가들이 북한 체제의 정언 과제로부터 벗어나기란 불가능하며, 안룡만 역시 그러하다. 안룡만의 시적 대상이나 주제는 각 시기별로 제기되는 당의 공식적인 주문에 대한 충실한 이행의 산물이며 체제의 요구에 대한 존재 증명 결과이다. 낡은 사상적 잔재를 일소하고 새로운 사상으로 고상한 목표를 향해 전진해 가는 긍정적 인물의 창조, 이념적 조국인 소련을 물신화하는 국제주의에의 선양, 전후 복구 현장에서 애국적 헌신성으로 재건에 매진하는 사회주의적 전형의 탐구, 그리고 항일무장투쟁의 상상적 복원 및 역사화와 김일성 우상 숭배에 이르기까지 그의 시적 주제들은 모두 세부 기교와 형상화 방식마저도 통제하는 당의 전략적 지침에 따른 것이다.(이인영, 1996년)

그렇다 하더라도 안룡만의 시에서 미세하나마 시적 개성이 발현되지 않는 것은 아니다. 설령 그것이 결과적으로 북한 문학의 관제 문학적 성격을 강화하는 데 기여한다 하더라도 시인만의 창작적 개성 또한 드물게나마 표출된다. 다음 작품들을 통해 미약하지만 시인의 창작적 개성을 엿볼 수 있다.

팔월의 여름, 해방의 날로 / 이 땅에 왔던 씨베리야 사나이, / 네 고향은 로씨야 변방의 / 봇나무 숲 아름다운 마을이랬다. // 고향 마을 콜호스 작업반에는 / 두고 온 처녀─나스쨔란 이름이라고, / 별빛 총총한 강반의 두던 길에서 / 어느 밤, 조용히 들리어 준 그대.

─「씨비리 네 고향 땅에」 부분

지나간 어느 여름, 포성이 멎은 / 전호의 잔디밭에 이야기하다 / 품에 간직한 한 장의 사진을 보인 그대, / 조선 전선 떠나올 때 첫돌이라 / 별처럼 웃는 까만 눈동자 / 사랑하는 딸이 보고 싶다고…… // (중략) // 아, 만리타향 이국의 하늘 아래 / 불길 더운 화선에서, 방선의 초소에서 / 밝는 아침, 지는 달을 보낸 그대─ / 나의 동무가 저녁노을 불타는 북경의 거리 / 고향의 창가에 어린것 입 맞추고 / 그리운 사람의 품에 안기게 하라.

위의 작품들은 국제주의 선양의 연장선상에서 해방 직후 '해방자'로 주둔하였던 소련군과 한국전쟁 당시 지원군으로 파병되었던 중국군의 귀향을 축하하기 위한 의도에서 창작된 것이다. 취지가 분명한 행사시적 성격으로 인하여 시적 대상을 찬양, 고무하고 국가 간의 혈맹관계나 친선의 정을 강조하려는 목적성이 뚜렷하다.

위의 작품들에서 주목되는 것은 외국인 병사들의 인간적 면모다. 위에서 귀향하는 외국인 병사들은 사회주의 이상 실현을 천명하며 생사를 가르는 전쟁터에서 누구보다 용맹하게 전투에 임해왔지만 고향에 사랑하는 처녀를 두고 왔거나 조국의 어린 자식을 그리워하는 지극히 평범하고 소박한 사람들로 그려진다. 이는 낯설기만 한 이국 병사들도 우리네 아버지나 아들과 같이 따뜻한 심성의 소유자라는 점을 부각시킴으로써 이념이나 이데올로기적 동지애만이 아닌 인간적 동질감과 유대감을 환기하는 효과를 불러온다. 즉 이러한 인간다움에의 강조는 이국 병사들을 인간적 동일시의 대상으로 바라보게 함으로써 그들을 시혜자가 아닌 동반자로 인식하게 한다. 소박한 인간적 면모의 형상화는 다음 시편에서도 잘 드러난다.

밤도 이무 깊었는데 / 보채는 아이 젖 먹이며 조으는 / 사랑하는 아내여 / 나는 내일 모임의 보고를 / 빛나는 계획 숫자를 넘쳐 실행할 글을 꾸미면서 / 고요한 감격이 가슴에 설레어 / 그대의 흐트러진 머리카락을 쓸어 올려 본다 // (중략) // 해방된 지 한 해에다 절반을 넘는 사이 / 눈부신 수많은 민주 창사의 기록 / 이와 함께 목재 공장 임시공이었든 나는 / 옳은 이치에 눈 뜨고 미래를 똑바로 내다볼 줄 알게 자랐다 / 오, 인제는 시당부

市黨部 조그만 부서 / 인민의 초소에서 싸우고 있는 한 사람의 선봉부대다 /
일쑤 동지들과 회관에서 밤을 밝히는 날이면 / 그대는 어린아이 데불고 팸
플릿을 뒤적이었고 / 아내여, 벌써 우리는 레―닌과 스탈린의 이름을 / 그
리운 벗의 이름처럼 외우는구나

―「사랑하는 아내에게―인민경제계획에 바치는 노래」 부분

「사랑하는 아내에게」는 새로운 국가 건설에 앞장서는 노동자 부부의
각오와 다짐을 주요 제재로 삼고 있다. 늦은 밤 "가두세포" 작업에서 돌
아와 아이를 달래다 잠든 아내와 "목재 공장 임시공"에서 "시당부市黨部
조그만 부서"의 일원으로 성장한 남편을 등장시켜 인민들 개개인 모두
자신의 삶의 터전에서 새로운 국가 만들기에 헌신하고 있는 모습을 보여
준다. 이 작품이 발표된 시기는 평화적 민주국가 건설기인 1947년으로,
이른바 '건국 사상 총동원 운동'이 활발히 진행되던 시기이다.(김재용,
1994년) 따라서 위 작품에는 북한이 해방 후 단행한 제반 민주개혁을 기
반으로 새로운 현실에 적극 부응해 가는 인물상을 형상화함으로써 대중
을 교양하고 의식화하려는 목적의식이 반영되어 있다.

하지만 위에서 보다 두드러지는 것은 젊은 부부의 소박한 부부애다.
피곤에 지쳐 잠든 아내의 머리카락을 쓸어 올려주는 남편, 서로가 서로
를 향해 보내는 따뜻한 미소와 격려, 각자의 직분 속에서 청춘의 보람을
찾는 순박함 등은 "인민의 선봉"이 될 것을 다짐하는 시적 화자의 결의
의 조건이 된다. 굳건하고 튼실한 국가 기반은 작품 속 젊은 부부와도 같
이 국가 이념에 대한 확신을 토대로 각자의 역할에 충실히 복무하는 인
민들 개개인에 의해 완성되며 이는 궁극적으로 서로에 대한 인간적인 신
뢰와 사랑 가운데에서 가능해지는 것이다.

따바리 불타는 총자루 / 앞세워 승승장구 / 삼팔선을 넘어 / 벌써 아득한 천 리 길 // 나의 따발총이여 / 더웁게 단 총구멍 / 식혀 줄 사이도 없구나 // 항복하지 않는 원쑤에게 / 복쑤의 섬멸전에 올라 / 싸우는 날과 날 / 놈들을 물리쳐 / 신생의 기쁨에 안기어 오는 / 해방구 동트는 아침 // (중략) // 나의 따바리! 가자 / 대구 진주를 거쳐 / 여수 목포 부산으로! / 아니 제주도 끝까지 / 가자 나의 따바리!

—「나의 따발총」부분

북한문학사에서 전쟁기 문학의 최고봉으로 손꼽히는 위의 작품은 전쟁 개시 불과 한 달 만인 1950년 7월 24일《노동신문》에「나의 따바리총」이라는 제목으로 발표되었다. 연일 승전보를 울리며 파죽지세로 남한 지역을 '해방'시켜 가던 당시 전세에 걸맞게 조국해방전쟁에 나선 젊은 용사의 격정적이면서 확신에 찬 토로가 인상적이다.

「나의 따발총」에서 두드러지는 것은 박진감 넘치는 리듬과 짧은 호흡으로, 이는 안룡만 전체 시 세계를 통해 보아도 매우 이례적일 만큼 강한 선동성의 극점을 보여준다. 이러한 리듬감은 읽는 이로 하여금 치열한 전투 속에서 느끼게 되는 심리적 불안이나 긴장감을 해소하고 전쟁 수행의 숭고한 대의에 기꺼이 복속되게 하는바, 전투에 나선 병사 하나하나의 투쟁심과 용감성을 최고조로 고양시켜야 하는 전선문학의 목적이 유감없이 발휘된 작품이라 할 수 있다. 아울러 짧은 호흡은 맹렬한 기세로 진지를 확대해가는 전투 과정을 연상하게 함으로써 긴박감 넘치는 전투의 현장성을 극한으로까지 끌어올려 후방의 대중들이 전쟁을 사실적으로 실감하게 하는 효과를 낳기도 한다.

생각하노라. / 저 마가을 첫눈도 내려 / 바람 차가운 북관 땅 끝을 적시며 / 사품치던 두만강 나루터 / 여울물 흐름에 실려 간 말, / ―동지들, 이 총을 받아 주! // (중략) // 어느 밀영의 밤 / 잠들은 전사의 곁에서 / 부러진 총가목을 손수 고치시며 / 한밤을 새우신 우리의 수령, / 그분의 손길이 닿은 총! // 나는 그 총을 메고 / 연연 뻗어 나간 조국의 고지 / 영마루에서 원쑤를 노려 / 여기 영웅의 초소에 서 있구나.

―「나는 그 총을 메고 있다」 부분

북한이 유일사상 체계를 확립하는 과정에서 김일성이 이끈 항일무장 투쟁을 중심으로 식민지 시대 민족해방 투쟁사를 재구성하고 항일무장 투쟁에 북한 정권의 정통성을 부여한 사실은 익히 잘 알려져 있다. 「나는 그 총을 메고 있다」는 이 같은 일련의 과정 속에서 창작된 작품이다. 김일성의 지도자로서의 품격과 도량, 권위와 혜안을 중점적으로 형상화하는 여느 작품들과 마찬가지로 항일무장투쟁을 선도한 수령에 대한 한없는 흠모와 존경이 배어 나온다.

아울러 위에서 눈길을 끄는 것은 무명 빨찌산 대원의 혁명에의 염원과 영도자의 그것을 결합시키고 있다는 점이다. 지금 시적 화자가 들고 있는 "총"은 과거 무명의 전사들이 목숨을 버리는 순간까지도 지키려 했던 "혁명의 무기"이며 그 전사들의 고결한 뜻이 담긴 유품이다. 뿐만 아니라 이 총에는 지난한 '고난의 행군' 가운데에서도 끝없는 자애로움으로 대원들을 격려하고 항일에의 뜻을 굽히지 않았던 수령의 손길이 스며 있다. 그러므로 '조선의 고지'에 선 시적 화자에게 이 총은 혁명 과업에 뛰어들었던 영웅들의 의지를 되새기게 하는 대상이 된다. 비록 표면적으로는 수령의 혁명 정신이나 선구자적 태도에 수렴되는 듯이 비치지만, 무명 대원들의 고귀한 뜻과 수령의 그것을 병치시킴으로써 개인 우상화에 집중되었던 시편들과는 색다른 면모를 보여주고 있다.

성명—미국 대통령 닉슨 / 병명—전쟁광 / 병의 유래는 유전성 / (원주
민을 도살하고 멸족시키던 / 조상의 피가 정신분열증을 일으킴) / 병 시초
는 1950년 / 조선전쟁에서 콧대가 부러진 때부터…… // 증상은 어떠한
가? / —잠꼬대처럼 '힘의 입장'을 고아댄다. / 최근 병세는 점점 악화 / 신
경적 경련증 발작과 함께 / 광증이 무시로 자주 일어난다.

—「전쟁광 닉슨 놈에게」 부분

불평등한 정치 현실에서부터 부조리한 인간 삶에 이르기까지 모든
허위와 결함과 불합리한 것들을 대상으로 한다는 점에서 풍자는 오랜 문
학 기법이자 양식의 하나이지만, 북한 문학에서 풍자가 적극적인 형상화
수법으로 떠오른 것은 1950년대 말이다. 이 시기는 전후 복구기를 거치
면서 생활의 안정이 회복되고, 일련의 정치적 헤게모니 쟁탈 과정을 통
해 김일성 유일 체제가 서서히 가동되기 시작하였던 때로, 기존에 북한
문학이 주로 다루어왔던 제재 외에 인민들의 일상생활상까지 풍자의 대
상으로 취급되는 특징을 보여준다.(김경숙, 2004년) 물론 이는 스탈린 사
후 전개된 이른바 '해빙기'의 영향을 무시할 수 없으며, 그로 인해 북한
내부로 비판의 시선을 돌리려 했던 당시의 경향과도 관련이 있을 것이
다. 안룡만의 시편들에서도 이러한 양상은 뚜렷이 감지되는데,「단죄하
노라, 아메리카를!」,「역사의 추물」과 더불어 풍자성이 최고조에 이른 작
품이 바로「전쟁광 닉슨 놈에게」이다.

위 작품에서 시인은 1969년 4월 발생한 EC—121 격추 사건 후 군사
적 보복보다는 경고에 그쳤던 미국과 닉슨을 조롱하고 있다. 인용 부분
은 "전쟁광신자" 닉슨에게 발급하는 "준사망진단서"로 적성국 대통령에
대한 비꼼과 조소가 구사되고 있는바, 시각적 행갈이와 단정어법은 공격
적 야유의 극단을, "광증", "잠꼬대", "발작" 등의 시어는 냉소와 경멸의

정점을 보여준다. 비록 풍자가 유도하는 비판성보다는 비웃음이나 경멸감을 드러내는 데 그친다는 한계는 있지만, 미국에 대한 적개심을 고취하고, 이념적 우위성을 재확인하기 위한 장치로서 풍자의 수법이 잘 나타난 작품이라 할 수 있다.

이상에서 살펴본 바와 같이 안룡만은 해방 후 북한 문학의 교조주의적 요구에 충실하면서도 미약하나마 공산주의적 인간형의 이면에 숨겨진 인간적 면모에 천착하거나 민중 영웅의 형상화에 착목하는 모습을 보여준다. 또한 조국해방전쟁을 수행하는 주체들의 전투 의식 고취에 탁월성을 발휘할 뿐만 아니라 조롱과 냉소를 바탕으로 대상의 허위를 폭로하는 신랄한 풍자 수법을 통해 시적 방법의 변화를 모색하기도 한다. 물론 시인의 이러한 노력은 철저히 당적 이념을 공고히 하고 체제 논리를 정당화하기 위한 필요의 결과일 것이다. 하지만 그 안에서도 시인으로부터 배태되는 문학적 개성의 흔적은 농후하다. 지배 이데올로기의 철저한 구현 안에서 발아되는 작가적 개성을 발견하는 일, 이는 아마도 북한 문학 연구의 또 다른 시도이어야 할지 모른다.


5


안룡만은 식민지 시대에 등단하였지만, 해방 후 북에 남은 전형적인 재북 시인이다. 그는 해방 전 불과 5편의 작품을 발표하는 데 그쳤지만 당시로서는 보기 드문 이국에서의 노동 운동 체험을 서정성 짙게 형상화해 냄으로써 문단의 주목을 끌었고, 분단 이후에는 북한 체제의 요구에 부응하는 작품 활동으로 북한 평단으로부터 높은 평가를 받았다.

월북 및 재북 시인 대부분이 그러하듯이 안룡만 시의 계급주의적 경향은 이미 해방 전부터 마련되어 있었다. 그가 습작기 시절 창작한 동시나 동화 그리고 등단 이후 발표한 작품들은 모두 강한 계급주의적 목적성을 보여준다. 하지만 그의 해방 전 시 작품의 미덕이었던 밀도 높은 서정성이나 시인 특유의 상징과 비유는 해방 후 점차 자취를 감추고 만다. 두말할 필요도 없이 체제가 요구하는 당성을 표방하지 않고서는 작품 활동 자체가 불가능한 북한의 특수성이 그의 시 세계 변화의 최대 원인일 것이다.

그럼에도 불구하고 시인에게서 창작적 개성이 전혀 발현되지 않는 것은 아니다. 안룡만은 비록 체제를 미화하고 당의 공식적인 이데올로기를 재생산해 내는 데 기여하지만 체제시 창작에 뛰어난 시적 재능을 보여줄 뿐만 아니라 미미하나마 공적 이념이나 대의에 가려져 있는 인간적 면모를 탐색하려는 자세를 견지하기도 한다. 그런 점에서 볼 때, 안룡만을 비롯하여 월북 및 재북 시인들의 해방 전후 시 세계의 변화 양상과 북한에서 발표한 작품들에 내재된 작가적 개성을 탐구하는 작업은 상당한 의미를 갖는다고 볼 수 있다. 이는 북한 체제의 지배 논리가 어떻게 문학 작품에 개입하고 있는가를 살펴봄과 동시에 이러한 체제의 요구와 작가의 개성이 어떤 방식으로 길항해 가는가를 밝히는 작업이기 때문이다.

〈참고자료〉

김경숙, 『북한현대시사』, 태학사, 2004년.

김윤식, 『한국근대문학사상사』, 한길사, 1984년.

김재용, 『북한 문학의 역사적 이해』, 문학과지성사, 1994년.

김효전, 「근대 한국의 변호사들」, 《동아법학》, 1997년.

사회과학원 문학연구소, 『조선문학통사』, 사회과학출판사, 1959년.

신춘문예선평,《동아일보》, 1939년 1월 13일.

엄호석,「시대와 서정시인」,『현대문학비평자료집』4, 태학사, 1993년.

월북문인 소蘇 방송서 소개,《동아일보》, 1988년 7월 9일.

이인영,「서정과 이념의 간극―해방 후 안용만 시 연구」,『1950년대 남북한 시인 연구』, 국학자료원, 1996년.

임화,「담천하의 시단 일 년」,『문학의 논리』, 학예사, 1940년.

전동우,「서정시에서의 몇 가지 문제」,『현대문학비평자료집』5, 태학사, 1993년.

**1916년**  1월 18일 신의주 진사리에서 태어났다. 안룡만의 아버지는 1881년 평안
북도 의주에서 출생하여 변호사로 활동한 안병찬으로 추정된다. 안병찬
은 1910년 안중근을 변호하여 유명해졌는데, 이후 1911년에는 이재명의
변론을 담당하였고, 1919년 대한독립청년단 총재, 1920년 상해 임시정부
법무차장, 임시헌법기초위원장 등을 역임하다가 1921년 만주에서 피살된
것으로 알려져 있다.

**1928년**  신의주에서 보통학교를 졸업한 후 삼무중학교에 입학하였다.

**1929년**  광주학생운동이 일어나자 동맹 휴학을 일으켜 출학당하였다고 전한다.
이후 신의주에서 김우철, 이원우 등과 함께 '국경 프롤레타리아 아동문학
연구회'를 조직하고 동인잡지 《별탑》을 발간하였다. 《별탑》은 4집까지 발
간되었으며 일제에 의해 조직이 발각된 직후 발행 금지를 당하였다.

**1931~32년**  도일하여 문학을 공부하면서 '적색구원회', '일본전국노동조합협의회'
등의 조직에서 활동하였다고 전한다.

**1933년**  《신소년》에 동시 「제비를 두고」를 발표하였다. 《별나라》에 동화 「목장의
소」를 '이용만'의 이름으로 발표하였다.

**1934년**  2월 지병 악화로 신병 치료를 위해 귀국하였고 김우철, 이원우 등과 계속
교유하면서 문학 창작 활동을 지속하던 중, 같은 해 5월 카프 사건에 연루
되어 전주로 압송되었고 가을에 출감하였다고 전한다. 《별나라》에 동시
「가버린 동무야」를 '이용만'의 이름으로, 《신소년》에 동시 「저녁노을」과
「휘파람」을 '안용민'의 이름으로 발표하였다.

**1935년**  《조선중앙일보》 신춘문예에 「강동의 품─생활의 강 아라가와여」와 「봄의
커터부」가, 《조선일보》 신춘문예에 「저녁의 지구」가 당선되어 문단의 이
목을 끌기 시작하였다. 특히 「강동의 품」은 심사위원들의 극찬을 받았다.

**1937년**  《조광》 10월호에 「생활의 꽃포기」를 발표하였다.

**1938년**  다시 도일하여, 니혼 대학 예술과와 메이지 대학 신문과에 적을 두고 공
부하였다고 전한다. 이 시기부터 해방 전까지의 행적은 거의 알려지지 않
았으며, 서울, 신의주, 일본을 오가면서 방랑 생활을 하였다고 전한다.

1939년   《동아일보》신춘문예에 「여정기旅程記」라는 작품으로 응모하였으나 당선
        되지 못하였다. 《시건설》지에 「꽃 수놓든 요람」을 발표하였다.
1945년   해방 후 조선프롤레타리아문학동맹에 일원으로 참여하였으며, 신의주에
        서 김우철 등과 더불어 《서북민보》를 창간하였다.
1946년   조선공산당 평안북도위원회 기관지 《바른 말》을 편집하였으며, 첫 시집
        『동지에의 헌사』를 발간하였다. 이후 북조선 문학예술총동맹 평안북도위
        원회 위원장을 지냈으며, 전쟁기에 평양에서 활동한 것 외에는 압록강반
        에서 창작 생활을 하였다.
1951년   한국전쟁 기간에 전선문고로 두 번째 시집 『나의 따발총』(문화전선사)을
        발간하였다. 표제시 「나의 따발총」은 북한문학사에서 전쟁기 대표작으로
        간주되고 있다. 한편 안룡만은 소련에 가장 많이 소개된 북한 작가로 알
        려져 있다. 소련과 친선이 강조되던 1950년대 초반 그의 「바다에서 온 처
        녀」, 「우리는 한 지구에 산다」, 「자작나무」, 「전호 속의 5월」, 「붉은 별 이
        야기」, 「봄밤」, 「나의 따발총」 등이 소련에 번역 소개되었다.
1956년   『안룡만 시선집』(조선작가동맹출판사)을 발간하였다.
1960년   조선작가동맹출판사에서 나온 『현대조선문학선집 11』에 안룡만의 해방
        전 작품이 '30년대 현대시 분야에서 거둔 성과'의 하나로 소개되었다. 이
        글에서는 「강동의 품」을, "이 시는 일본 노동 계급의 운동이 점차 앙양되
        던 30년대의 강동 지구의 투사들의 투쟁이 아라가와 강의 정서와 결합되
        어 독특한 색조와 서정을 자아내는 시적 분위기로써 특징지어지고 있다.
        시인의 서정적 모티브로 되는 아라가와의 생활의 매력 그것은 바로 혁명
        적 앙양기의 투사들의 정열과 청춘의 낭만적 체험이다. 그러나 아라가와
        에 대한 시인의 높은 서정의 세계에는 조국의 강 압록강과 연결된 청춘의
        정열이 뛰놀고 있다. 따라서 이 시는 이국 생활에서 체험한 혁명적 정열
        을 통하여 조국의 혁명투쟁에 대한 이 시인의 열망의 빠포스를 안받침하
        고 있다는 것을 지적할 필요가 있다."고 평가하고 있다.
1964년   『새날의 찬가』(조선문학예술총동맹출판사)를 발표하였다.
1969년   《조선문학》10월호에 「한 공민의 말」, 「전쟁광 닉슨 놈에게」를 발표한 이
        후 현역 작가로서 활동한 형적을 찾을 수 없다. 추측컨대 사망한 것으로
        보인다.

■ 시

1933년　「제비를 보고」(동시),《신소년》, 5월.

1934년　「가버린 동무야」(동시),《별나라》, 1월.

　　　　「저녁노을」(동시),《신소년》, 2월.

　　　　「휘파람」(동시),《신소년》, 4월.

1935년　「강동의 품」,《조선중앙일보》, 1월 1일/《시원》, 2월.

　　　　「저녁의 지구」,《조선일보》, 1월 3일/《시원》, 2월.

　　　　「봄의 커터부」,《조선중앙일보》, 1월 4일/《시건설》, 9월.

1937년　「생활의 꽃포기」,《조광》, 10월.

1939년　「꽃 수놓든 요람」,《시건설》, 10월.

1946년　「살구 딸 유월」,《문화전선》, 7월.

　　　　「압록강」(장시).*

1947년　「환송의 새벽」,《평북노동신문》, 5월 4일.

　　　　「사랑하는 아내에게」,《문화전선》, 8월.

　　　　「첩첩준령을 넘어서」,*《조선문학》, 10월.

　　　　「그리운 레닌 초상」,《조쏘문화》, 11월.

　　　　「축제의 날도 가까워」.*

　　　　「김일성장군님께 바치는 송가」.*

1948년　「당의 깃발 밑에」,『조국의 깃발』(종합시집).

　　　　「동백꽃 우표」,『창작집』(종합시집).

1949년　「고국으로」,『영원한 친선』(종합시집).

　　　　「승리의 찬가」.*

1950년　「강반음江畔吟」,《조선문학》, 4월.

　　　　「영웅들이여」,《노동신문》, 7월 20일.

　　　　「나의 따바리총」,《노동신문》, 7월 24일.

　　　　「동백꽃」,『한 깃발 아래에서』(종합시집).

　　　　「포화 소리 드높은 칠백 리 낙동강에서」,*《노동신문》, 10월 4일.

「수령의 이름과 함께」,* 《노동신문》, 10월 17일.

「감나무 밑의 전호 속」.*

1952년 「불길 더운 화선에서」,* 《문학예술》, 12월.

1953년 「북방에 띠우는 노래」,* 《문학예술》, 8월.

1954년 「여맹반장 인순이」, 《조선문학》, 6월.

1955년 「붉은 별의 이야기」, 《조선문학》, 11월.

「단풍잎」·「압록강반에서」, 『영광의 한길』(종합시집).

「씨비리 네 고향 땅에」, 『전하라 우리의 노래』(종합시집).

1956년 「이른 봄에」, 《조선문학》, 3월.

「어머니―당의 노래」, 《당의 기치 높이》(종합시집).

1958년 「동백꽃」·「나의 조국」, 《조선문학》, 7월.

「고향의 창가에」, 『전우에게 영광을』(종합시집).

1959년 「평화의 별」·「영변 아가씨 마음」, 《조선문학》, 3월.

「조국의 강을 두고」·「용해공의 붉은 마음도」, 『붉은 깃발 휘날린다』(종합시집).

1960년 「당증을 두고」, 《조선문학》, 1월.

「정방기 조립의 날」·「노농 동맹 집안일세」·「양태머리 쩨빠공」, 《조선문학》, 5월.

「서해의 갈밭」·「자랑찬 마음」, 《청년문학》, 5월.

「당의 심장으로」, 《조선문학》, 10월.

「비래봉 기슭에서」, 《조선문학》, 11월.

「새 고지를 향하여」, 『당이 부르는 길로』(종합시집).

「수령의 미소」, 『8월의 태양』(종합시집).

「옥의 능금 볼」, 『현대조선문학선집 11』.

1961년 「우리 시대의 청춘 만세」·「젊은 화학 기사의 꿈」·「햇불은 꺼지지 않는다」, 《청년문학》, 6월.

「나는 당의 품에서 자랐다」, 《조선문학》, 9월.

「첫 고지 우에서―수령 앞에 드리는 건설자의 노래」, 『당에 영광을』(종합시집).

1963년 「마음의 등불」·「노래의 주인공」, 《조선문학》, 7월.

「낙원산수도」, 『해방 후 서정시선집』.

1964년 「비단평에서 온 처녀」·「인형에 깃든 마음」·「직물설계도」,《조선문학》, 9월.

「첫 유격대가 부른 노래」, 『청춘송가』(종합시집).

1965년 「직포공 처녀의 마음」,《조선문학》, 9월.

「공장 당의 창문」, 『영광의 길 우에』(종합시집).

1966년 「고향집 감나무」,《조선문학》, 1월.

「친선의 다리에서」,《청년문학》, 1월.

1968년 「세계의 싸우는 전우들에게」,《조선문학》, 5월.

「수령님의 이름과 함께」·「'백두산 장수별' 이야기」, 『수령님께 드리는 충성의 노래』(종합시집).

「싸우는 세계의 인민들은 노래 부르네」, 『판가리 싸움에』(종합시집).

「조선의 고지는 말한다」, 『철벽의 요새』(종합시집).

「무장 유격대의 총소리 남녘땅에 울린다」, 『조국이여 번영하라』(종합시집).

1969년 「한 공민의 말」·「전쟁광 닉슨 놈에게」,《조선문학》, 10월.


■ 산문

1933년 「목장의 소」(동화),《별나라》, 5월.

1966년 「보다 개성적 세계의 탐구에로」(작품 지도),《청년문학》, 1월.

「시의 주제를 탐구하는 길에서」(창작 경험),《청년문학》, 2월.


■ 시집

1946년 『동지에의 헌사』.*

1951년 『나의 따발총』, 문화전선사.

1956년 『안룡만 시선집』, 조선작가동맹출판사.

1964년 『새날의 찬가』, 조선문학예술총동맹출판사.

| * 각주 표시가 된 것은 북한문학사 등에 소개는 되어 있으나 소재를 확인하지 못한 작품 혹은 작품집임.

## |연구 목록|

김용직, 『한국 현대 경향시의 형성/전개』, 국학자료원, 2002년.

김재홍, 「안용만, 노동자의 삶과 살림의 서정」, 『한국 현대 시인 연구 2』, 일지사, 2007년.

박팔양, 「선후유감選後有感」, 《조선중앙일보》, 1935년 1월 15~16일.

박호균, 「안용만 시 연구」, 인하대학교 교육대학원 석사논문, 2000년.

사회과학원 문학연구소, 『조선문학통사(현대편)』, 인동, 1988년.

서민정, 「안용만 시에 나타난 노동자 형상화 연구」, 이동순 편, 『어디서나 보이는 집』, 선, 2005년.

송희복, 「안용만론」, 《외국문학》, 1990년 겨울호, 1990년 12월.

월간경향 편집부, 『북한을 움직이는 100인』, 월간경향, 1989년.

윤여탁, 「1930년대 후반의 서술시 연구—백석과 안용만을 중심으로」, 《선청어문》, VOL.19, 서울대학교 국어교육과, 1991년.

윤영천, 「안용만 소론」, 《인하대 국어교육연구》 제8집, 1999년.

이명재, 『북한문학사전』, 국학자료원, 1995년.

이인영, 「1930년대 후반 시에 나타난 현실 인식」, 연세대학교 대학원 석사논문, 1991년.

———, 「서정과 이념의 간극—해방 후 안용만 시 연구」, 『1950년대 남북한 시인 연구』, 국학자료원, 1996년.

임 화, 『문학의 논리』, 서음출판사, 1989년.

최두석, 「1930년대 후반의 낭만적 시 경향」, 강릉원주대학교 인문과학연구소, 《인문학보》, 1993년.

한국비평문학회 편, 『혁명 전통의 부산물』, 신원문화사, 1989년.

한국문학의 재발견-작고문인선집

# 안룡만 시선집

지은이 | 안룡만
엮은이 | 이인영
기　획 | 한국문화예술위원회
펴낸이 | 양숙진

초판 1쇄 펴낸 날 | 2013년 4월 1일

펴낸곳 | ㈜현대문학
등록번호 | 제1-452호
주소 | 137-905 서울시 서초구 잠원동 41-10
전화 | 2017-0280
팩스 | 516-5433
홈페이지 www.hdmh.co.kr

ISBN 978-89-7275-642-2 04810
ISBN 978-89-7275-513-5 (세트)